主编 凌翔　　　　　　　　当代作

批评的锋芒

郭大章 著

北京日报出版社

图书在版编目（CIP）数据

批评的锋芒 / 郭大章著. —— 北京：北京日报出版社，2022.4
ISBN 978-7-5477-4214-3

Ⅰ.①批… Ⅱ.①郭… Ⅲ.①文学批评—文集 Ⅳ.①I06-53

中国版本图书馆CIP数据核字（2021）第255530号

批评的锋芒

出版发行：	北京日报出版社
地　　址：	北京市东城区东单三条8-16号东方广场东配楼四层
邮　　编：	100005
电　　话：	发行部：（010）65255876
	总编室：（010）65252135
印　　刷：	北京军迪印刷有限责任公司
经　　销：	各地新华书店
版　　次：	2022年4月第1版
	2022年4月第1次印刷
开　　本：	710毫米×1000毫米 1/16
印　　张：	16
字　　数：	206千字
定　　价：	79.80元

版权所有，侵权必究，未经许可，不得转载

目　录

一个好作家的标准　001
作家的寂寞和文学的繁荣　010
散文的"真"和小说的"假"　019
重申一下：常识很重要　028
从"非典"到"抗疫"：有关应急创作的几点看法　040
由作者简介说开去　049
"荣耀"或"平庸"：作品成为中小学阅读试题　058
沉寂的小说圈和沉寂的小说　066
年少成名和大器晚成　074
小说就是"讲故事"　081
中文系不培养作家："庙堂"和"江湖"　091
延伸开去：作家的高产和低产　101
介绍两位重庆作家：沈起予和刘盛亚　112
有关文学创作的几个关键词：启蒙·命题·生命意识　132
傻子·巫师·动物：文学作品中的"神"　142
重庆通俗文学的高峰：李寿民　153
两个选择："全面出击"和"攻其一点"　161
介绍两篇小说：《内奸》和《琴师》　173

从占据先锋到回归传统：先锋小说的走向　181
从小说到电影：都是改编惹的"祸"　192
崛起的酉阳作家群　205

后记　250

一个好作家的标准

　　曾几何时,作家是一个多么神圣的称谓,也是一个多么让人羡慕和景仰的职业,代表的是良知和责任,是精神的高度和信仰的担当。但是,现今的很多作家,却丢掉了一个作家理应具有的基本准则,让"作家"这个词语,变得不那么纯粹,甚至有些"嘲讽"的意味在里面。导致这种现象的原因,我觉得有二,一是现在"自称"作家的"作家"很多,二是现在有些"作家"已经丧失了作为一个作家的基本操守,变得寡廉鲜耻。

　　我们现在往往会遇到一种"正常"的现象,那就是身边突然会冒出很多"作家"来,而且是"自称"的,他们在作自我介绍的时候,往往会说自己是"作家",而且说得极度自然而然,丝毫没有犹豫,让我们这些不明就里的听者莫测高深,真以为自己见识浅薄,唯恐自己有眼不识泰山。这些"自称作家"的"作家"数量之多,令人咂舌。或许是作家这个词语身上的光环太盛,让这些人趋之若鹜,觉得所谓的"作家"身份,让自己倍有面儿;也或许是"自称"作家者,觉得自己真正达到了一个作家的标准,"自称"就变得理所当然。

　　这样的现象,我觉得来源于"作家"标准的降低。以往,作家都是经过严苛的选择的,期刊的选择,读者的选择,社会的选择,缺一不可,而现在,随着社会多元化的进程,尤其是文学多元化的呈现,成为作家所面临的选择标准就降低了不少,他们通过各种方式出版自己的著作,而且有的"自称作家"出版的著作还不少,动辄几十本,几百万字,完全可以用"著作等身"来形容,更有不少"自称作家"者,获奖无数,上至各种"国际级"和"国家级"大奖,下至诸多名目繁多的"征文类"和"活动类"奖项,不一而足,这些"著作"和"奖项"极大地增强了他们的信心,让他们谈起自己的这些"文学成就"来,容光焕发,红光满面,滔滔不绝。他们思路清晰,记得清楚自己的任何一次"获奖"记录,而且在你记错他们的"获奖次数"或者"著作数量"时,会不失时机地"纠正"你的"错误"。

　　还有另一类"自称作家",这一类不太好判断,如果放低标准,他们或许也可以称为作家,但如果提高标准,他们离作家又还有不少距离。他们在各类媒体上发表作品的数量也不少,甚至可以说很多,多到全国各地到处开花,你会时不时地在各类报刊或网络上看见他们的名字,在各种文学活动场所见到他们的身影,但有个问题,你除了知道他们的名字以外,完全不知道他们创作了什么作品,呈现出"作家"比"作品"出名的现象。如果你要深究考查他们作品的出处,会发现其中绝大部分甚至全部,都出现在各类报纸副刊或者各种内刊上,我并不是贬低报纸副刊和内刊,不可否认,有很多报纸副刊和内刊里面的作品,不一定亚于所谓的传统文学刊物,甚至更好,但多数还是赶不上传统文学刊物,而且,副刊和内刊的办刊特点,决定了刊发作品的类型。当然,他们可能会说,"五四"时期的很多经典作品都是发表在各类报纸副刊上的,但是,我们得知道一个事实,一个时代有一个时代的特点,一个时代有一个时代的文学生态环境。

于是，另一个问题就来了，单从作品的质量和数量上来说，那些确实能够称得上作家的"作家"，算不算得上一个作家呢？也就是本文开头提到的第二类"作家"，那些丧失了基本操守的作家，算不算作家呢？或许，在某些人眼里，算，但在我眼里，不算，至少不算一个好作家，一个真正的作家。

由此，怎样才能算一个好作家，一个真正的作家呢？或者说，一个好作家的标准到底是什么？

我个人认为，一个好作家，在有作品的基础上，还必须得有格局和眼光，胸襟和气度，以及操守和责任。

一个好作家，格局一定得大，得有大格局，不能太小家子气。一个作家品格的高度，往往决定了他作品的深度，而一个作家胸襟的广度，更是决定了他作品的厚度，这理应成为一个作家身上所具备的一种品质。

先来说说格局。

就百年中国文学的发展来看，我们会发现一个有趣的现象：如果单就文学创作手法和技巧来看，当代文学尤其是新时期以后的中国文学，是远远超过了现代文学的，现在的文学作品，比"五四"时代的文学作品，要"好读"得多，故事曲折，技巧纯熟，而反观"五四"时期的大部分作品，往往显得很"幼稚"，故事简单，主题单一，翻来覆去都是宣扬反封建思想和自由恋爱，甚至一些名家和大家的作品，也逃不出这个窠臼。夸张一点来说，就算是现在的一个无名小卒所创作的作品，在某些方面也是超过了当时的大家和名家的。但是，我们在阅读作品的时候，感觉却大相径庭，我们会觉得现在的作品"好读"，读起来酣畅淋漓，但是，我们却很少激动，很少在内心深处翻滚起巨大的波澜，读完仅仅就是觉得这个故事不错，稍微深一点的话就是觉得这个作品有深度，反映了某种社会现实，除此以外呢？几乎不会有更为具体和有共鸣的阅读体验了。然而，我们在阅读现代作家作品的时候，虽然会觉得他们的作品在故事和手法上很粗糙，有时读下去都很困难，但是，我们却能明显感觉到作品中那种强烈的责任和喷薄的激情，有一种很强烈的阅读体验在胸中翻滚。

为什么会产生这种奇特的现象呢？

我认为还是在于作家的格局，当代作家更为注重"自身"，作品反映的多是我怎么样，而现代作家则更为注重"众生"，作品反映的多是大家怎么样，时代怎么样。我们不得不承认，现代作家的作品无论存在多少不足，但是就其参与社会进程、刺激民众感情的功能来说，是发挥到极致的。文学一旦失去现实关注，就很难有真正的大格局。我们现在阅读巴金的《家》《春》《秋》和郭小川的《致青年公民》，哪怕会吐槽各种各样的缺点，但不可否认的是，我们仍然会心存感动，因为，那是一个时代单纯而崇高的精神风貌的真实写照。

毋庸置疑，当下文学在某种程度上失去了读者的广泛关注，难以成为社会的热点，我们以往总是从大众文化和市场多元化等方面做出解释，其实很重要的原因还是在于文学自身。现在有些文学创作所反映的往往都是少数人生而不是普遍人生，所展现的不是现实而是玄想，不是真实而是装饰。

这里我想特别强调的一点是，作家的格局中，不能缺少的还有人类意识。这不单单是所谓的文学反映"人"的问题，而是"人类"问题，亦即是在世界视野下，关注和思考全人类的问题。我隐约记得一个故事，说是一些中国作家去国外的难民营采访，听闻一个小女孩儿的苦难生活，替小女孩儿落泪，他们问小女孩儿最想要什么，出乎所有人意料，那个小女孩儿竟然说，想要和平，想要世界上不再有她们这样的难民存在。这就是人类意识，在苦难境遇下想到的不是单一的个体，也不是某个民族和国家，而是全人类，这是多大的胸襟和格局。

我们的作家和我们的文学，不缺阶级格局，不缺民族格局，"五四"新文学以后，也不缺"人"的格局，但是许多作家作品，却缺少"人类"的伟大格局。放眼世界文坛，那些伟大的作品，无疑都是拥有"人类"格局的伟大作品，肖洛霍夫的《静静的顿河》、托尔斯泰的《复活》、马尔克斯的《百年孤独》等等，无疑都是超越了"民族"而具有了"全人类"格局的伟大作品。这，值得我们深思。

因此，我认为，一个好作家，绝对不能沉迷于为现实而现实，为批判而批判这个误区，忽略了优秀的文学作品其实是全人类和全世界的共同精神遗产这样一个事实。我们要知道，好的文学作品，是可以沟通天地万物，连接尘世和上苍的，有着全人类共同的生命体验，能够揭示出生命的本质和内涵。

再来说说眼光。

一个好作家理应具有独特的眼光。这种眼光，是一般作家所不具备的，更是普通人所不具备的，这种眼光能洞察一切，能洞穿一切现实的迷雾，看见"现实"背后的东西，达到"洞见"的高度。

著名作家沈从文曾说："一个伟大作家的经验和梦想，不能超越世俗甚远，其经验和梦想所组成的世界，同普通人所谓的'天堂'和'地狱'鼎足而三，代表了'人间'，虽代表了'人间'，却正是平常人所不能到的地方"；"得把生命看得庄严一点，思索着向深处走"；"思索时你不能逃脱苦闷，可用不着过分担心，从不听说一个人会溺毙在自己的'思索'里……只管向'黑暗'里走，那方面有的是炫目的光明"。

沈从文的这些说法，正体现出一个作家不同于常人的地方：他能从人所共见的社会现象中，发现普通人不易发现的东西。

这便是一个作家的眼光。

读者阅读一部文学作品，他不会去关注作家的个人诉求，更多的是从文学作品中找到共鸣，完成一种思想的升华和灵魂的净化。有谁愿意去听一个作家在那喋喋不休地进行着百无聊赖的自我诉说呢？

这便对作家的眼光提出了更高的要求，作为一个作家，不能人云亦云，得有自己成熟的思想和对社会独特的看法，而且这种看法最好是带有批判的特质。

一部好的文学作品，得具有穿透现实的思想，作家要穿越现实的迷雾，看到这个社会背后的东西，看到同时代其他人看不到的东西。好作品应该有胸襟、有气度、有力量，有虔诚的民间意识，应该接地气，应该关注某些东西，从而让读者读过以后有所收获，当然，我这里的有所收获，并不只是局限于阅读当时稍微感动了一下，作品里面得有一种厚度，一种高度，一种对于生活和生命的体验及思考，一定要让我们在阅读以后的很长一段时间内都能被作品所感染，我们不一定能记住作品的内容，但我们一定不会忘记作品的整体意蕴。

我觉得文学创作应该跳出自己这个局限，不要过于欣赏自己内心的伤感，跳出点对点式的个别沟通，把眼光放大，放长远，放开阔，这样才能写出更大气、更厚重的作品来。

有眼光，才有把握现实的可能，才有创作出好作品的可能。

胸襟和气度非常重要。

一个作家，若没有胸襟和气度，是永远成不了好作家的。格局大，胸襟就宽，气度就大，有胸襟和气度，就装得下天下。一个装得下天下的作家，必定会成为一个好作家。作家气量狭小，所看到的，永远都是个人，永远都是一个微不足道的点，所谓"一叶障目不见泰山"，说的就是这个意思。

文学永远是人学，文学的目的就是要以不同的角度来提升人的素质，推动社会进步。具体一点说，文学就是要"惩恶扬善"，这是人类文明和文学亘古不变的主题。真正的文学都是善的文学，或者是使人向善的文学，当然，批判本身也是另外一种"善"。

当然，文学不可缺少的还有那种直面现实人生的正义伦理，风萧水寒的报国壮志，落叶悲秋的感时伤国，有感于人间不平的批判和人间不幸的悲悯，文学一旦失去现实关注，就很难有真正的人文气质。

这一切，都来源于作家的胸襟和气度，一个装不下他人的人，是不可能成就这样的作品的，因此，没有胸襟和气度的作家，注定永远难成大器。

关于胸襟和气度，让我想到了名利。文坛是一个名利场，有些作家在追名逐利，他们为了名利，可以丧失自己的尊严，可以出卖自己的人格。文学是高贵的，文学也是孤独的，既然选择了文学，就应该守住文学的高贵，守住文学的孤独，孤独者要学会去默默耕耘。

这就涉及一个创作目的的问题：你为什么而创作？为了发表？为了获奖？为了出名？还是为了浇灭胸中那如芒刺在背般的块垒？

创作，理应是单纯的，而一旦夹杂了功利的目的，是很难创作出好作品的。这是一个好作家最基本的标准，但往往却成了一个很难跨越的障碍，不得不说也是一种巨大的悲哀。

有时，常识是很重要的，也是很有必要重申的：作家，是靠作品说话的。

关于胸襟和气度，我想到了一个说法：同行生嫉妒。我们会发现，现在很多"作家"，在别人，尤其是自己熟悉的人取得高于自己的成就时，往往会嗤之以鼻，来表明自己的不满和不屑，这其实是完全没有必要的，"三人行，必有我师"，这话能成为一个亘古不变的道理，自然有其原因。有时，我会不自觉地想到现代文学史上的那些大家，他们不仅自己的作品好，而且对于青年，是乐于提拔的，这点，尤为难得。

因此，一个好作家，得有宽广的胸襟和过人的气度。

最后，我想说说操守和责任。

作家，首先是一个知识分子，而知识分子区别于其他阶层的最大特点就是拥有独立的思想和强烈的批判精神。以色列的康菲诺对知识分子有这样一个解释：知识分子对于公共利益的一切问题，包括社会的、经济的、文化的、政治的等等，都抱有深切的关心；知识分子阶层自觉的有一种罪恶感，他们认为国家大事以及以上种种问题的解决，都是他们的个人责任；无论在思想上或是生活上，知识分子都觉得他们有义务对一切问题找出最后的逻辑的解答；知识分子深信社会现状不合理，应当加以改变。

作家，理应成为社会的良知，而不应该沦为某种权势的附庸。作家，得有操守，得守住自己的节操和底线，不说敢为人先，但起码得是一个"人"。是"人"，就得有原则，有底线，有尊严，有思想，有自己独立的价值判断和独立的人格，不谄媚，不阿谀，不卑微，不屈服，不落井下石，不暗中使坏。但是，我们扪心自问，有多少作家做到了这一点？

一个好作家，也理应是有责任的，对自己的责任，对读者的责任，对社会的责任，对历史的责任。这种责任感，是作家的使命，一个有责任的作家，得"忠实"地记录社会，记录历史。

作为作家，我们应该进行沉重地反思，反思一个古老而陈旧的话题——究竟什么是历史？

从小到大，我们眼中的历史，就是一串串呈现于书本上的文字，亘古不变，一代又一代地口耳相授，我们却从未去质疑过其真假。

什么是真？什么是假？

随着时间的消逝，历史或许正如长眠的尸骸，早已带着真相长眠于地下了。面对历史和真相，我们应该具备怎样的良知？

打捞历史？澄清真相？抑或只是在这种亦真亦假的"历史"当中充当一个匆匆过客？

若干年后，那时的我们也早已变成了"历史"，再由我们的后代来打量我们：哪些是真？哪些是假？我认为一个好的作家在面对历史的时候，时刻保持一种清醒的认识：历史，就算是一堆荒草，作家也能从这堆荒草中，找到那么一丁点儿深埋于地的永远无法铲除的根须。

作为一个作家，不能忘却自己身上的良知和责任，于一个作家来说，创作出一个好作品，固然重要，但更为重要的，却是保持自己心中的那份对文学、对社会、对读者的良知和责任，这才是一个作家身上最为难能可贵的东西。

现在的一些文学作品往往丢失了一种责任，而更为注重自身体验的描述，当然，我这里并不是要否定这种做法，而是觉得我们的文学应该要承担一定的社会责任和道义。从鲁迅等一大批中国现代文学史上的大家的作品中，我们总是能真切地感受到其中那份沉甸甸的责任，他们的作品中体现出的那种重塑民族品德和国人人格的精神，足以让我们接受一次灵魂的洗礼。

我一直有这样一个观点：一个真正的作家一定要具有一种责任，一种剖析社会人生乃至提高国人素质的责任，一种博大的济世的责任，这才是一个作家写作的最为突出的意义，一个没有责任感的作家不配叫作家。可能我这话有点儿偏执，但在我看来，文学要担负起这么一种责任，一种具有深远历史使命的责任。

伟大的格局，深刻的眼光，宽阔的胸襟和气度，秉持做人的基本操守和对社会的责任，我认为，这些才是一个好作家的基本标准，远比创作出多少作品更为重要。没有这些，作品再多，又有何益。

希望这个世界能出现更多的好作家，为普通人代言，为良知代言，为真理代言，为文学代言。

2020 年 3 月 12 日

作家的寂寞和文学的繁荣

现在的文学圈里,有一种"家",叫文学活动家,他们以文学的名义到处参加活动,十分活跃,可谓"十处打锣九处有他",在各种有关文学的场合都能看见他的身影,一说起来,大家都认识,好似很"有名",但仔细一想,除了知道他的名字以外,对他创作的作品一概不知。很明显,这不是一个作家的正常状态,这样的"作家",也不是一个真正的作家。

作家,要耐得住寂寞,只有作家耐得住寂寞,才能带来文学的繁荣,而作家的"繁荣",则往往会带来文学的"寂寞"。

寂寞,是一种"境界"。只有寂寞,坐得住,才能够内心宁静,才能够不被"外界"打扰,去思考一些有思想深度的东西,才能创作出好的作品。一个好作品和伟大的作品,大都诞生于偏远的"乡下",而很难诞生于繁华的"城市",这其实说的就是作家的"寂寞","寂寞"的作家就算生于城市,他也是寂寞的,而不寂寞的作家就算生于乡下,他也是"不寂寞"的。

都说做学问得坐得住,是一门"屁股"学问,而作家的创作,何尝不是呢？诚然，作家需要生活，需要行万里路，创作不是闭门造车，但那说的是创作的准备阶段，到了真正创作时，最好还是做一个"屁股"作家。

所谓"寂寞"，就是不要被一些"非文学"的因素所左右，以一种虔诚的姿态对待文学，认真创作。哪些是"非文学"的因素呢？比如发表和获奖，比如作品出来以后的影响和外界对作品的评价等。

一个作家在创作的时候，最好不要去想发表的事，也就是说，不要冲着发表、获奖去创作，创作时总是想，我这个作品创作出来以后，能不能发表，能够在哪个级别的杂志发表等问题。这样，会影响作家创作的心境，这样是创作不出好作品的，更何况，能不能发表，也不是作者所能左右的事，得看编辑的喜好和杂志的要求。作家需要做的，就是把作品创作好，提高作品的质量，质量上去了，作品好了，发表也就是顺理成章的事，试问有哪个编辑不期待好作品呢？换句话说，即使是发表了的作品，也不一定是好作品，而没发表的作品，就一定是不好的作品。而且，一个作家在必要时，还是得有一种"狂妄"的自信：编辑的水平，不见得比你高；你创作出来的作品，编辑也不见得能够理解其中的深意。当然，这种"狂妄"需要节制，如果不加节制的话，就真的变成狂妄了。

至于作品出来以后的影响和外界对作品的评价，更不是一个作家该考虑的事，也是他考虑不了的事。有什么样的影响，得作品说了算，对作品有什么样的评价，得评论家和读者说了算。作品好，自然影响大，评价就高，而作品不好，想也没用。这里就涉及读者的问题了，作家创作出作品，得有读者阅读，才算一部作品真正完成了自己的使命，没有哪个作家创作出作品，是用来孤芳自赏的，如果真把作品束于"高阁"，那必定是一部失败的作品。既然有读者，就得说道说道了。读者，是有区别的，有的读者喜欢这样的作品，有的读者喜欢那样的作品，有的读者文化程度高，是专业的读者，有的读者文化水平低，是普通的读者，作家在创作时,应该都有一个预设的读者群,即是说,你这个作品是为什么样的读者创作的,那么,在这个预设读者群以外的读者,你完全不必管他,因为,他根本就不是你的读者,还管他干吗?可以这样说,有的作品,根本就是为少部分专业读者创作的,这样的作品,绝大部分读者可能就没有那个鉴赏水平,怎么读?评论家也是读者,只不过是相对"高级"的读者,他们有着自己的文学判断标准,有着相对较高的文学鉴赏水平,会对作品有着较为准确的评价,同时也会对作家的创作有着有益的启示,说得对的,作家认真听取意见,改进自己的创作,说得不对的,或者说不适合自身创作的,不去计较,做到"有则改进,无则加勉"就行。

总之,我认为,作家最好的状态是"寂寞",只有真正"寂寞"了,才能造就文学的繁荣。

古往今来,那些有成就的作家,无一不是"寂寞"的。

曹雪芹创作《红楼梦》时曾"批阅十载",从来不管什么"知名度",就着稀饭埋头苦干,度过了衣食不继的十年"寂寞",但正是这十年的"寂寞",换来了传世巨著《红楼梦》。大革命的失败,使鲁迅在"寂寞"中调整了他思想上以往的思路,使他重新抬起头来,更勇猛地前进。革命的夭折同样给茅盾带来了痛苦的"寂寞",但"寂寞"却最终汇成了《蚀》三部曲,为那个时代留下了历史的剪影。凭借长篇小说《李自成》获得首届"茅盾文学奖"的作家姚雪垠把"耐得寂寞,勤学苦练"作为座右铭,同时下了"耐得寂寞,才能不寂寞;耐不得寂寞,偏偏寂寞"的注脚,时时刻刻鞭策自己不忘"寂寞"。刘震云从1991年起便躲到了一个不被知晓的地方,用了八年的"寂寞",呕心沥血创作出两百万字的四卷鸿篇巨制《故乡面和花朵》。

路遥创作《平凡的世界》,用了三年时间酝酿准备,闭门四年,直至累到吐血。路遥可以说是"寂寞"了七年,从文坛销声匿迹了七年,然而，正是路遥这"寂寞"的七年，换来的《平凡的世界》这么一个硕果，震动了当时沉寂的文坛。陈忠实有一句话："我在用一生寻找属于自己的句子。"1988年，陈忠实把妻子和长辈安置在城里，只身来到乡下祖屋，那里，只有一个案台，一个凳子，剩下的，是堆满整个房间的材料。1992年，陈忠实完成了《白鹿原》："以鹿子霖的死亡作最后结局的一段，画上表明意味深长的省略号，陈忠实顿时陷进一种无知觉状态，久久，他从小竹凳上欠起身，移坐到沙发上，似乎有热泪涌出。仿佛从一个漫长而黑暗的隧道摸着爬着走出来，刚走到洞口看见光亮时，竟然有一种忍受不住光明刺激的晕眩。"

列夫·托尔斯泰在创作《复活》前，吩咐仆人对外宣布他已死亡，好让自己能"寂寞"地创作，当《复活》问世时，他才再次"复活"。歌德说他的创作是在"不绝的苦闷"中诞生的，而他的《浮士德》等作品正是在他"苦闷的沉思"般的"寂寞"中问世的。厨川白村在《苦闷的象征》中同样提出："生命力受压抑而生的苦闷便是创作的根底。"那位拒绝领"诺贝尔文学奖"的萨特，一生拒绝任何奖项，可谓把"寂寞"的境界提升到了极致。1964年，萨特获得了"诺贝尔文学奖"，但他毅然决然地选择了拒绝，而且拒绝的理由可谓铮铮作响："谢绝一切来自官方的荣誉。"

贾平凹在谈到文学时曾说："大言者不语。只要真正寂寞，那便孤独，孤独是文学的价值，寂寞是作文的一条途径，这途径明明摆着，许多人一心想当文学家，却不愿在这条路上走，那有什么办法呢？"

我这里想说说一个"隐士作家"：竹林。

作家竹林很少抛头露面，几乎处于"消失"状态，就算是对文学圈非常熟悉的学者，都很少知道中国有这么个作家，可谓"作家中的隐士"。然而，正是这么个"隐士"，其创作的长篇小说《生活的路》开了"知青文学"的先河，曾得到当时文坛泰斗茅盾先生的鼓励和支持，作品出版后曾震动国内外，奠定了她在中国文坛的地位，甚至有评论家说，"竹林用自己的生活状态和创作状态，捍卫了现代文学的荣誉"。

我在这里介绍竹林这个"隐士"作家的故事，目的并不是鼓励作家们都去"隐居"，而是想说明，作家只有在"寂寞"的状态下，才能创作出好的作品：1980年，竹林独自背着简单的行李，乘长途汽车来到嘉定南翔附近一所简陋的农村中学，然后就住在了学校为其准备的宿舍里。那里，只有一张学生宿舍用的上下铺小木床和一张小课桌，竹林把两条床单挂在两排书架的两头，就在这块小天地里开始了她的创作。从此以后，三十多年来，竹林就一直"沉"在沪郊的农村，再也没有脱离过。可以说，自19岁去安徽农村插队，直到现在，竹林绝大部分的时光都是在农村度过的，包括她生命中的整个青春岁月。

竹林在接受《解放周末》记者黄玮的采访时，谈到了"被关注"和"隐"的关系："我喜欢郑板桥的那首咏竹诗：'咬定青山不放松，扎根原在破岩中。千磨万击还坚劲，任尔东西南北风。'我崇敬能在旷野的贫瘠中寂寞生长的竹子，它既能挺拔地傲立，也能柔韧地弯曲，尤其是能在最艰难困苦和濒临绝境时开花结果"，"我目前的创作状态，就像农民一样，日出而作，日落而息"，"在大家都追求现代化生活的时代里，像我这样'自我放逐'，跑到农村去自讨苦吃，实在'憨'。但我自己觉得，社会生活广阔，不可能人人都是弄潮儿。有人不寂寞，便有人寂寞，这很正常"，"更重要的是，安静的乡下生活，让我体验到了许多在大城市里无法体验和理解的社会和人生哲理"，"只要真诚待人，对前进中的时代保持一份永远的好意，'憨'点也是很踏实的"，"文学应该坚持纯粹和纯真的本质，我不愿为了商业利益而放弃自我的文学诉求，我愿意远离众声喧哗，继续在生活的一隅默默耕耘，创作本身就是寂寞和孤独的事业，这种状态会使你心态平和地安静下来，去仔细地观察和思考社会，灵感这东西，只有在安静中才能产生"。

作为中国最高文学奖项"鲁迅文学奖"和"茅盾文学奖"的双料得主，迟子建一直"躲"在东北，算得上一个主动疏离外界的"隐者"。在20世纪80年代，与迟子建同龄的作家中曾经涌现出一批先锋文学的代表，深刻地影响了中国当代文学，而迟子建似乎始终与"先锋"保持着某种距离，她的作品始终以东北为背景，描绘没有边际的森林，铺天盖地的雪，庄稼和牲灵，秋雨和泥泞。苏童曾这样评价迟子建："大约没有一个作家会像迟子建一样，历经二十多年的创作而容颜不改，始终保持着一种均匀的创作节奏，一种稳定的美学追求，一种晶莹明亮的文字品格。"有媒体曾经问迟子建："如果不创作，你会成为什么人？"迟子建的回答朴实而真诚："也许是个农妇，春种秋收，喜欢在雪天围炉喝酒，然后看着弥漫在窗棂上的霜花发呆。"

迟子建曾说："不管你在一线城市，还是我处于东北一隅，其实我们在面临的困境上，是处于同一纬度的。对于作家来说，在一个相对安静的环境里，有利于他们的创作。因为远离喧嚣，会让文学的纯度更高，而且，更便于汲取创作的养料"；"在（我们现在）这个文学时代，一个作家能坚守自己的创作理念，不为市场左右，难能可贵。这是个艰难的文学时代，而伟大的文学，往往诞生在艰难中"；一个作家"要善于取材，更要善于掌握'火候'，这个'火候'，需要作家有全面素养，比如看待历史的广度，看待现实的深度，对美的追求等。当然，更重要的是一个作家精神上的孤寂，他们对待创作的独立姿态，身上有一股不怕被潮流忽略和遗忘的勇气，这样能使每一次的出发都是独特的"；"我回到故乡，和故乡的人在一起，会有亲切感，觉得自己就是他们当中的一员，相反，我在知识分子堆中，会有一种孤独感"；"一个作家喋喋不休地说，也是个危险的事情，因为创作是需要寂寞的"。

2011年，第八届茅盾文学奖揭晓，曾创作出《九月寓言》的山东作家张炜凭借"大河小说"《你在高原》获奖，这部小说共四百多万字，历时二十余年才创作完成，我们姑且不论小说的质量，单单看"四百多万字"和"二十余年"这些数字，就足以说明作家在创作时的辛苦和"寂寞"。张炜在谈到"寂寞"时这样说："文事武做，相信三拳两脚能打出一个世界来的，不见得就是一个好兆头"，"一个有作为的作家应该逃离那种热闹中透着腐朽的空气"。逃离以后怎么办？张炜说："应该甘于'寂寞'，只有生活本身的启发，你关掉了其他窗户。"很显然，张炜是清醒的，"寂寞"所要排斥的，并不是一个作家长期拥有的那一份生活，相反，他正是为着反复地咀嚼生活，体味生活，所以才需要给自己创造一个"寂寞"的精神氛围。刘醒龙同样说："文学只有回到寂寞，才能重现辉煌，或者这样说，作家只有回到寂寞时，才能重现辉煌。作家不仅需要寂寞，作家也必须寂寞一些。"

以上提到的这些作家，正是用其实际行动，很好地诠释了"寂寞"和文学的关系："在众声喧哗中，'寂寞'才是一个作家最好的生存姿态。"

我这里想着重说说沈从文，不仅仅是因为他所生活的湘西和我们酉阳一衣带水，更因为从某种程度上来说，他是中国作家中离"寂寞"最近的一位。可以说，沈从文的一生是"传奇"的，但更是"寂寞"的，他以宗教般虔诚的献身精神，坚定执着地在文学的园地里默默耕耘，不趋时附势，不随波逐流，"只问耕耘，不求收获"，固执地朝着他所认定的"纯"文学方向一直前行。沈从文的这种坚持，在当时曾受到指责和攻击，但他不为所动，他说："过几十年后你们看，再让时间来检选，方可看得出谁有贡献，有作用，能给新中国文学史留点比较像样的东西。"

沈从文曾告诫我们，"要有好的作品就要作家耐得住寂寞，用一个比较诚实素朴的态度来从事工作"；"先要忘掉书本，忘掉目前红极一时的作家，忘掉个人出名，忘掉文章传世，忘掉天才同灵感，忘掉文学史提出的名著，以及一切名著一切书本所留下的观念或概念。能够把这些妨碍他们对于'创作'认识的东西一律忘掉",再来进行创作,才是正确的。沈从文自己的创作就是如此,他在创作的那一刻,"我除了用文字捕捉感觉与事象以外,俨然与外界绝缘,不相黏附。我以为应当如此,必须如此"。

沈从文的学生汪曾祺曾这样说沈从文的"寂寞":"寂寞不是坏事。从某个意义上,可以说寂寞造就了沈从文,寂寞有助于深思,有助于想象","他的四十本小说,是在寂寞中完成的","寂寞是一种境界,一种很美的境界"。对于沈从文来说,"无聊"是寂寞,"枯寂"是寂寞,"隔离"是寂寞,沈从文在《记胡也频》中有一句话,可谓道出了他对寂寞的态度:"使一个理想从空虚到坚实,沉默是必须的一种预备,因此他们沉默了。"在沈从文那里,"沉默",或许是另一种寂寞。

沈从文对寂寞的认识,不可谓不深:"这种枯寂对于一个用头脑生活的人来说,是有意义的,有作用的,甚至于可说是不可少的。"1934年,沈从文只身返回故乡湘西,他坐了一条"桃源划子"终日飘荡在沅水上,他在给张兆和的信中说:"我从这条河中得到了许多智慧。的的确确,得到了许多智慧,不是知识,我轻轻地叹息了好些次。山头夕阳极感动我,水底各色圆石也极感动我,我心中似乎毫无什么渣滓,透明烛照,对河水,对夕阳,对拉船人同船,皆那么爱着,十分温暖地爱着!我们平时不是读历史吗?一本历史书除了告诉我们些另一时代最笨的人相斫相杀以外有些什么?但真的历史却是一条河。从那日夜长流千古不变的水里石头和沙子,腐了的草木,破烂的船板中,使我触着平时我们所疏忽了若干年代若干人类的哀乐!我看久了水,从水里的石头中得到一点平时好像不能得到的东西,对于人生,仿佛全然与人不同了,总像看得太深太远,对于我自己,便成为受难者了。这时节我软弱得很,因为我爱了世界,爱了人类。"

寂寞,使沈从文对这个世界看得更清楚和透彻,不再是世界包围他,而是他去包围世界。沈从文这种"寂寞"的创作态度，使他坚持文学的独立，既反对文学的商业化，又反对文学的政治化，不去追求文学的"票房价值"，从而最终成就了他在百年中国文学史上杰出的地位。新中国成立后，由于种种原因，沈从文不得不放弃他的文学创作，去进行中国物质文化史的研究，但他同样能够甘于寂寞，在文物研究领域做出了卓越成就。他热爱这一工作，到了如痴如醉的程度，不顾身体状况，不顾亲友的劝告，饮食俭朴，埋头苦干，自得其乐。不仅不计报酬，还自己掏钱为历史博物馆购买了大量文物。他常自愿到午门楼上展览会当解说员，汪曾祺当年曾亲眼看见他向观众讲解的场面，显示出了一个正直的知识分子"寂寞"的最高境界。

文学自古寂寞事，古来圣贤皆寂寞。

一个作家想要创作出真正的好作品，必须耐得住寂寞。鲁迅曾说："人感到寂寞时，会创作；一感到干净时，即无创作"，"没有思索和悲哀的地方，不会有文学。"文学是寂寞的事业，只有作家们耐得住寂寞了，文坛才能够不冷清，文学才能够繁荣。如果一个作家总是热衷于"对话"，在各种场合里钻来钻去，就不可能真正走进创作，当一个作家在创作时，他的"对话"，必须是在"寂寞"中和自己对话，和世界对话，这样，才能变"寂寞"为不"寂寞"。可以这样说，对生活的理解和消化，其中有很长一段路是在"寂寞"中前行的。然而，外面的世界很精彩，生命难耐是寂寞，在现今的文学圈中，唯恐被"冷落"，喜欢"结伴同行"的"作家"并不在少数。究竟是以作家的寂寞换得文学的繁荣，还是以作家的"繁荣"换得文学的"寂寞"，这是一个值得深思的问题，需要我们的作家和"作家"们去做出选择。

2020年4月26日

散文的"真"和小说的"假"

　　小说和散文是文学创作中两种非常重要的体裁，占据着文学创作的半壁江山，虽各有各的特点，但有时也不好区分，你中有我，我中有你，有的小说散文化，有的散文小说化，可谓相互缠绕，扑朔迷离。但总的来说，散文得"真"，小说得"假"。散文的"真"，是真的"真"，就算是假的，也得弄假成真；小说的"假"，是真的"假"，就算是真的，也得弄真成假。

　　散文得真：抒真情，说真话，记"真"事。

　　可以这样说，散文是所有文体里面最注重"真情"的一种文体，不仅有"情"，还得"真"，作者得用足够的真诚去触动和触痛读者心里最软弱的地方，让其能够"感同身受"。说到底，散文是有"情"的创作，无论用多么绚烂的词汇去描述散文，"真情实感"永远都是最简明和最本质的描述。史铁生的很多散文名篇，所以那么感人，不仅是因为思想的厚重，因为语言的质朴，更因为史铁生把心掏出来给读者看。

　　散文得抒真情，不能无病呻吟，不能矫揉造作，不能装腔作势，读者不是傻子，不能糊弄，不能用假去忽悠。假的真不了，真的假不了，用假去忽悠读者的散文，最终必将会被读者遗忘。

　　古往今来的散文名篇，无一不是抒真情的。明朝归有光的《项脊轩志》，情真意切，事虽小而琐碎，但却异常真诚，结尾一句"庭有枇杷树，吾妻死之年所手植也，今已亭亭如盖矣"，感人至深，读来潸然泪下。朱自清的散文胜在真情流露，《荷塘月色》中交织着淡淡的"喜"和"哀"，《背影》中隐藏着浓浓的父子情，《桨声灯影里的秦淮河》里那无边的"幻灭感"，无不真挚动人。汪曾祺的散文虽题材多样，但无不以真情示人，无论是旧闻旧事和旅途见闻，还是风土民俗和花鸟虫鱼，字里行间都充分流露出作家诚挚的真情，其《人间草木》在"真"的基础上，表达出对凡俗小事和乡土民俗的深深眷念，对旧日生活的真切怀念。

　　散文的真情，容不得半点虚假。余秋雨的《文化苦旅》，虽不能说他抒的情不真，但我个人觉得有点"真"过了头，就带有了"假"的意味。现在的某些散文，甚至包括某些名家的散文，动不动就"痛哭流涕""呼天抢地"，动不动就上升到一种宏伟浩大的"家国情怀"，完全不是发自内心的真实感受，而是一种"装"和"作"，装深沉，装伟大，作态势，各种搔首弄姿和弄虚作假，读来就像咽下一只苍蝇般难受。散文，还是得"真"，林斤澜在散文集《舞伎》的前言中有句话，可谓道出了散文创作的真谛："文字本身只是符号，舞文弄墨白了头，那伎俩不过是贴切表达真情实感。"

　　作文，即是说话。抒真情，首先得说真话。作文，和做人一样，得真诚，以诚待人。什么是真话？真话就是发自内心不加"装饰"的"自然"的话，是清醒的话，是有良知的话，是"人"话。真话大都不怎么中听，有时甚至还很刺耳，属于非常讨人嫌的话，但真话的可贵处正在于，真话是真的，是实打实的，是掷地有声的，不是"高高在上"的，不是乔装打扮的，具有一种原始的粗粝的美，往往对事物的认知有所突破，对真相有新的发现，具有打动心灵的美，震撼灵魂的气度和力量。

说真话，当是一种常识，是做人和作文的本分，在黄口小儿时期，我们就被教育着要说真话，得诚实，但当我们真正长大了，却满嘴的假话，这是一个人的悲哀，如果这个人是作家，那就是作家和文学的悲哀，如果一个时代，说真话被当成了高风亮节，那就是这个时代的悲哀。

真话，往往具有思想，而具有思想的真话，是有重量的。说到底，散文创作在骨子里应该是有"重量"的，隐藏在散文背后的"思想"越重，就越能打动读者，越能呈现"生命"的力量，散文理应蕴藏着一些和这个世界更广阔的"存在"相关联的"精神内涵"，让作家的思想融汇于生活，精神贯穿于文字，才能让散文获得持续而强大的生命力。

好的散文，应该蕴藏着思想的光芒。没有思想的作品是浅薄的，一个文学作品有了思想，尤其是有了深刻的思想，才有深度和广度，才能显示出作品真正的价值，比如鲁迅的作品，我们很难想象，假如抽掉了鲁迅作品中的思想，将会是怎样一种状况。如果说一个文学作品的语言是外衣，内容是身体的话，那么思想则是灵魂，少了思想，就像少了灵魂，而没有灵魂的作品，注定是活不长远的。

而真话，往往就是一篇散文的思想和灵魂。

我们说，当下的散文创作在某种程度上失去了读者的关注，难以成为社会的热点，以往我们总是从大众文化和市场多元化等方面做出解释，其实很重要的原因还是在于散文自身，现在的散文创作所反映的往往都是少数人生而不是普遍人生，所展现的不是现实而是幻想，不是真实而是装饰。

在散文中说真话，无疑给了我们当下散文创作时一个有益的启示：如何让"灵魂"接通感官的血脉，让思想沉淀于生活，让作家作为精神健康的个体，重新站在世界面前发言，这才是散文创作能够具备生命和影响的重要途径。

然而，说真话是需要勇气的，很多作家往往没有这样的勇气，于是，说真话的散文就显得更加难能可贵。巴金用了一辈子的时间来理解"说真话"，到了晚年才创作出《随想录》，直面"十年"所带来的灾难，用"最真实的声音"来填补一度出现的精神空白，以此来履行一个知识分子应尽的历史责任，从而使得《随想录》达到了文学和思想的高峰，在当代中国产生了巨大的影响。在《随想录》中，晚年的巴金以高度严肃的历史态度，为中国知识分子树立了一座丰碑。他真诚地反思过去，无畏地追求真理，赢得了读者的尊敬。巴金用说真话的方式，找回了那个熟悉的自己，给我们文学界上了生动的一课。

悲哀的是，现今不少散文，充斥着大量"假""大""空"的话，不仅虚假，还很繁荣，更为可怕的是，这些假话，正以"真"话的方式到处流传，使得真正的真话，无法现身。

所以，我们更加无比地渴望真话，就像渴望一滴救命的水。

此外，散文还得记"真"事。这里的"真"事，不一定非得是真实发生的事，它可以是"虚构"的，但此"虚构"不同于彼虚构，这里的"虚构"是由多个真实的碎片组合而成的"虚构"，其实是一种真实，只不过是一种"虚构"的真实。散文所记的"真"事，不一定非得是作者亲自经历过的事，也可以是别人经历过的事，被作者借用和"虚构"，变成了自己的事，但不管怎么说，这事得"真"。

小说，和散文不同，小说得假，真了，就不是小说了，小说如果真了，就成了报告文学，或者社会调查报告了。

这里有两层意思：其一，小说，不能太过真实，得和生活保持一定的距离，得"隔岸观火"，这样，才能产生小说的"美"，距离美；其二，小说，也不能太像小说，太像小说的小说，就显得过于假了，同现实生活就有了不可逾越的鸿沟，有了"隔"，而我们的小说，是要破除这种"隔"，而不是制造这种"隔"，毕竟，小说是现实的反映，是以现实为基础的，不能完全脱离现实。

　　小说，是在现实中以虚构的方式，完成对现实的反映和表达，以此来作用于现实的一种文体。现实，虽然足够丰富多彩，甚至有的现实比小说更精彩，但小说毕竟不是现实，而应该高于现实。只有高于现实，才能够看清楚现实，只有居高，才能临下。小说如果太真，就失去了小说的可读性，就失去了小说的深度和广度，变成了一个事件，抑或是一个故事。小说，虽然是在讲故事，或者是描述一个事件，但却不能只是讲故事，或者描述事件，小说还得影射出故事和事件背后所隐藏的东西。这些东西，可以是文化，可以是现实，可以是哲理，也可以是生命的奥秘，这才是小说的根本，而故事没有，故事有的，仅仅就是故事本身，我们读完一个故事，或许很精彩，也或许很刺激，但读完也就完了，不会再有什么更深层次的理解，纯粹只是一种感官的刺激，而小说则不同，我们读完小说中的故事，往往会得到一些故事以外的东西，引起我们精神的"共鸣"和灵魂的"净化"，这就是所谓小说的"营养"。

　　我们可以把小说和《故事会》的杂志里面的故事作一个比较，可以说，《故事会》里面的故事，远比小说精彩，其离奇程度甚至不亚于卡夫卡的《城堡》和《变形记》，但刨除这些，还剩下什么呢？孰高孰低，便可一目了然。

　　罗伟章在中篇小说《逆光》的创作谈里，讲了一件饶有趣味的事：他和"学生"的一段关于小说的对话。罗伟章说："小到一个人，大到一个社会，怎么可能没有'病'呢？没有病的人是假人，即便是假人，也有病，如果他坚持说自己没有病，就是有了'大病'，这还不是关键，关键在于，没有病的话，小说家打开电脑，该从何说起？"于是"学生"问他："小说就是写'病'的？"罗伟章说："小说不是写'病'的，是写'病'里的生长。""学生"不是很明白，问："要是从'病'里生长出恶呢？"罗伟章说："对小说而言，那也是生长，庄稼和虫子并生，没有

023

虫子，就不会有庄稼。""学生"沉思片刻："雨果的来福主教，自始至终，都是慈悲和完美的化身，难道也是从'病'里生长起来的吗？"罗伟章说："是，如果《悲惨世界》只写了来福主教，就是神界而非人间，来福主教是冉·阿让的前世，他们不是两个人物，而是一个，这是《悲惨世界》最深的写实，也是最大的虚构。""学生"眉头紧锁，疑惑更深。罗伟章说："只有最伟大的作家，才能写出没有'病'里的'大病'，也只有最伟大的作家才能塑造毫无瑕疵的完美，前一种伟大我们见过，后一种没见过，就连莎士比亚和托尔斯泰等等，都不是，因为后一种是人类蒙昧时期被超自然控制的遐想，是神话，不是小说，再直白些，即使有了高入云端的山峰，也和繁荣无关，山峰本身并不构成繁荣，是山上的树木花草等各个小群落成就了繁荣，我们听到百鸟歌唱，也听到虎啸猿啼，我们闻到花香，也碰到尖刺，这叫繁荣，反过来就是衰败。"

　　罗伟章和"学生"的这段对话，更多的是在说小说的内容和创作目的，但也从另一个角度佐证了小说的"真"和"假"：以一个超越"真"的"假"小说，来反观现实的"真"，如果小说太"真"，便看不到现实生活中真正的"真"，只能看到一种欣欣向荣的"真"，而这样的"真"，其实质却是"假"，小说只有"假"了，才能让读者有一种"真"的感受，更何况，"假"的，就一定"假"了吗？会不会是另一种"真"，更真实的"真"？

　　小说的"假"，是装假，是虚构，是外衣，是一种影射，是种种"真"的合集，最后以"假"的方式呈现出来，正如《红楼梦》所言：假作真时真亦假，真作假时假亦真。谁是真？谁是假？现实生活就一定真，小说就一定假吗？你所眼见的就一定真，而虚构的就一定假吗？

　　小说其实已经回答了这个问题。

　　再说了，小说如果太真，读者在现实生活中都见过，还读你的小说干什么？当然，我这里并不是反对小说的真，小说毕竟还是"真"的，只是以"假"的方式呈现出来而已，这里的"真"，说的是小说的创作，也即是不能把小说创作得太真，创作得太真的话，就是照搬现实，失去了小说的魅力，而失却了小说魅力的小说，怎么说也是一个失败的小说。

小说的"假"，可以产生一种强大的张力，使得小说具备丰富的内涵。我这里有两个例子，来说明"假"所能产生的张力和具备的无限延伸的可能。格非在《小说叙事研究》中讲到这么一个关于小说叙事的经典故事：一对夫妇在游轮上，不小心把一枚戒指掉到了海里，时隔多年，他们又在同一艘游轮上，从同一片海域里钓到了一条鱼，然后划开鱼肚……格非问，他们找到了什么？我在想，大部分读者可能都会说，他们会在鱼肚里找到当年掉到海里的那枚戒指，这样，才有奇特的效果，构成一种千年不遇的巧合，产生一种阅读带来的新奇体验。然而，格非却说，划开鱼肚后，里面什么都没有。这就造成了一种读者预设结果和小说创作结果间的强大间隙，而这种间隙，就能够产生一种张力，形成一种预设的失败，对读者来说，或许是另一种阅读感受。

而且，单就这个例子来说，到底孰真孰假？划开鱼肚找到戒指更真，还是划开鱼肚什么也没找到更真？或许，对于现实生活来说，划开鱼肚什么也没找到更真吧。但在读者那里，他们希望划开鱼肚找到戒指这个"假"的更真，这，或许也能解释小说为什么得"假"了。

另一个例子是，某个作家曾经讲了一个故事，以此来解答什么是小说的问题。他说，一个农民，每天扛着锄头出门，到地里去锄地，种庄稼，今天去，明天去，后天还去，这样日复一日，年复一年，都在地里埋头苦干，我们把这个场景如实地描述出来，这是小说吗？可能就不是了。这是现实，很真，几乎全中国的农民都在做这样的事。但是，如果我们说，这个农民所锄的这块地，明天就会被征作他用，他今天再扛着锄头出去锄地，这就是小说了。因为，今天的锄地，就有了一种难以割舍的情怀，是人类和土地的最后告别，看似简单地锄地，便有了一种象征意蕴，这就是小说了。那块地明天会不会征作他用，我们不得而知，但这么一"假"，便有了小说的味道。

小说是虚构的，虚构是小说的灵魂，这是一个常识。虚构，就是"假"，"假"是小说区别于其他文体的一个最显著的特征，没有虚构，就没有小说，换句话说，就是不能把小说当真。小说中所描绘的世界，是一个虚构的世界，是区别于我们现实生活的另一个世界，就像孩子们眼中的童话世界一样，所不同的是，这是一个残酷的"童话"。

当然，小说的"假"，不能太假，太假了就会失真，失真的小说就不是小说了，那叫胡说八道。小说的"假"，得来源于现实的"真"。我们能容忍在某部小说中，某个朝代的人们开着汽车在高速公路上风驰电掣吗？显然不能。小说玩"穿越"可以，但得"穿越"得有根有据，不能"胡穿乱越"。美国作家安妮·普鲁有一段话，可谓道出了小说"真"和"假"的关系："我和一位羊倌谈话，以便确定我所描写的20世纪60年代早期，可以有一对白人牧童看护羊群，这一点是符合历史事实的……"小说是"假"的，但不能假到离谱，得尊重历史，尊重常识。安妮·普鲁的这段话告诉我们，小说中哪些是可以"假"的，哪些是不能"假"的，事实的真实对小说而言，是很重要的，其重要程度不亚于小说的虚构，小说虽说是创设一种"假"的生活，但这种"假"必须是在真实的条件下派生出来的："真"，是"假"的源泉；"假"，是"真"的反映。

马尔克斯的《百年孤独》很"魔幻"，卡夫卡的《变形记》很"假"，莫言的《红高粱》很"荒诞"，韩少功的《爸爸爸》很"奇特"……但在这些"荒诞""奇特"和"假"的背后，却是无比的"真实"。这，就是小说；这，就是小说的"真"，和小说的"假"。

我们甚至可以这样说，"假"，是小说中最真实的成分。小说，就是把一个真实的故事用虚构的方式还原出来。然而，正是这虚构的"假"的真实，让我们感受到时光的停滞，感受到历史的温度，感受到现实的

"温暖"和"残酷",感受到真相的"真"和幻象的"假"。

小说的"假",意即小说不能和现实靠得太近,也不能和现实离得太远,靠得太近,小说的虚构就变成了真实;离得太远,小说就变成了故弄玄虚。一个好的小说家,总是能把握住小说中"真""假"的度,甚至把真的做得很假,把假的做得很真。博尔赫斯在谈到短篇小说《俘虏》时,就曾刻意强调,"这篇小说当然是真实的";马尔克斯在谈及他的创作时,也曾强调他小说中的魔幻来自现实,在拉丁美洲可以找到其出处。

说到小说的"假",不得不提到那些按真实事件改编的小说,这些小说里的故事,本来就是真实发生的,但却被小说家创作成了小说,比如巴别尔的《骑兵军》和马尔克斯的《一个遇难者的故事》等,怎么来看待这些小说中的"真"和"假"呢?这些小说是"真"的,还是"假"的呢?首先,我们得搞清楚一个常识,那就是小说家创作这类小说的目的,并不是想着在小说中把这些事件再复述一遍,这样的话,小说创作便没有任何意义,还不如让读者直接去看新闻报道。事件,是为小说服务的,是呈现在表面的东西,是冰山一角,小说家的目的,是要通过这个小说,来找到冰山下面所隐藏的暗流,寻找暗流中的时代气息,以及其他更为深广的象征意义,这才是小说的根本价值。

小说,是现实的易位,而不是现实的再现。小说中的现实,是清晰可见的,却又是模糊不清的,既是"真"的,又是"假"的。小说就是在这样的真真假假中,构建起一个意蕴深广的审美世界,作者通过"假"来传递思想,读者通过"假"来净化灵魂。小说的"假",假得如此真实,真实得甚至超越了我们所能亲眼看见的真实,因为,小说的"真",是经历过岁月和历史的沧桑,剔除了所有虚假后,所能遗留下来的"真",这种"真",是真的"真",这种"真",见证着小说的"假"。

希望能有更多"假"的小说,让我们看到现实和历史的"真"。

2020年5月22日

重申一下：常识很重要

在文学创作中，有些东西是基本常识，但往往这些最基本的常识，却常常被我们的作家所遗忘。因此，在这里有必要重申一下。什么是常识？

所谓常识，就是一般人所应具备且能了解的普通知识，即一个生活在社会中的心智健全的人所应具备的基本知识。注意，这里说的是基本知识，既然是基本知识，就意味着每个人都应该知道和遵守。在一个社会或某个领域，若常识都需要重申的话，不得不说是一种悲哀。

在现今的文学创作领域，有些常识也是需要重申的。

常识一：作家是知识分子。

我们首先来厘清一下，什么是知识分子。"知识分子"这个概念，来自西方，欧洲有关知识分子的概念有两个。一个来自俄国，1860年由作家波波里金提出，专指19世纪30到40年代把德国哲学引进俄国的一小圈人物，当时的沙俄相当落后，留学生带回西欧社会思想和生活方式，不满当时俄国的状况，寄寓"乌托邦"理想，对社会现实高谈阔论，并模仿西欧上流社会的生活方式，或者着手实际的社会改革。一个来自法国，起源于1898年的德雷福斯冤案。1894年，法国陆军参谋部犹太籍军官德雷福斯被诬陷为叛国罪，被革职并终身流放，法国右翼势力乘机掀起反犹浪潮，1898年1月13日，左拉以《我控诉》为题给总统写了一封公开信，呼吁重审德雷福斯被诬案，第二天，这封公开信在《曙光》报上刊出，主编克雷孟梭用"知识分子宣言"几个字来形容，此后，只要一提起"知识分子"，人们就理解为主张为德雷福斯平反的作家和教授们，他们对时政和时局多有批评议论，是政治上激进色彩很浓的人。

中国古代的知识分子阶层，曾经被儒家"治国平天下"的理念浸润了一两千年，具有强烈的社会责任感，是一群有担当、有使命、有良知，肯为老百姓说话的人。中国近代的知识分子，是鸦片战争后，在西方文明影响下，伴随着废科举和兴新学而出现的，他们是在中国从封建社会向半殖民地半封建社会转变的过程中，从封建社会中脱胎而来的仁人志士，他们在传播新思想和新知识，致力于国家的现代化建设，梁启超等可算是其中的代表。

因此，从"知识分子"这个词的历史渊源来看，知识分子是指一群受过相当教育，对社会现状和政治持批判态度和反抗精神的人，他们在社会中形成一个独特的阶层，成为当时社会意识的中心，他们以天下为己任，注重个人心态以及在社会上所扮演的角色，具有独立思考的能力和强烈的批判精神，是社会的自我批判力量和大众的代言人，代表着社会的良知。

由此，我们可以归纳出"知识分子"的典型特征：首先，必须接受过完整的教育，或者实际上已经达到这样的水平；其次，必须拥有某一方面的理论或比较系统的知识，即成为某一方面的专家或学者；再次，不能局限于自己的专业或职位，而应该关注整个社会，至少应关注本专业以外的领域；第四，具有批判精神。

作家是知识分子,这一点毋庸置疑,但扪心自问,我们现在的作家,有几个算得上是真正的"知识分子"?

知识分子首先是一个"人",所以得说"人话",什么是"人话"?"人话"就是有原则、有底线、有道德、有担当、不虚假、实事求是的话,但正是这样的"人话",却变得很难说。

知识分子得有骨气、有尊严、有操守、有健康的人格,但我们现在一些作家,却热衷于附庸权势,擅长阿谀奉承,尤其是对那些手握"资源"的"权贵",更是俨然一副奴才的嘴脸,悲哀到极致。

知识分子最为显著的特征,应该就是具有批判精神,对不合理的社会现象进行批判,发出振聋发聩的"知识分子的声音"。而我们在现在的文学作品中看到的是什么呢?到处都沐浴着"阳光",广阔的土地上歌舞升平,充满和煦的"温暖"。

这是文学吗?可以说是,但更多的却不是,至少不是真正的文学。这让我想起了几年前一部根据同名长篇小说改编的电视剧,当年那是一片叫好声,火得不行,观众仿佛从中看到了文学的"复兴",看到了某种期待已久的希望,编剧也一跃成为炙手可热的"一线作家",可谓"春风得意"。但正是这样,才证明了文学的悲哀:作家和读者都沉浸在这种虚假的繁荣中。

知识分子得坚持真理。

不知怎的,我突然想到了北岛的两首诗:《结局或开始》和《宣告》。里面有这样的诗句:"以太阳的名义,黑暗公开地掠夺,沉默依然是东方的故事,人民在古老的壁画上,默默地永生,默默地死去。""我并不是英雄,在没有英雄的年代里,我只想做一个人。宁静的地平线,分开了生者和死者的行列,我只选择天空,决不跪在地上,以显出刽子手们的高大,好阻挡自由的风,从星星的弹孔里,将流出血红的黎明。"

北岛的这两首诗,自有其历史背景,而且,这个历史背景,或许对于当今的绝大多数青年来说,是那样的陌生,陌生得一脸茫然。这,其实也很正常,毕竟,历史的洪流,是如此的巨大。平等和尊严,是真理,但更是常识,为了常识挺身而出,需要非凡的勇气,但更透露出无比的悲凉。

回到北岛的两首诗,北岛的诗虽然有点"剑拔弩张",但说到底,也只是说出了一些常识。北岛是不是一流作家我不知道,也不敢妄加评判,但从这两首诗里我看到北岛是一个有常识的作家,一个有勇气的作家,一个坚持真理的真正的作家。其他姑且不论,单就这一点来说,北岛就值得我们尊敬。

悲哀的是,这样的作家,正在逐渐变得稀缺。

知识分子和作家,是一个社会的良知,如果一个社会,连知识分子和作家都失去了应有的良知,那么这个社会,就值得我们反思。

我们生存的这个世界,本就是多元的,你在新闻里看到的是一个世界,你到农村扶贫村看到的是一个世界,你到非扶贫的普通农村看到的又是一个世界,你在城里看到的是一个世界,这些世界都是真实的,没有半点虚假,我们作为作家,得真实地记录这个世界。

这就是常识。

常识二:作家靠作品说话。

作家靠作品说话,这是一个常识,但现在的很多作家却不遵守这个常识,他们不是靠作品说话,而是靠作品以外的东西说话,比如自己,比如某种身份,比如某个级别的会员,比如某种奖项,等等。

靠自己说话的作家,有一个共同特点,那就是自我吹嘘。他们会在任何一个场合"不失时机"地"介绍"自己的文学成就和创作的作品,让同行和非同行们尽可能地了解自己,最好还能"崇拜"一下自己,那他们的自我吹嘘就达到了某种目的,脸上流露出虚荣得到满足以后的巨大幸福。

靠身份说话的作家也不在少数。身份，是某种"地位"和"名誉"的象征，代表的是一种"资源"，理所当然就成了不少"不务正业"的作家所追捧的对象。有身份的人，说话自然比没有身份的人有"威力"，于是，身份就成了某些作家的"护身符"。这些有身份的作家，要么有资格，要么有名头，他们走到哪儿，都是"众星捧月"，因为他们代表的是一种无法抹杀的"权威"，这种"权威"在面对一些希望得到权威认可的作家时，尤其体现得淋漓尽致。于是，这些有身份的作家就特别喜欢"提点"和"评价"无身份的作家，这样，他们的身份就在这种"提点"和"评价"中更加得到"彰显"，说出来的话也就更能够"掷地有声"。

有身份，是好事，至少证明他曾经得到过读者的认可，身份是靠作品挣来的。但，身份也容易让人"飘忽"，甚至让人留念，舍不得放手。于是，问题就来了，该怎么面对这样的身份，和由身份所产生的"话语权"：是紧紧抓住"名誉"的尾巴迟迟不放，还是真诚地让路"后浪"？是继续使用身份特权捞取各种好处，还是放开胸襟让出既得利益？

我们不时会见到这么一种现象，那就是在各种重要的和不重要的评奖中，会出现一些相同的名字，这些名字不仅是熟悉的，有的还是"德高望重"的，他们长期霸占着榜单。其实，这挺无聊的，按理说，这些作家已经算得上是"功成名就"了，该得的荣誉也早已得过，可为什么总是喜欢来跟"晚辈"们凑热闹呢？一次一次地得一些相同的奖，这不仅不能给他们带来和该奖项相匹配的荣誉，相反，会拉低身价，但依然有不少作家乐此不疲，这是何苦呢？有时想想，急流勇退也是需要勇气的。

靠身份说话，还有一种表现，那就是对某种级别的会员表达出"疯魔"般的追求。作家有追求，是对的，希望自己的创作成果得到"官方"的认可，也是对的，在此基础上，顺理成章地成为某种级别的会员，依然是对的，没有任何错误，但问题就来了，为了成为会员而成为会员，就有点偏颇和着魔了。有的作家，为了成为中国作协会员，不停地申请，使尽浑身解数，失败十几次，依然初衷不改，甚至通过一些"非文学"的途径，弄得成为中国作协会员，就是今生创作的最高目标一样，让人哭笑不得。每年中国作协新会员"放榜"的时候，都是几家欢喜几家愁，失败的胸中不平，牢骚满腹，通过的志得意满，春风得意，一条一条的朋友圈，铺天盖地地袭来，让人目不暇接，各地的新闻媒体也不闲着，跟进凑热闹，发布消息，加油鼓劲，更有甚者，地方政府也出台政策，成为会员，奖励多少，当成一种政绩来衡量，当然，这说明地方政府重视文学，作家的地位得到了提高，于作家和文学创作来说，是一件好事，但作家假若以此来追名逐利，荒废了创作，就得不偿失了。

会员，能说明一定的问题，但不能说明全部问题，何苦去为了一个虚无缥缈的"名号"，忘却创作的初衷呢？更何况，会员的作品就一定比非会员的作品好？我看未必。中国作协会员早已突破万人，而真正拿得出作品，或者作品经得住时间检验的，有多少？你是某级别的会员，除了能在作自我简介的时候添加一点不痛不痒的文字以外，于创作来说，没有任何益处。

这里，我突然想到了作家余华的一个小故事。20世纪90年代余华参加中国作协作代会的时候，还不是中国作协会员，于是就把余华作为"特邀代表"放在了江浙团的名单里，开会时，韩少功笑眯眯地走过来跟余华开玩笑，弄了半天你还不是中国作协会员，你想混进来开我们这个会？而彼时的余华已经创作出了《十八岁出门远行》《活着》《在细雨中呼喊》等作品，可见，是不是某个级别的会员，和有没有作品，完全是两码事，不必那么在意。

还有些作家，是靠某种"奖"说话的。现今的文学界，"奖"特别多，有正规的，有非正规的，有官方的，有民间的，不一而足。我们姑且不论这些所谓的"奖"，是否能够说明作品有多好，单就某些"奖"的名称来看，就相当"霸道"，不是"世界华文"，就是"全球华语"，不是涉及名山大川，就是背靠古今名人，跟糊弄一群小孩儿一样。有些作家，可谓获奖专业户，大大小小的"奖"，得有几十个，简介里面罗列出来，长长的一串，足以吓晕诸多文学爱好者，但只要一读其作品，即刻原形毕露。别说这些山寨版的"奖"了，就是全国公认的重量级奖项，说到底，也只是作品的附属品而已。茅盾文学奖和鲁迅文学奖，可谓中国最高级别的文学奖项了吧，从首届开始算起，评出了多少作品，而在漫长的历史长河中，又能留下来几部？

奖，永远都只是作品的附庸，于文学创作来说，作品才是最重要的。只有真正的作品，才会历久弥新。其实，文坛是一个相当残酷的"战场"，无论你以前多么出名，多么有分量，得过多少奖，只要你隔上那么几年不怎么"露脸"，就会淡出人们的视线。不要去刻意追求"奖"，让"奖"变得顺其自然，是你的，终归是你的，不是你的，强求也不会来。说到底，作品，才是一个作家最好的"奖"。

常识三：文学是文学。

文学是文学，不是其他任何东西的工具和附庸，政治的，事业的，职位的，都不是，文学，只能是文学。

文学和政治的关系，向来纠缠不清，从古至今无不如此，封建社会以文载"道"，到了近代，梁启超在"小说界革命"中，把小说提高到了"政治"的地位，新文化运动更是将文学作为救亡图存和推动社会变革的途径，到了"革命文学"时期，文学直接变成了革命的一种重要手段，中华人民共和国成立后的"十七年"文学，为配合政治工作的需要，文学的政治意识形态被不断强化，政治因素在"十七年"文学中占据着绝对重要的位置，其实质是文学"革命"功能的延续，当然，这种意识形态功能在后十年文学中再次被强化到了极致。

新时期文学从表面上看来是打破了"政治"的桎梏，呈现出一条

"繁荣"的多元化发展道路,但深究起来,却也与"政治"有着千丝万缕的联系。新时期文学是在有关拨乱反正和改革开放等一系列方针政策的实施背景下出现的,其实质隐藏着党的方针路线在文学领域的需求和逻辑必然,是以文学作为政治的工具来进行政治上的"拨乱反正",具有批判和反思"十年"期间"政治干预文学"的特定历史内涵。新时期初期的"伤痕文学""反思文学"和"改革文学",很大程度上其实是"十七年"时期政治化创作思路的一种延续,新时期中后期以来的文学在"去政治化"的文学想象中艰难前行,其实质同样是对过去文学"政治化"的一种强有力的反叛,而未尝不是一种"新政治化"和"再政治化"。

我们不能说文学和政治一点关系都不能有,这不现实,而且,优秀的文学作品,历来对于推动社会进步和民族发展有着重大的作用,其实这就是一种"政治",只不过不是"显在",而是"隐在"罢了。

我们说文学不能成为政治的附庸,不是说文学不能和政治有关系,而是说文学不能简单地"图解"政治,当政治的"传声筒",甚至通过文学来牟取某种"政治利益"。当然,在当下这个文学边缘化的时代,文学似乎也牟取不到什么"政治利益",但"事业利益"和"职位利益"就不一样了,这确实是文学能够实实在在带来的。

现今,确实有因为文学创作还不错的作家,改变了自己的命运,发展了自己的事业,甚至被提拔当了某个级别的干部。当然,这无可厚非,谁规定了作家就只能守着清贫过日子呢?作家也是人,也需要过普通人的生活。问题出在部分"作家"身上,这些"作家"把文学当成敲门砖,意图通过文学跻身某个阶层,结识一些生意或"事业"上的朋友,一旦达到其目的,便把文学丢弃在荒野,不再过问,说白了,文学只是这些"作家"所利用的工具,抑或是一种手段,成为作家也不是他们的目标,他们只是需要文学和作家这张皮而已,这些"作家",是假作家。

他们打着文学的幌子，到处走穴敛财，今天去搞个演讲，明天去作个秀，后天去一些中小学或乡镇做几场"公益"讲座，以混来的虚假名声，换取"涉世未深"的文学爱好者们的崇拜，以及数目不菲的"出场费"和"报酬"。正是因为有这些"作家"的存在，才搞乱了文学，让文学斯文扫地，丢掉了文学该有的高贵和尊严，丢掉了一个真正的作家该有的"脸面"。

真诚地希望我们的文学变得干净一点，还文学以本来面目：文学就是文学，而不是其他任何东西。

常识四：创作和批评应该相得益彰。

文学创作和文学批评是文学的两翼，少了谁都不行，只有这两翼配合得好了，文学才能正常地"飞行"。但现实却不是这样，现今，作家和批评家往往处于一种"敌对"的状态，你看不上我，我瞧不起你，你说你的，我弄我的，互不相干。作家看不上批评家，说他们站着说话不腰疼，光说不练，搞不来创作，才去搞批评，然而我们一弄个作品出来，你们就开始批判，要不你来试试？挑刺谁不会啊，说得好听，自己怎么不出来走两步？批评家看不上作家，说这都创作的啥作品啊，要思想没思想，要深度没深度，要语言没语言，不是这不好，就是那不好，怎么就跟理想中的好作品有那么大差距呢？于是，作家和批评家就"怼"上了。

当然，作家和批评家两者间还有另外一种状态，那就是胡乱吹捧，睁着眼睛说瞎话。作家的作品一出来，批评家一拥而上，各种花式吹捧，说得这个作品好似千年一遇，代表了某种高度。于是，作家需要批评家，用以抬高自己的"江湖地位"，批评家需要作家，用以巩固自己的"话语霸权"，真可谓两全其美，鱼和熊掌俱可兼得。这，实为另一种悲哀。

我个人认为，文学批评和文学创作真正健康的关系，理应是互相促进和相得益彰的，创作可以繁荣批评，批评可以指导创作，二者彼此共存，共同推动文学向前发展。文学批评离不开文学创作，同样，文学创作也离不开文学批评，那么，什么样的文学批评才是真正的文学批评呢？不胡吹乱侃，不矫枉过正，有理有据，言必有物，对创作有中肯的评判和有益的促进，这样的文学批评才是真正的文学批评。从某种程度上来说，文学批评比文学创作要求更高，更困难，文学创作需要的是"感知"，文学批评需要的是"理智"，批评家应该比作家站得更高，看得更远，才能发现作家存在的问题，才能反过来指导创作，帮助作家成长。

在市场经济的冲击下，文学批评还能不能保持住一种"理智"呢？当前的文学批评已经不再是单纯的文学批评了，往往伴随着"名声""待遇""职称"等欲望，那种健康的理智的文学批评，似乎已经成了遥远的过去，变得虚无缥缈了。因此，我们需要呼唤真正的文学批评。文学批评的"理智"，要求文学批评具有较高的文学素养，有些文学批评文章，总是过分依赖那些枯死的理论，而显得没有了生气，文学批评，说到底也是一种创作，不能丢失了该有的生气。我国的文学批评源远流长，积淀丰厚，早在先秦时期就已经相当活跃了，但是，文学批评发展到今天，好像淡化了这种丰厚的积淀，而去生搬硬套所谓的外来理论。不可否认，外来理论的确有其优势，但并不是所有的外来理论。都适合我们自己的文学批评，因此，我们在做文学批评的时候，得有所取舍，保持住文学批评的民族特色。

同时，文学批评应该建立在对文本仔细阅读的基础上，毕竟，文学批评是以文本为批评对象的。然而，现今的有些文学批评文章竟然脱离了文本进行批评。其实，这种批评文章就是一个现成的"套"，任谁的作品都可以往里装，我甚至质疑，批评家是不是真正读过批评对象的作品。脱离文本而进行的批评，是对作者的一种不尊敬，对文学批评的一种亵渎。

文学批评的特点，决定了"批评"不可避免地会掉进一张无法摆脱的无形的人际关系网中。文学批评的对象是具体的作家作品,作品虽然是死的,但作家却是生活在你周围的一个个活生生的人。你对其作品进行评头论足,难道就真能对作家本人视而不见?你能够做到拿着别人的钱,享用着别人的晚餐,嘴里说着别人的"坏话"?我看很难,我就做过这种"睁着眼睛说瞎话"的事。因此,从这个意义上来说,文学批评就更应该保持一种理智了,这就对文学批评家提出了更高的要求。在这么一种环境下,真正的文学批评还能存活多久呢?这无疑是一个值得深思的问题。

虽说文学批评是"理智"的,但也是"感知"的,是对文学作品的个人理解,这就难免会在文学批评的过程中,带上批评家个人的主观好恶了。因此,这里说文学批评的"理智",也只能是相对的,我们希望批评家在评价一个作品时,尽量从客观出发,以辩证的历史的全面的眼光来评判作品,尽可能少地在批评的时候,掺杂进个人的情绪化因素。

文学是不断进步和发展的,一个作家也不是一成不变的,他总是处于不断地变化和发展过程中,作家各个时期的作品,也可能表现出不同程度的成熟,从这点来说,文学批评的"理智"就显得更为重要了,我们要正确地评价一个文学现象,抑或是一个作家作品,就得从总体上去全面地把握,不能把其孤立出来,需要放回到所谓的文学"现场"和"同时代"去,进行尽可能客观的言说,这样,才不至于使文学批评发生较大的偏差。

文学批评的方法多种多样,有社会历史批评,有知人论世批评,有结构主义批评,有新批评,等等,但这些都只是形式问题,俗话说,万变不离其宗,我们的文学批评也是这样,不管你采取什么样的批评方法,最重要的一点就是得时刻保持住"理智"的姿态,做到批评得全面和深刻。

在当今,真正的文学批评有些危机重重,因而,保持住批评的"理智"就显得尤其紧迫和重要。当然，我这里说的"理智"，并不是反对那种见解独到和措辞尖锐的文学批评，相反，我个人比较推崇那种直陈其弊的文学批评——能够一针见血地指出批评对象的缺陷和不足。但那是非常困难的，不仅需要"理智"，而且还得有超乎寻常的勇气。在当今批评界，这样的批评家是值得我们敬佩的，其批评文章，读来是令人振奋的，但正是这种刚正不阿的批评风气，却常常得到一些善意的，甚或是非善意的"劝解"，希望他们不要过分直露，而要保留一点余地。

所以，批评家最重要的品质，就是得说"真"话，说让作家"脸红"的话，所谓"忠言逆耳"，但却是利于"行"的，只有作家"脸红"了，才会去反思自己的创作，才会有所进步。一个真正的批评家，得说"真"话，而一个真正的作家，也必须听得进"真"话。我们要明白一个简单的道理，能够对你说"真"话的人，绝对是朋友，而不是"敌人"，假话只能让你"裹足不前"，只有真话，才能让你"突飞猛进"。作家应该敞开胸襟，接受"真"话的洗礼，在"真"话中反思，在"真"话中成长，在"真"话中前进。

我们真诚地呼唤让作家"脸红"的文学批评，也真诚地呼唤不畏"脸红"的创作。

2020 年 5 月 28 日

从"非典"到"抗疫":有关应急创作的几点看法

2020年一开年,一场突如其来的"新冠肺炎"便从武汉开始,席卷华夏大地,呈迅速蔓延趋势,不久,便演变成一场从全国到全球的大灾难。这让我想起了2002年从广东发生并扩散至全球的"非典"事件,以及2008年的四川汶川大地震。面对这些突发的灾难,作家没有沉默,而是选择积极发声,用文字"记录"灾难,用创作抵抗灾难,产出了大量有关"灾难"的文学作品。

我们应该怎么来看待这些作品,怎么来看待类似的应急状态下的创作,是一个很有意思和值得探讨的话题。

从"非典",到汶川地震,再到"抗疫",每次灾难的发生,仿佛都会激起作家们的创作"欲望",一拥而上,"制作"出不少的"文学"作品,以此来表明自己对待灾难的态度,于是,在灾难肆虐的同时,"文学"创作也出现了空前的"盛况"。怎么说呢,作为一个作家,面对灾难,理应发声,这无可厚非,表明了作家起码在关注现实,与国家和民族同呼吸共命运,是一个作家该有的姿态。但是,这个姿态该怎么端,就值得商榷了。我们不排除有少部分作家，心系社稷，关注民生，以真诚的态度来对待灾难中的文学，用文字如实地记录灾难中涌现出来的感人事迹，和灾难下的真实状况。更有值得敬佩者，置安危于度外，在灾难中选择"逆行"，来到第一线，进行实地采访，搜集第一手资料，创作出质量很高的表现灾难的文学作品。比如这次"抗疫"，"逆行"的湖南作家纪红建说："永远在路上，对于一个作家，特别是报告文学作家来说，这是非常正常的，报告文学作家是时代的记录者，'抗疫'第一线，我们应该在场。""抗疫"第一线，"逆行"的医生很美，"逆行"的护士很美，"逆行"的警察很美，"逆行"的作家同样很美。

然而，有些作家的姿态，还是"端"得有问题。这些作家闻风而动，非常活跃，创作出不少作品，然后各种亮相，从报纸到刊物，从作协官网到个人公众号，无一不有其身影，各个群里都是其作品链接，然后收获一些键盘侠不值一钱的点赞，从而满足其虚荣，不明就里的还以为他到了创作的"井喷期"，其实，压根就是蹭了灾难的热度。我们姑且不论这些"作品"算不算得上真正的作品，有没有文学含量，单就这些行为本身，就足以让人心寒。这算什么事？全国人民都处于灾难的笼罩中，多少家庭因为灾难而痛不欲生，你不去悲痛生命的失去，痛感社会的苦难，却在那儿"消费"灾难，以灾难为幌子，满足自己的虚荣，沉醉于发表几篇不痛不痒的"作品"中，还有什么资格谈论文学？

此外，这些"作品"算不算得上作品，也是一个未知数。就像当年的"非典"和汶川地震后，突然冒出来很多文学作品，铺天盖地的地震诗，但现在看来，这些作品的价值几何，很值得我们深思。或者推广来说，这种面对灾难的应急式创作，究竟是否值得提倡？这其实涉及一个问题：应急创作到底是该重文学，还是该重现实作用？

其实，有关"非典"和地震的作品很难长久流传下来的一个十分重要的原因，就是其作品的内容，这些作品虽然是以灾难为素材，但其实大多数都是各种颂歌和加油，算得上是一种临时调制的"高级鸡汤"。文学，需要热度，更需要冷静，只有冷静下来，才能清醒地看问题，才能抵达事件的真实和内核。同时，不管怎么说，应急创作也是创作，既然是创作，就不能丢掉文学的基本外衣，变成新闻和口号，更不能变成"讨好政治"的某种工具。

　　诗评家吕进在《抗"疫"诗要守住诗的门槛》中的一些观点很有借鉴价值：在一场灾难以后，往往总会迅速地出现一批又一批的诗，形成一股热潮，而后，这些诗又会以出现时那样的速度消失得无影无踪，留下来的只是极少的篇章。只有这些极少作品能以它们的诗质经受住时间的淘洗，取得生存的资格。诗坛需要反思。面对巨大的灾难，诗歌绝不应该沉默，但只是蹭题材的热度，诗的生命将是短暂的。灾难诗仍然需要守住诗的门槛，应景，一哄而上，只能昙花一现，甚至让灾难诗变成诗灾难。近些年，诗坛的弊病就是同质化的平庸"作品"随处可见，成百上千首新"诗"涌出，似乎诗歌创作已经成为天下最容易的事。然而，好诗却屈指可数。面对前所未有的疫情，如果诗歌失语，将是诗歌的失职和耻辱。但是，就像《星星》诗刊在1979年复刊时宣示的那样：诗就是诗。抗"疫"诗要守住诗的门槛。"题材"并不能给诗歌真正的生命，以"题材"的重要为借口，拒绝诗情和语言的提炼，只能让新诗走上"非诗"的歧途。没有经过诗化处理的原生态体验，没有组成诗的言说方式的原生态语言，绝对创作不出真正的诗。守住诗的门槛，是在抗"疫"诗问题上，所面临的诗学责任和社会责任。

　　诗人梁平也曾说过："尤其在热闹的时候，一个诗人更应该保持冷静和清醒，因为诗歌带给你的高潮永远都只是一个幻觉，只有把眼睛和身体置于万籁寂静的内心，才能够看见别人看不见的波涛和汪洋。"

　　这让我想到了作家的喧闹和沉默。在我的微信朋友圈，几乎充斥着各种各样的颂歌式创作。有些作家，竟然为了蹭热点容易发表，刻意去创作，但他们究竟了解疫情多少，是很让人质疑的。灾难，是需要思考的，很多创作，需要冷静，在当下，是否能够创作？或许有人会问：这些作家的创作，会不会是单纯地为了"完成任务"呢？有没有所谓"迫不得已"的成分？或许有，也或许没有，我无法回答，但我却遇到一个值得深思的现象：在我的朋友圈里，普遍被认为有原则和底线的作家，此次无一例外地选择了沉默，而活跃的，大部分都是平时基本上没什么原则的，他们不管在什么时候，都喜欢伺机而动，这和有无灾难无关。

我觉得，应该没有什么具体的"任务"可言，大部分都是自愿的创作，所谓的"完成任务"，或许也只是一种用于遮掩的托词。话说回来，就算是有"任务"，由于"人在江湖，身不由己"而不得不完成，也完全可以完成得用心一点，用作品来真实地记录这一场给我们带来无尽创伤的灾难，大可不必变成千篇一律的"颂歌"。而且，从这些集中"井喷"的作家作品来看，里面大部分是诗人，当然，这和诗歌的文体特征有关，无可厚非，但是，"井喷"的大多是一些缺少"影响"的诗人，这些诗人，平常的"活跃度"都不怎么高，露脸的机会不多，然而，一旦时机来临，他们的"出镜率"就变得极高，借机出尽了风头，真可谓一时间"春风得意"，突然"成名"。

这，让我想到了一个值得深思的话题：有无这样的可能，我们现在读到的作品，也是"当年"突然冒出来的作家作品？那么，由此延伸开来，我们今天通过各种媒体所获取的"史料"，其真实程度和可信程度，到底有多高？这次疫情，我们见到各种消息，官方的，民间的，个人的，在我们普通民众看来，其实已经无法鉴别其真假，这些消息中哪些又能够流传下来作为以后的"史料"？而后人在阅读我们"今天"的"史料"的时候，是否会根据"史料"而出现很大程度上的误读？同样，对于我们来说，如何鉴别历史上的"史料"，也是一个值得关注的问题。

再回到作家的沉默。我们现在的环境，沉默，其实是很难的，大家都在"发声",而你不"发声",就显得很"另类",有时甚至会被冠上"逃避责任"的帽子,各路键盘侠也会把你架到风口浪尖上去,然而,你一"发声",也会显得"另类",因为你发出了"不同"的声音。对于作家这个特殊的群体来说,在无法"发声"的境况下,沉默,有时也是一种美德。

湖北作家李修文,作为湖北的作协主席,李修文无疑成了争议的焦点,尤其是李修文作为方方的继任者,在《方方日记》流传甚广的时候,李修文没有及时"发声",更是使争议不断。

事实上,李修文算得上一个优秀的作家,他的散文集《山河袈裟》获得第七届鲁迅文学奖,讲述了一群执拗却保有生命温度的小人物的故事;既记录了他们不幸的命运遭遇,也展现了他们高贵的尊严,作者倾注于微小个体生命的细致体察和深切关爱,呈现出一种生命的热力,虽然知道坎坷的必然命运,但也要坚持"绝不应该向此时此地举手投降"的信念,构成了该书的特有价值。

李修文在接受采访时,谈到了关于"文学"和"抗疫"的一些看法:在"抗疫"的恐惧和困惑下,"我什么都做不了,我是个作家,很多人说你可以创作啊,那怎么可能:生活已经把你打回了原形,水落石出时,你就要承担一个人在这样一个境遇下的职责,尽一个人的本分,至于创作,那是以后的事,而且我认为灾难文学的唯一伦理,就是反思灾难";"2008年汶川大地震的时候,我去过汶川,我的一个极大的感受就是:创伤将永远停留在遭到创伤的地方,一辈子都无法弥补";"我在网上看到一个视频:殡葬车在前面开,一个小女孩儿在后面跟着喊着妈妈。看到这个视频,我就受不了了,我的心特别乱。我所在的小区比较大,有一天我还听到一个中年男子在喊妈妈,那天又下着雨,真是'昔日戏言身后意,今朝都到眼前来',这迫近得太厉害。那天以后我的心都是乱的,没法创作,也读不进书"。

李修文谈到，在灾难文学的创作中，希望作家"多一些冷静和理智"，"作家更应该致力于提高创作的品质，唯有这样，才能使其同死难者和战斗者的尊严相匹配"；"在这样一场灾难中，如何保障人的尊严和根本，已经成为任何一个作家都必须面对的问题"；灾难文学的创作"要更真诚，也更真实"，因为这"不是一场突然到来又突然结束的灾难，而是在长时间内对人进行考验，如果你不进行深刻地思考和提炼，那么，就有可能和你的创作互相抵消了，如果真是这样，……文学的尊严何在"；"我们的一些作品为什么被诟病，就是没有更加仔细地去辨认，没有更加真诚地去倾听，其结果就是不分青红皂白，任由一堆感叹号大行其道，没有严正的态度，没有一颗一起承受的心，没有相匹配的伦理和美学，那么，实际上，你的职责就并没有帮你去做值得做的事"。

关于灾难文学诞生的路径，李修文谈道："杜甫所以伟大，其一的原因是他的作品能'以诗证史'，任何人都有创作的自由，但你应该面对自己的心和别人的心，更真诚也更真实地创作，你应该尽可能地增强创作的'有效'，尽可能地去触及灾难中人的精神境遇"；"你看去年大家公认的两部最好的长篇小说，《云中记》和《人，或所有的士兵》，一部关于汶川地震，一部关于香港沦陷，文本和历史都相隔了很长时间，但是，历史却在文本里得到了复活，死去的亡灵又一次在地底挪动了他们的骸骨"；"对于灾难文学，我所理解的基本信条没有发生变化：灾难文学的目的，就是要去反思灾难，从灾难中得到精神上的成长"。

我在这里不厌其烦地摘录李修文对于灾难文学的理解，并不是想表明我对李修文的态度，而是想说明：同那些不着调的声音相比，沉默，未必是件坏事。

应急创作，确实需要降降温。文学作品需要过滤和沉淀，作家也需要冷静后再创作，当下太多的"抗疫"作品，并不冷静和理智，真正有深度的作品，需要作家和读者都冷静下来。那么，在灾难面前，文学，到底能为人类提供什么？

这就涉及灾难文学的价值问题了，从"非典"到"抗疫"，面对灾难，或许很多人都会徒生出"文学在灾难面前价值几何"的虚妄论断，其中甚至包括一些文化界的知名人士。灾难面前，人们需要实用，而文学的"无用"却不能提供"有用"，反而会让我们觉得矫情，故而，真正有操守和原则的作家，可能就会产生自我质疑，强迫自己冷静。那么，作家的失语，是不是同样感觉到了文学在灾难面前的无能为力？

然而，冷静以后，我们理应变得清醒：应急式创作，在特殊时期自有其特殊的价值和作用，但更多的却不是文学层面，而在于社会层面，文学对于灾难的心灵救赎作用，是同医护人员救治身体疾患同等重要的。

但，这里的落脚点是文学，真正的文学。在反映"新冠肺炎"的众多叙事文本中，有的是不能称其为"文学"的，同汶川地震后的"井喷式的灾难言说"类似，此次"抗疫"，也出现了集中的"抗疫"言说，所不同的是，大地震在倏忽间结束，留下的是绵绵不尽的思考和回响，而"抗疫"却因长久的持续，使得本该有的反思，被无尽的焦虑所遮蔽。因而，围绕"抗疫"更多的是"应时"的新闻报道和"应景"的口号呐喊。那么，这些是灾难文学吗？记录和报道灾难事件固然是灾难文学的应有态度，但却绝不是其唯一诉求，文学活动在审美层面上的"无用之用"，以及通过形象和情感所诉及的更深层次的思考和理智认知，才更是其本质，而这一切又蕴藉在有意味的话语和形式中，因而，"中国加油，武汉加油"不是灾难文学，而"山川异域，风月同天"却是灾难文学。

往往在这个时候，我们的文学工作者，仿佛一夜间丧失了天然的"话语优势"，一些作家的作品被批"作秀"，反而是前线的医护人员和基层工作者的诗歌作品，更接近真正的文学，这个现象的确很有深意。比如武汉方舱医院那个护士弱水吟的诗歌，一出来，就让那些所谓诗人的诗歌黯然失色，读来让人流泪，可见，文学必然来源于生活，而不是无病呻吟。新闻，唯其"真实"，才能防疫，文学亦然！真实，是一种风骨，是一个知识分子坚守的底线和责任，毕竟，讲真话和敢于讲真话的人需要勇气，且一定值得我们尊重，也一定会让这个时代记住。

从2019年12月底有各类小道消息，到现在举国"抗疫"，固然值得讨论的事有很多，潸然落泪也好，义愤填膺也罢，但我们在述说灾难时，更多感觉到的是话语，我们身处话语构成的世界，早已远离古希腊圣哲口中的"自然世界"或"真实世界"。武汉疫情汹涌，各种消息撩拨着我们的神经，爆出来的事件是话语构成的事件，我们汇总各类事件，分析其中的话语来判断事件，用话语来表达事件，然后，利用网络来侃侃而谈，甚至"出谋划策"，但是说了半天，"真实的"事件究竟是什么样子，我们不得而知，所以，各类事件经常有所谓的"反转"，以致话语常常模糊了事件。这，正应了那句俗语：不看还明白，越看越糊涂。

如果说话语是工具，那么真正有影响力的，是通过话语所传达出的观念，以及观念带来的力量。没有哪个历史时期能像今天这样，观念驳杂到这种地步，交锋得这样厉害。不同的观念影响着不同的人群，或者不同的人群秉持着不同的观念，以及在这种极端状况下爆发出的种种矛盾冲突等，我无意讨论各类观念的是非，只是觉得，20世纪改革开放提出的"团结一致向前看"，此时，能看到这个口号的成就和不足。

当下思想的驳杂，或者说混乱，可以说和历史的旧账没有彻底清算不无关系，社会价值体系当然允许内容的多样，但也应该有"基石"，并坚守其不能动摇的"确定"。当然，更让我诧异的是，人们对于各自秉持观念的执着，以及在各自崇尚的观念的驱使下，呈现出万花筒般的言行。我一直觉得，作品和现象可能就如柏拉图的"洞喻"比喻的墙上的投影，真正有价值的，是作品或现象背后运行的东西，但此次"抗疫"中的有

047

些事件，总让人如鲠在喉，不吐不舒畅。虽然"五四"已经过去了整整一百年，但这个时代仍然需要"启蒙"，尊重任何一个个体生命，才是真正地尊重文学。

2020 年 6 月 3 日

由作者简介说开去

可以说，作者简介几乎伴随着一个作者的一生，投稿时要用，出版著作时要用，出席活动时要用，作者用其来介绍自己，读者靠其来了解作者，无疑就是作者的一张名片。我见过各种各样的作者简介，有的正常，有的简单，有的繁复，有的奇葩，可谓千姿百态，名目繁多，竟有一种"乱花渐欲迷人眼"的错觉。任何一个作者简介的背后，都隐藏着一个鲜活的灵魂，折射出的是文坛"众生相"。

我们先来看几则作者简介：

李某某，××××年出生，湖北省作家协会会员，咸宁市作家协会会员，咸宁市咸宁区作协理事，《作家视野》微信平台主编，中国诗歌网认证诗人……

田某某，文学硕士，教授，硕士研究生导师，在《山花》《飞天》等报刊发表文学作品100余篇，出版学术专著10部，获某省人民政府第十二届优秀哲学社会科学成果奖。

贾某某，毕业于某师范学院中文系，现为某大型文学期刊主编，国家一级作家，出版作品三百多万字，在《中篇小说选刊》《今古传奇》《诗潮》《中华辞赋》等期刊发表作品甚多，兼任某文学杂志总监，国内多所高校客座教授，应邀担任全国一百多所大学学生文学社团顾问，某文学工作室联盟盟主……

宋某某，教师，诗人，结业于鲁迅文学院，先后获得"时代开拓最强者"和"中国新诗百年全球华语诗作百名最具活力诗人"等数十个荣誉称号，作品散见于《中华英才》《南方文学》《贵州文学》等全国数十家文学刊物，个人事迹被《中华儿女》《中国教育报》等专题报道，同时被收录在《中华翰墨名家作品博览》等大型辞书数据库，著有诗集和小说集多部，近两年来，中国诗歌万里行组委会、中国萧军研究会等单位多次举办其作品研讨会和座谈会，得到了中国作协副主席何建明等领导的高度好评，现为中国萧军研究会大众诗社理事，华语红色诗歌促进委员会副会长……

谢某某，著名数学泰斗华罗庚故乡江苏金坛人，华罗庚实验学校教师，文学爱好者。

杨某某，某师范大学教授，曾做过十年工人，1977年后进大学，作了一些文章，出了一些书，得了一些奖，仅此而已。

类似的作者简介还有很多，以上只是选取其中几则作为代表，来展开我们今天的话题而已。作者简介，虽说只是一个简单的名片，但却能够折射出作者的心态：怎么看待文学。

上面所摘录的作者简介，虽说只是很小的一部分，但却足以说明很多问题，这里面有正常的作者简介，有"非正常"的作者简介，代表当今一些"作家"的创作"状态"。首先是"拉虎皮作大旗"，简介时底气不足，就用一些所谓"有底气"的信息来充实自己的"简介"，以达到"狐假虎威"的目的，要么以此来博取"名誉"，要么以此来抬高"身价"，要么以此来"暗示"作品的质量，等等，看似很"唬人"，其实很自卑：真正有水平的作家，需要用这么多"高调"的词语来粉饰自己吗？

我们来看看这些作者"简介"，不是"主编"就是"认证诗人"，不是"教授"就是"高级顾问"，要么就是"理事"和"副会长"，更有甚者，"盟主"都整出来了，这是在搞文学创作，还是在搞"武林大会"呢？实在没办法了，就把"同乡名人"拉出来，以此"证明"自己属于"自带光环"型。为了"自抬"身价，作者们不断"扩大"认可的范围，省市一级已经满足不了该有的"权威"了，于是，认证机构纷纷被冠以"中华"和"中国"等国字头，甚而，"国际文坛"和"全球华语"等"组织"也会适时地出现，来"证明"作者们在文学创作领域所取得的"成绩"。

作者简介，首先得"简"，捡紧要的介绍，而不要"面面俱到"，唯恐漏掉某个"傲视群雄"的"成就"，而被别人小看。有些作者简介，长达千字，把自己所取得的"成就"逐一介绍，弄得作者简介比作品还长，真算得上是"老太婆的裹脚布"了，看得你想吐的心都有了。其实，这样的作者简介，并没有太多人去认真地看，往往会达到和作者本来意图相反的效果。我们会发现，越是没什么名气的作者，作者简介往往越长，而那些真正有本事的作者，简介才是真正的"简"。我见过最"简"的作者简介，是作家余华的，就两个字：余华，作家。但这两个字，足以说明一切问题，对余华来说，一切的简介，都是多余的，名字，就是最好的简介。

其实，作者简介，说到底，还是"名利"在作祟，那些不看重名利的作者，其作者简介往往很简单，甚至极有特色，而那些看重名利的作者，其作者简介往往不"简"，这，和有无"名气"无关。此时，我突然想到了两个朋友的作者简介，一个是小说家陈小勇，一个是诗人冉仲景，现把他们的作者简介摘录于此，以供诸位"欣赏"：

陈小勇，一个有电脑的农民。

冉仲景，阶级成分贫农，毕业于重庆市酉阳县米旺公社正南村小，跟村支书搭过白，和邵幺妹拉过手，在全村各级山顶演唱过山歌若干首，代表作为一张请假条和几份检讨书，姓名被《户口簿》收录。

其实，熟悉陈小勇和冉仲景的人都知道，他们在文学创作上所取得的成就并不小。陈小勇的长篇小说《桶子里的张九一》于2011年摘得重庆市第四届"巴蜀青年文学奖"首奖的桂冠，后作为中国作协"21世纪文学之星丛书"由作家出版社出版，近年来，在《中国作家》《民族文学》《山西文学》等刊物发表中短篇小说若干，产生了一定的影响，除此以外，陈小勇对待创作的态度极其虔诚，他曾因为不满意自己的小说，亲手毁掉了其中十几万字的草稿，用以追求质量。冉仲景诗名很盛，曾参加过《诗刊》组织的第15届"青春诗会"，出版了《从朗诵到吹奏》《米》等四部诗集，获得过重庆市文学奖和"薛林诗歌奖"等奖项，《人民文学》主编施战军曾这样评价冉仲景："这是一个非常重要的诗人……是一个很了不起的素质非常全面的诗人。"

然而，陈小勇和冉仲景的作者简介，和那些自吹自擂的"大咖"相比，却显得异常亲切和有趣，体现出一种"超然"的态度，这，正说明了一个现象：越是有的，越喜欢沉默，越是没有的，越喜欢说出来，正所谓"缺什么，说什么"。当然，我是站着说话不腰疼，做不到那么淡然，也是属于那种"拉虎皮作大旗"的作者，喜欢罗列各种"成就"，看来，以后得改。别人，其实就是自己的一面镜子，我们在审视别人的时候，同时也是在审视自己：以镜为镜，可以正衣冠；以人为镜，可以正灵魂。

这让我想到了一个庞大的群体：底层作者。

什么是底层作者？这是一个含混的概念。就我的理解来看，所谓的"底层作者"，应该是指处于文学这个"食物链"底端的作者群，他们热爱文学，刻苦创作，但是限于"水平"和"资源"等内在和外在的种种因素，致使他们很难"走出来"，发表困难，出书无望，得不到"权威"的认可，总是徘徊于文学的"边缘地带"，于是，显得有些"悲哀"的这么一群作者。

其实，文学本无"底层"和"高层"的区别，有的只是对待创作的态度，而且，很多所谓的"高层"，也大多是从"底层"奋斗出来的，很少有那种一出生就是"高层"的，就算有，也不见得会长久，所以，"底层作者"们大可不必灰心丧气，更不用怨天尤人，认认真真创作，才是文学的正道，要坚信：是金子，总会发光的；只要作品好，总会走出来的。

而且，何谓"底层"？何谓"高层"？

通常的理解，地位低，无职权，无"资源"的普通作者，就是"底层"，而身居要职，手握大把"资源"，享有某些"特权"的作者，应该就属于"高层"了。但，果真是这样吗？

于是，有些"底层"作者便开始了"旁门左道"，不思提升作品的质量，反而在作品以外下功夫，千方百计寻求"资源"，和编辑套近乎，觍着脸去求"关照"，这，才是真正的"悲哀"。

我总结了一下，"底层作者"大致有以下这些"悲哀"：

求评论。任何一个作家的作品出来，都希望得到别人的关注，这无可厚非，作品好了，读者愿读，评论家愿评，自然是一件两全其美的事。但，凡事不能强求，一旦强求，就变味了。现在有不少作家特别在乎别人对自己作品的评论，读者的评论，同行的评论，尤其是评论家的评论，似乎作品一出来，有评论家的评论，就显出作品的"不同凡响"来。然而，评论家似乎总是关注不到"底层作者"这儿来，他们总是盯着"高层"，盯着"名家"，于是，"底层作者"想要得到评论家的"评论"，便只得去"求评"了。

作品出来了，没什么反响，便通过各种关系，联系上"评论家"，旁敲侧击地说出"求评"的想法，得到应允，兴高采烈，遭到拒绝，垂头丧气。然而，评论家不够用啊，相对于作家来说，评论家显得非常"稀有"，尤其是有名的评论家，更是相当珍稀，不说万里挑一，也是千里挑一。当然，这是由评论的特点决定的，并不是随便一个人都可以成为评论家的，得有较高的学养和眼光，站到一定的高度才行。如果单纯按数量来说，几百个作家能配一个评论家就不错了，或许更少。

求得一评，甚或是未"求"，但却在某篇评论中被提到了一下，就喜笑颜开，见人便说自己的某部作品得到了某评论家的关注，还给自己作过评，满脸自豪，溢于言表，如有评论链接，更是疯狂群发，唯恐漏掉一人。假若"求评"不得，要么鄙弃评论家没眼光，高高在上，不关注"底层"，要么退而求其次，找个不是评论家的"评论家"，说上几句好话，点出一些优点，充当所谓的评论，末了，唯恐读者诸君不知该"评论家"是哪路大神，便在文末大吹特吹，冠以"著名"二字。

自费出书。这是一个比较普遍的现象，也是一个不好言说的现象。说其普遍，可以说很多作者都曾自费出过书，甚至包括某些著名作家，在成名以前，都曾有过。说其不好言说，一则因为这很伤"面子"，觉得有辱作家的"尊严"，大部分作家在说到这个话题时，都会避而不谈，讳莫如深；二则因为"自费"的未必不好，而"公费"的就未必好，很难说清楚，就我的阅读范围来说，就有很多"自费"书比"公费"书在质量上高出不止一个档次，只是鉴于目前的文学市场不景气，出版社不愿亏本，不得已而选择了"自费"。

形成鲜明对比的，是此时的微信朋友圈出现的一则消息，由"中国校园文学"公众号推出，题目是《我是路上的长生天：一个失学少女的文学和人生》。该文向大家推荐了一个新作者：晓角。读完这篇推文，我被深深震动了，仿佛灵魂受到了极大的洗礼，变得清澈透明起来。里面的作者简介是这么说的：晓角，原名李华，2003年出生，内蒙古乌兰察布人，务农，因家庭缘故没能上学，靠自学识字，喜欢文学，喜爱鲁迅和萧红，有作品发表。后面附有晓角一篇题为《不愿遗忘》的创作谈，从这篇文字里面，我们可以更清楚地看到晓角的现实人生：

"我今年17岁，个子很高，脸上青春痘长得厉害，所以我很早就不再照镜子。现在我住在政府的砖瓦扶贫房里，天天下地干活也干家务，我读书听歌养狗，有时发表文章，现在的我平静而充实。我娘患精神病多年，年轻时因没考上高中而抑郁，继而精神错乱，拖累了我外公、外婆很多年，而他们也不过是农民。我小时候家里很穷，是村里特别穷的几户。我的家庭是纯粹畸形的，三间土坯危房，我脏得像小猪，睡在炕头的垃圾堆里。因家庭原因，我没有接受过任何系统教育，我是在家人的帮助下自学识字的。我的大脑是无时无刻不幻想着的，像一条河，是文字让想象的水流动，所以我的精神世界丰富，和现实生活几乎对立。我总算'醒了'，是文学让我醒了，而醒了后，四周空无一人。17岁，我并不觉得未来自己真的会成为一个诗人，甚至不敢肯定会不会永远写下去，但，我佩服现在的自己。"

于是，晓角用灵魂创作出一首首诗歌，说这是"我对我自己的救赎"：

我是路上的长生天
一步出生
一步死亡
一步彷徨

读晓角的诗，有一种灵魂的冲击，这并不只是源于晓角现实生活的苦难，而更多来源于诗歌本身的力量。晓角的诗，让很多所谓"著名"诗人的诗，黯然失色。读者路广照说："读后，含泪已无语，花季的少年，在寻找她自己的土壤，没有温棚，便在严寒中顽强成长，没有供给，就在文学中得到营养，一棵小草，希望能成长为挺拔的白杨。"诗评家霍俊明点评晓角的诗说："在晓角的诗中我看到了近乎无处不在的精神意志。"

有许多"底层"作者，总是埋怨"底层"和"草根"身份埋没了自己，但，读完晓角的故事，还有什么想说的呢？你"底层"，至少温饱不愁，你"草根"，能草根得过晓角？虽然现在的文学生态环境存在着一定的问题，但我希望"底层"作者们，能更多地从自身去寻找原因，而不是一天到晚在那抱怨，要知道，抱怨，除了增加戾气，是解决不了任何问题的。

借名人来增光。有些"底层"作者，特别喜欢跟名家合影，一逮住机会，就一个箭步冲上去，"依偎"在名家身旁，摆出各种姿势，让同伴拍照，然后，拿着这些合影去"陶醉"，不仅陶醉自己，还陶醉别人，吹嘘自己跟某某名家关系如何，以此来显示自己在文坛的特殊"地位"，在一些不明就里的读者钦羡的眼光中，得到一种极大的满足。更有甚者，在自费书里，印刷这些合影，并在下面注明"某年某月某日和某著名作家某某某"，看着委实可悲。我倒是想问，这些合影真能增加书的分量？更何况，有些名家，真能算名家？

说了这么多，有时，我也在不断地反思我自己，是不是对这些"底层"作者，要求过于苛刻了。在现今这个社会，热爱文学，本来就不易，比起很多庸俗的爱好，起码显得很高雅，不污染环境，不危害社会，而且还很清贫，是否有必要对一个"底层"的普通作者，用如此严苛的标准来对待？尤其是在跟诗人冉仲景的一次对话后，这种感觉越来越强烈：我是不是不够宽容？

冉仲景给我讲了一个故事：在我们这个国家，有很多人下象棋，有的水平高，有的水平低，有国家队的，也有"摆地摊"的，国家队的为国争光，"摆地摊"的也就在街头巷尾图个自得其乐，消磨时间，不能因为有国家队的存在，我们就不许人家"摆地摊"了吧？有些人，一辈子就爱好个文学，文学是他的理想和追求，说到底，他也就只有那么点认识和水平，你再怎么着急，也无法改变这个事实，而且，你一旦"点破"，就等于抽空了别人的灵魂，打碎了别人一直以来所编织的"梦"，让其觉得这辈子所追求的东西，突然间变得异常"空虚"，甚至是"虚无缥缈"，所有的梦想，原来是那么一钱不值，其实，这是很残酷的。

冉仲景的话，让我陷于深深的沉思：对于"底层"作者，我们究竟应该以一种什么样的标准去衡量？到底该怎么来拿捏这个度？

在某种程度上，我是认可冉仲景的，有时，我们确实需要宽容。但，即便如此，我还是想说：作为一个作者，底层，也要"底层"得有尊严；草根，也要"草根"得有骨气，不阿谀奉承，不溜须拍马，活得坦坦荡荡，不亢不卑，这才是一个作者该有的样子。

2020年6月8日

"荣耀"或"平庸":作品成为中小学阅读试题

不少作家都有一个不大不小的希望:希望自己的作品能够成为中小学阅读试题,觉得这是一种荣耀,一份不小的荣耀,而且越是重要的考试,越觉得荣耀,比如全市的期末考试或全省的模拟考试,等等,当然,最甚者莫过于全国的统一高考了,那份荣耀简直至高无上,觉得瞬间便成了"全国知名作家"一样,无比自豪。我不知道这种风气是从什么时候开始的,接触到的这样的消息逐渐多了起来,而且,能从那些表述中看到文字背后作者的骄傲和自豪。

我曾经也有过这样的希望,尤其是看见不少朋友在"朋友圈"配发试题的时候,那种羡慕是显而易见的,总是幻想着,当学生们在做自己作品出成的试题的时候,那种感觉,肯定无比奇特,俨然有一种肩负着启迪祖国下一代的神圣使命。还有,就是想尝试一下,如果自己来做自己作品的试题,会不会做对,能够做对多少,以此来看看自己在理解作品上,和别人在理解作品上的差异。尤其是当自己的朋友是老师,或者朋友的孩子,刚好做到自己的作品,然后,某一天碰到你对你说起的时候，那种自豪感，甭提有多高了，简直有一种出人头地的"沉醉"，能够"嘚瑟"好几天。

当然，也或许有另外一个原因，那就是任何一个作者，其实都是从中小学过来的，当年做题时那种冥思苦想的"痛苦"，那种无法摆脱的被"虐待"，让人刻骨铭心，现在，时过境迁，今非昔比，可谓三十年河东三十年河西，作品成了试题，去"虐待"别人，有一种"报复"得逞的强烈感觉，怎一个"爽"字了得。

我认为，作家们希望作品成为试题的原因，不外乎就是这么几点吧，或许还有其他，但我就不得而知了。直到有一天，我的这个愿望竟然实现了，我首发于《芒种》的小小说《门道》被选为甘肃省兰州市2017年语文模拟的现代文阅读试题，让我体验了一下那种奇特的感觉，这以后，又陆陆续续有几篇小文章被编为试题，但此时，我却变得迟钝或麻木了，失去了当初的那种兴奋。

我永远记得那个下午，我在西南大学图书馆看书，突然接到一个来自兰州的陌生电话，电话里，是一个自称某中学老师的男子。男子说，他在读到《门道》这篇小说以后，非常喜欢，费尽周折，才从我就读的本科学校老师那儿打听到我的联系方式，冒昧给我打电话，就是想请教几个问题。然后，我们就小说的诸多方面进行了探讨，他说了他和几个同事对于小说的理解，我也详细介绍了我创作这个小说时的想法，以及我最终想要表达的东西，这以后，便客气地道了别。当时，我也没意识到他是想把《门道》出成试题，直到后来，我在网上无意中看到了试题的原型，才想起那个电话，突然觉得，这个老师真是一个求真务实的好老师，在出题的时候，力争做到不主观臆断，不片面理解，在读者理解的基础上，同时征求作者意见，尽可能做到解读得全面，真正算得上是为下一代负责。彼时，我还有一点小感动。

现今，三年过去了，当我重新来对待这个问题的时候，我想到的，远远超过了当初。我在想，我们到底应该怎么来对待作品成为中小学阅读试题这件事？当然，肯定有荣耀，这毋庸置疑，但从深层次上来讲，是说明作品好呢，还是说明作品"差"？是意味着作品深刻呢，还是意味着作品"平庸"？或者，对于一个作家来说，作品成为试题，真的有那么荣耀吗？

这还得从中小学语文教育说起。2005年，我本科毕业以后，曾经当了将近十年的中学语文教师，在中学语文教育领域，默默耕耘了十来个年头，可对中学语文教育，有着"刻骨"的体会，现在，来简单地说一说。

现今我国中小学的语文教育现状是值得我们反思的，不少语文教师在讲解课文时，通常都是把一篇篇文质优美的课文"肢解"成单独的段落和句子，基本"顾不上"课文的整体意蕴，只挑选其中的语段作讲解，讲解内容也跳不出结构和词汇等等"规范化"的框架，诸如这段话说了什么，这个句子中哪个词语用得好，好在哪里，在全文中起什么作用等等，而给出的"标准答案"也基本逃不出"铺垫"和"前后照应"等一系列模式化的东西。长此以往，学生对文学的兴趣，就开始减弱，就连教师也会在教的过程中感到无可奈何，教完一篇课文，教师只是给学生讲解了一些零散的知识点，完全说不上培养了什么阅读和欣赏文学作品的兴趣。

语文和文学本是密不可分的，可现今在语文和文学间，隔着一道险峻的"分水岭"，我们总能够看到这么一些无法理解的矛盾：一方希望思想开放，一方强调标准答案；一方主张自由想象，一方制造"现代八股"；一方注重创新思维，一方坚持程式教育……这么一场"对话"的潜台词在于，是开拓一代青少年的创新思维，还是维持语文课堂上死板僵化的"固负式"教育？现在我们经常听说，某某作家或某某文化名人，做高中语文试题不及格，这到底是我们语文教育的成功呢，还是悲哀呢？按照中小学语文上的一些"规范"说法，我们是无法解释一些优美的"文学语言"的,比如王蒙的短篇小说《坚硬的稀粥》,阎连科的长篇小说《坚硬如水》,以及余华在《十八岁出门远行》中"我就这样从早晨里穿过,现在走进了下午的尾声,而且还看到了黄昏的头发"这样的描绘等,这些"文学语言",如果从中小学语文这个角度来看的话就完全是"病句",这些现象,我们该如何解释?

　　当然,这也不能全部"赖"给中小学教师,教师也是迫不得已,应试这么要求,只能这么教,不然学生成绩上不去,只会显得自己教育水平差。就学生来说,阅读和作文,理应是沟通语文和文学的"桥梁",阅读,是"文学"的理解;作文,是"文学"的创作,若能把"应试"向"素质"略作倾斜,十几岁的孩子理应学会观察和表达,从而体会到某种真实的"创作"状态,总不至于心中无事和口中无词,但现在的中学生作文呢,有多少具备"文学"的特征?课文本是作文的范本,但现今的语文教育直如焚琴煮鹤,不去领会文学的整体审美意蕴,而如病理解剖一般,把一篇篇优美的文章变成"断垣残壁",归纳段落大意,实在是舍本逐末。阅读理解试题,更是一种"套路",从试题设置到答案设置,无一不是,从加点词语的理解,到画线句子的内涵,到分析作者的思路,最后概括文章的主题,换汤不换药,答题时照"套路"走,定不会差到哪里去,于是,阅读理解,越来越远离了文学鉴赏。

　　这让我想起一件事,在某篇小说中,我用到了两个词,号啕大笑和哈哈大哭,在另一篇散文中,我用到了另一个词,血泪满仓,结果,小说和散文出来的时候,编辑估计是我用错了,抑或是不注意的"失误",于是,帮我"纠正"了回来,小说里改成了号啕大哭和哈哈大笑,散文里改成了血泪满腔,我竟一时无语。我知道,这不能怨编辑,我们从小接受的语文教育,就是不能生造词语,这是基本的"规范",不能轻易"打破",我这儿的确是生造了词语,但,我想说的是,在某种特定的场景,尤其是文学创作里,号啕大笑和哈哈大哭不是比号啕大哭和哈哈

061

笑更能表达出某种复杂的情绪,而血泪满仓不是比血泪满腔更形象和意蕴更深一层吗?我在想,以文学为职业的编辑都能出现这样的认知,更何况以"规范"为准则的中小学师生了。

我们再来看看,究竟哪些文章适宜编成中小学阅读理解试题?这一点对于我的判断非常重要,有必要厘清一下。结合中小学阅读理解的实际,以下几类文章比较适宜出成阅读理解试题。

首先,不能太长。一张卷子就那么大版面和内容,太长的文章是肯定不行的,不仅卷面放不下,而且学生在规定的时间也读不完,无法答题。所以,阅读理解的文章,只能短,一般一千字左右,这样,在篇幅上才合适。

其次,主题得积极向上。中小学生是祖国的未来,我们的教育,得无时无刻地朝着健康的方向前进,得用阳光的积极向上的"正能量"作品来熏陶和引导他们,这样才符合教育的本质。于是,命题者在编选阅读试题的时候,积极向上便成了一个至关重要的标准,这直接涉及"方向"问题,开不得半点玩笑,不允许出现任何的差错。显然,那些以批判和揭露为主的作品,肯定是无缘阅读试题了,这不是水平问题,而直接是"方向"问题。阅读理解试题所选的作品,主体得"歌颂","歌颂"美德,"歌颂"精神,"歌颂"某种境界和哲理等等。然而,一个事实却摆在我们面前,古今中外文学史上,以"歌颂"为主的文学作品,大多被历史所淹没,反而是那些以揭露和批判为主的作品,历经历史的淘洗,成就了某种经典和名著名篇。从这个角度来说,作品成为中小学阅读试题,可能是因为主题合适而已。

再次,作品不能太深,理解起来不能太难。阅读理解所选的文章,绝对不能太难,太难了,学生理解不了,做不出题,得不了分,这就失去了"阅读"的意义。阅读理解文章不能太深,不然就没法"阅读"。不深,就意味着某种"浅显",抑可说是某种"平庸",而说某部作品"平庸"，于作家而言，就等于某种否定了。

可见，我们不能太过沉迷于作品成为中小学阅读试题，尤其对于那些胸有大志的作者来说。于真正的文学而言，是否成为中小学阅读试题，从来都不是一个判断标准，而且，永远都不会。

有一次，酉阳作家倪月友来北碚，我们在西南大学校园里散步闲聊，谈到了我的两个小说：《门道》和《茶道》。这是我几年前创作的"道"系列小说中的两个，一个首发《芒种》，一个首发《天池》，《门道》最终被编为阅读理解试题，而《茶道》却没有。倪月友说，他觉得《茶道》比《门道》更好，我问为什么，他说，因为有更多的阐释和解读空间，或者说，更深。于是，对我一一说出他对于《茶道》的理解，还征求我的意见。当时，我竟无言，因为除了极个别地方和我的理解有所偏差以外，其余全都是我创作的原意。其时，我曾经以为，比起《门道》来，《茶道》似乎更适合用来作阅读理解试题，因为意蕴更丰富。但，那一刻，我就开始假设，假若《茶道》真成了阅读理解，学生能理解几层？而我和倪月友的这次闲聊，则直接成了本文的源头。

第四，选择的作品得容易命题和容易作答。这和第三点有些类似，但我觉得还是有必要提出来说一下。有些文章是不适合出成阅读理解试题的，因为不好"命题"，就算勉强"命题"，也不好"答题"，这就没法"理解"和"阅读"了。中小学阅读题型的设置，有其应该遵守的"规范"，超出这个"规范"，是不行的，一切题目的设置都必须在这个"规范"以内。所以，文章的选择必须得有"命题"的靶向，能有的放矢，比如能找出既"明显"又"隐蔽"的某个句子，可以用作详细分析；比如稍加整理就能厘清的作者的思路，能用来"串"起整篇文章；比如有着既不很深也不很浅的某种主题，能延伸和拓展学生的阅读迁移水平；比如能暗含某种"深刻"的哲理，能潜移默化地影响学生的"德育"净化，等等，而不能选择那些主题含混不清，甚至不知所云的"玄幻"类文章，那些"消极"的文章，那些过于"直露"的文章，等等。

　　同时，在能"命题"的基础上，还要能"作答"，能在文章中的某些"位置"，找到某种隐藏着的"答案"，最好还能用上部分文章的语言来形成"答案"，不然，学生"归纳"起来，难度太大，不利于"阅读"和"理解"，这也意味着某种"失败"。

　　结合以上四点来看，我们大致了解到了什么样的文章"适合"成为中小学阅读试题，那么，面对作品成为中小学阅读试题，该报以什么样的态度，便很值得我们的作家去深思了。

　　我突然想到了一条新闻，某年某月某日，我见到了某晚报推出的一则消息，祝贺刊登于该晚报副刊的某篇文章，被选为某中学的阅读理解试题，于是，推出消息予以祝贺。或许，该报是认真的，是真觉得这事儿值得祝贺，但，正是因为其"认真"，才让我有一种"悲哀"的感觉，堂堂一个市级晚报，真是有点"小题大作"、没见过世面的"穷酸"样了。

　　那么，假若由此推广开来，我们该怎么看待作品"进"教材，"进"课外读本，"进"某种推荐读物的名单呢？是不是也有了一个可供选择的视角，以及某种不同的理解方式。

　　2020年5月，四川省广元市联合《中国作家》杂志社发布了一则重磅征稿启事："32万元大奖：第八届中国作家剑门关文学奖征稿启事。"该启事设置了一个"特别奖"，用以奖励某种特殊的文学创作，那即是作品"进"教材："进"全国中小学教材的广元题材文学作品，一件奖励100万元；"进"省市自治区中小学教材的广元题材文学作品，一件奖励50万元；"进"大中专院校教材的广元题材文学作品，一件奖励3万元。

　　从这则征稿启事看来，广元市确实是为宣传本市下了"重注"，奖项高端，奖金丰厚，虽然我们不能简单地把这种以宣传为目的的行为等同于文学，但这毕竟从一个侧面反映了作品"进"教材在"官方"和"民间"的某种分量，也反映了现今人们对文学作品的某种认识。这则征稿启事背后，所延伸和折射出来的关于文学的价值评判尺度，很是值得我们深思。

这里，我想说，某些作品，天生就是适合中小学生阅读的，比如儿童文学和少年文学，比如沈石溪的动物小说等，而有些作品，天生就是"拒绝"中小学生的，比如鲁迅的作品。有一种说法，叫"少不读鲁迅，老不读胡适"，这句话可以反过来理解，那就是少年时多读胡适，老年时再读鲁迅不迟。鲁迅是一位伟大而深刻的作家，其尖锐的观察、丰富的体验、"刻薄"的用语、苍凉的词调、深刻的思想，都是常人难以比肩的，年迈以后，再来读鲁迅，会有更深刻的体会，也会有更真切的收获。鲁迅深刻而绝望，胡适平易而葆有希望，少年多读胡适，便于养成健康的心理；老年多读鲁迅，则可以减少暮气。

当然，还有一种说法，叫"成年人最大的悲哀，就是理解了鲁迅"，鲁迅作品里的那种无边的"黑暗"和彻骨的"悲凉"，能让成年人独具"慧眼"，看清楚一些隐藏在"背后"的东西，使人更有思想，成为一个真正的"人"，而不是某种"僵尸"，麻木地行走于世，而苟且地活着。

近年来，鲁迅的作品从中小学课本里大幅度"下架"，不得不让人感叹。我在想，这或许是因鲁迅作品的思想太过深刻和沉重，于中小学生来说，理解起来困难重重，不得已罢了。作家，一个很重要的标准，就是得有思想，一个没有思想的作家，算不得一个作家，至少，算不得一个优秀的作家。

谨此，同作家朋友们共勉！

2020年6月13日

沉寂的小说圈和沉寂的小说

　　同"热闹"的诗坛和诗相比,小说和小说圈就显得"沉寂"了许多。
　　这,或许是由文体决定的:诗,需要激情;小说,需要冷静。诗,是喷薄的、跳跃的;小说,是冷静的、压制的,小说如果不克制,任由故事牵着作者走,或许,就会变成一篇失败的小说。由此,从文体特征来说,小说家天生就要比诗人沉寂。自然,小说圈就比诗坛要沉寂了。
　　这种沉寂,是相对的,也是必须的。小说,一般都比较长,就算是个短篇,也得耗费作家不少时间,从构思到成稿,没个几天时间,是拿不下来的,更别说中长篇了,少则十天半月,多则几年十几年,更有甚者,会花去一辈子的时间。诗,则不一样,有感觉了就来,一挥而就,几分钟就可以搞定,对有些诗人来说,一天创作几十首,也不在话下。从某个角度来说,诗,需要的是天赋,而小说,需要的是沉淀。诗,强调的是有"感"而发,小说,强调的是有"理"而发,有"思想"而发。小说创作,是多方面的"煎熬",从心智到忍耐,从手法到天分,从知识含量到身体条件,缺一不可。

一部小说，作者得由一个"故事核"去不断地展开叙事，去想这个小说最终要表达什么深层次的思想和内涵，在此过程中得采取什么样的叙事手法，小说中所讲的故事是不是符合历史事实，找不找得到历史根据，会不会冒出一些低级的可笑的失误，小说中的哪种形象需要说哪些话和做哪些事，是不是符合其身份，会不会显得不真实等等。小说创作一旦开始，一时半会儿完成不了，一觉起来，昨天的思路还能不能接上，有没有什么事中途来打断这种思路，自己的身体条件能不能支撑长时间地久坐和冥思苦想，这些都是小说创作中常常面临的问题。

不沉寂，是不行的。

因此，小说家是不太可能像诗人那样，三天两头一聚会，十天半月一采风的。就我所在的城市来说，诗人们的活动是很多的，从朗诵会到发布会，从茶话会到研讨会，一年中，总是在不间断地召开，这会才没结束几天，那会又紧锣密鼓地进行了，诗人们你来我往，显得特别热闹，而小说圈，则沉寂多了，一年半载不见有一次活动，甚至有很多小说家虽同在一个城市，却只闻其名，不识其人，更不用说见其面了。

当然，这种沉寂，于小说来说，是正常的，而非不正常。同时，我在想，小说圈的这种沉寂，绝不仅仅只限于我所在的城市，而会存在于大部分城市。当然，也有那种天生喜"闹"的小说家，总是喜欢往诗人堆里扎，这也没什么不可，作家也是人嘛，总得有所不同，不可能千篇一律。但，总体来说，小说圈是显得比较沉寂的。

小说圈，需要这种沉寂。

小说，是"磨"出来的。话说一个小说家，成天像诗人那样，集会和采风，还怎么创作小说？然而，诗却不一样，诗，有时只需要一点点灵感，即可成诗，小说，则不行。

小说的沉寂，首先得"沉"。沉，是沉积，是沉淀，是深沉。

沉积，是积累，是生活的积累，是沉下去的积累，是沉下去认真观察和体验生活后，形成的"形而上"的积累。小说是生活的"再现"，来源于生活，但却高于生活。没有生活的小说，是飘的，飘在云端，不接地气。这里的沉下去，是说在积累生活的时候，得真正融到生活里去，而不是流于表面。你到农村去走走，看看，甚至住住，都不算是沉下去，真正的沉下去，是你得知道农民的生活，农民的思想，农民认识这个世界的方式。因此，小说创作最好先从自己熟悉的东西着手，这样才能游刃有余，不会顾此失彼，这也是很多作家都有一个属于自己的文学场域或者文学故乡的原因。

当然，我并不是说小说只能选择自己熟悉的东西，只是说熟悉的东西更容易把握，更容易知道得"深"，这样才能使得小说更成功，尤其对于初学者来说，更是这样。或许，对于很多读者和作者来说，会产生这样一个疑问，那就是我们读到的很多小说，看起来并不是属于该作者熟悉的东西，但还是显得那么真，这是何道理？另外，自己熟悉的东西，始终有限，总有用完的一天，难道我们就无可用的素材了？

话不能这样说，小说创作，其实是有一定经验的，所谓熟能生巧，就是这个意思，很多作家在小说中呈现出看似自己不熟悉的东西，那是因为其小说创作的技巧已经到了能够以假乱真的地步，能够把不熟悉的东西，通过某种处理方式，变得熟悉，或者说在小说中呈现出来，让读者觉得熟悉，这就够了。

而且，所谓的熟悉，并不是说作者就必须得生活在那个圈子里，才能算熟悉，熟悉的方式多种多样，并不是唯一的，此路不通，换条路就行了。比如查阅相关的书籍和材料，阅读同类型的小说，找出某些历史的现实的影音记录，反复揣摩，不放过任何一个细节，然后在此基础上，补充自己的一些想象，充实小说的内容，最终来完成这个小说。

这，也是一种积累。

沉淀，是积累以后的沉淀，是抽取出来的积累，就像水中的泥沙一样，沉淀到水底，比水有重量，能通过其看到水的另一面，比如浑浊，清澈中的浑浊。积累的东西，并不是都能用，得有挑选，有些可用，有些不可用，而且，就算是可用的东西，也得沉淀一下，看看其中的本质是什么，其故事的"核"在哪里，有无价值，价值几何。拿到一个素材就开跑，弄得离奇荒诞，曲折蜿蜒，极其好读，但小说想表达什么，一概不知，或者说，小说背后的沉淀在哪里，作者不知道，读者读不出，这样的小说，也算不得什么好小说。

沉淀，需要时间，需要理智，需要思索，需要不同的眼光，看穿一切的眼光。泥沙，不是从一开始就沉淀出来的，那时，泥沙和水是融合在一起的，不分彼此，分辨不清，只有经过一段时间的淘洗、沉淀，才会逐渐分开来，沉到水的底部，而且，我们只有透过水，才能看清楚泥沙。这，就需要时间，需要时间来鉴别，需要时间来观察，需要时间来等待，不然，就会被迷惑，被水迷惑，被泥沙本身所迷惑。

对一篇小说而言，或许，泥沙才是最重要的。水，永远都只是表象，是掩盖泥沙的一层隔膜；有时浑浊，有时清澈，小说要做的，就是穿过这层隔膜，让泥沙呈现出来。这，才是小说的本质。

泥沙，或许没什么营养，但，却能让我们认清水的真相，知道水的深浅，辨别水的清浊，从而，去认识这个水的世界。泥沙，不见得就一定是浑浊的，有害的，因而，不能排斥泥沙，更不能去屏蔽泥沙。

哲学，是一种沉淀，是古圣先贤历经历史的淘洗所总结出来的精华，可谓一种大智慧。因而，我们的小说，需要哲学，尤其是哲学的眼光，哲学的思想，哲学的厚重。没有哲学的文学是贫血的，在未有哲学和哲学意识以前，我们的思想难免平庸，思维难免简单，察言观色和瞭望大千世界的目光难免虚弱和短浅，读来灵魂一振的具有深度的小说多半出现在文学和哲学的交汇点上。一部成功的小说，在其背后，几乎都潜藏着一种哲学支撑。

深沉，即是有思想，有深度，有厚度，有广度。没有思想的文学是浅薄的，一个文学作品中有了思想，尤其是有了深度的思想，则更能显示出作品的价值和含金量，比如鲁迅的作品，我们很难想象，假若抽掉了鲁迅作品中的思想，将会是怎样一种状况。如果说一个小说的语言是外衣，内容是身体的话，那么思想则是其灵魂，少了思想，就像少了灵魂，是活不长久的。

思想，换句话说，其实就是小说的主题，贯穿于小说创作的始终，从构思到成形，主题总是存在的，所不同的只是有些小说的主题比较直露，有些小说的主题比较含蓄。从我读小学时接触语文开始，主题鲜明这个词语就一直伴随着我，如影随形，怎么都挥其不去，而且，在很长一段时间里，似乎都成了衡量一个文学作品是否成功的标志，同时，老师要求我们作文时，也得主题鲜明。

这里，我想说的是小说的主题，不应该是暴露在光天化日下的裸体，其实现形态应该是：含蓄。小说的主题，不应该漂浮到小说的表层来，而应该沉没于小说的最底部，应该像无形的精灵一样，隐藏和飘忽在小说的语言和小说的内容最深处，偶尔闪过，当你想捉住时，却飘然而去，但你分明感觉到了其存在，一个不能用简单的言辞表述的内涵丰富的东西。小说主题的直露，同作者的思想简单和浅薄有直接关系，思想贫瘠者，免不了要向读者炫耀自己的思想，而深熟饱满的思想者，却总能深沉地将自己的思想，通过语言和故事，很平缓和自然而然地流露出来，不哗众取宠，不装腔作势。

小说主题的含而不露，首先，是由生活决定的。生活本身不可能是单主题的，一件事有许多侧面，包含了许多思想，同样一个素材，不同的作者会看出不同的精神实质。的确，谁又敢声称，他对生活已经一览无余。同时，小说创作，需要读者来一同完成，只有读者阅读了，小说才算完成其使命。假若小说主题单一，并且十分明确，那就不能使读者得到想象的空间，有进行再创作的余地，那些显山显水和一览无余的小说，只能使读者感到疲惫和无聊，甚至产生蔑视。

因此，小说得有思想，小说得"深"。

此外，好的小说，不仅要有深度，还要有广度，得由此及彼，由点及面。小说中呈现出来的东西，只是一个点和符号，由这个点和符号，可以推广到无数个点和符号，比如一篇小说中呈现出一个村庄，那读者在读完这个小说后，所理解的却是所有的村庄，而不再只是小说中的那个村庄，这就是小说的广度。有广度的小说，才具有普遍作用，才能影射和涵盖某个场域，充满着隐喻和象征。

小说的沉寂，其次得"寂"。寂，是冷静，是寂寞，是克制。

创作小说，得冷静，时刻保持冷静的状态。这里有两层意思：其一，拿到一个小说素材后，别急于创作，先放一放，冷静一段时间，待到过滤和沉淀后，再来重新审视，看看其是否具备小说的价值。有些素材，看似很精彩，但仔细想想，并不见得适合弄成小说，特别是那种蹭热度的素材，更得注意，或许，一段时间后，热度过去了，便啥都不是了；此外，还有那种抽空故事后，有限的没什么实质内容的素材，也得注意。小说，尤其是优秀的小说，在其文字背后，都隐藏着一些深层次的东西，这些东西，源于小说，却高于小说，是小说的"魂"。有些小说，故事不可谓不离奇，叙述不可谓不成熟，语言不可谓不地道，但是，读者在读完以后，却什么都得不到，缺少优秀的小说本该具有，却不具有的能够延展出去的意蕴和内涵，这样的小说，同样是失败的。

其二，小说在叙述时，不能过于激动和热烈，也不能过于消极和颓唐，得尽量保持一种冷静，克制的冷静。于小说而言，叙述是极其重要的一个部分，小说的主题和思想，在很大程度上是通过叙述来体现的，叙述方式多种多样，有的直露，有的冷静，有的喷薄，有的压抑，不能说哪种叙述方式更好，但我却偏向于那种含而不露，甚至有点冷漠和压抑的叙述方式。一个作家，能很好地压制住自己的情感，让叙述变得冷静起来，也是一种本事。叙述，不应该是暴露的，而应该是隐藏和含蓄的，过分地直露，只能显得作者思想简单和幼稚浅薄，而思想成熟者，总能够把思想隐藏在文字背后，只有这样，作者才能以一种冷静的、节制的叙述口吻来表达，把自己的主观态度，寓于客观事件的叙述中，达到一种超然的置身事外的效果。然而，这种超然，却并非真正的超然，而是一种残酷的压制，作者让自己的情感强制内敛，采用一种"零度叙事"的手法，让强烈的情感蕴藏于冷静的叙述中，在一件表面冷静的外衣下，却隐藏着深深的痛。

中篇小说《长河》，里面有这么一段叙述："既然真主的口唤到了，我就走，高高兴兴地走，剩下你们好好儿活着。她叫我们姐弟几个过去，挨个儿摸我们的脸，摸完了看着我们的眼睛，说娃娃呀你们要好好儿活着，听你大的话，娘把你们闪在半路上，你们不要恨娘……"

这是描绘娘临死前的一段文字，我们在阅读这些文字的时候，有一种心被堵塞的感觉，能够真切地感受到作者那极度的悲痛，但，这种悲痛不是外露，而是内敛和压抑的，作者把这种近于极致的疼痛，通过近乎冷漠的叙事方式，缓缓地渗透和展露出来，带给我们强烈而持久的震撼。

很显然，这样的痛，比那种喊出来的痛，痛得更彻底，痛得更绝望。

这，便是冷静的力量。

小说的沉寂，还有一层意思：寂寞。寂寞，是一种境界，一种沉浸其中的空冥，在寂寞中，我们的思想更集中，思维更活跃。寂寞，是一种隔离，一种自我隔离，排除外面的一切干扰，让思维放空，在万籁俱寂中去观察生活。这样的观察，才能够把握住事物的本质，才能够穿越现实的迷雾，直抵生活的内核，看到隐藏在事物背后的东西。这，才是事物的"真"，而小说，就是要揭开覆盖在表面的装饰，露出这种"真"。

生活，是"隔"的，小说，就是要破除这种"隔"，呈现出生活的本来面目，让一切用来掩饰真相的虚假的东西，无所遁形。

我认为，这才是一部优秀的小说理应具备的品质，一部小说不可推卸的责任，以及一部小说理应担当的历史使命。

2020年6月20日

年少成名和大器晚成

北宋王安石有一篇著名的散文《伤仲永》，说的是一个"天才"的故事：江西金溪少年方仲永，是一个天才，虽"未尝识书具"，却能够"指物作诗立就"，且"文理皆有可观者"，然而，其父"利其然"，后天"不使学"，最终"泯然众人矣"。文章借方仲永为例，告诫我们不可单纯依靠天资而不注重后天培养，强调了后天教育对于成才的重要性，这让我想到了年少成名和大器晚成这一话题。说到年少成名，很容易想到方仲永，而说到大器晚成，则很容易想到苏洵。苏洵到了27岁才开窍，开始刻苦读书，后取得极高的成就，位列"唐宋八大家"其一，成了大器晚成的榜样。

天才，任何一个时代都会有，古往今来，莫不如此。现今的文坛，年少成名的少年天才也不少，一年总会冒出那么几个，表现出极强的创作天赋，作品一出手，便显示出少有的成熟，让前辈们欣喜一番，觉得不负众望，未来可期，文学事业可谓后继有人了。加上各路报刊前后一"捣腾"，更是呈现出一片"繁盛"景象，觉得未来充满希望。于是，时不时就会冒出一个最小作协会员，抑或是天才少年作家，出版作品不少，身上光环无数，代表着某种值得期许的未来。而且，这些天才的年龄越来越小，从十几岁到几岁，不断地刷新我们对于天才的认识，产生一种"廉颇老矣，尚能饭否"的悲凉感。

我虽然从不觉得年龄和作品有什么必然的联系，年龄小的不见得作品就不好，而年龄大的不见得作品就好，但我始终抱着一种疑虑：一个几岁的孩子，就算再怎么有天赋，也不见得能够创作出多么深刻的作品吧？这么多天才的横空出世，是真的未来可期，还是有一部分吹捧的因素在里面，值得我们去深思。

文学创作，是一门特殊的事业，需不需要天赋，当然需要，但更多的却是需要生活的积淀和思想的深刻。我读过一些天才少年的作品，怎么说呢，看以什么样的标准来衡量，假若以同龄孩子的眼光来看，肯定是不错的，甚至是非常优秀的，因为在多数孩子还说不清楚一件事的时候，这些天才少年不仅能思路清晰地描述一件事，还能把组织弄得这么有文采，实属不易，值得称道，但以一个优秀的文学作品的标准来衡量的话，那这些天才少年的作品，就算不得什么了，离优秀的文学作品，还有一定差距。而且，我发现，这些所谓的天才少年，几乎都有一个共同的特点，那就是确实有文采，能把文章装饰得特别"漂亮"，但，我想说的是，"漂亮"的，就一定算得上是好文章吗？

在我看来，漂亮，或许只能算是文学创作里面一个比较"低端"的层次了，离真正的好作品，还有着遥不可及的距离。我个人认为：文学创作，有三个阶段，第一个阶段，是初学阶段，这个阶段，话说不清楚，也没什么文采，语言平白浅显，其作品往往呈现出"流水账"的特征；第二个阶段，特别喜欢美化语言，觉得那些语言优美的文章，即是天底下最好的文章，因而，在创作时，总是自觉不自觉地朝着语言优美去努力，着了魔一样；最后一个阶段，往往又回到了第一个阶段，觉得那些所谓的优美，虚无缥缈，不值一提，甚至还有点浅薄，于是，又开始了重归质朴和平白，然而，这时的平白，却早已不再是第一阶段的平白了，是看穿了一切繁华后的平白，有一种返璞归真的高度在里面。

　　这，就像登山，在山脚的时候，看到的，往往粗粝；到山腰，美不胜收；待到得山顶，却是一览众山小，所有一切，尽收眼底，哪还有什么粗粝和优美的区别呢？

　　当然，在这些年少成名的少年天才里面，有些作品确实值得一读，甚至可以说是较为优秀的文学作品，就算以十分严苛的标准来判断，同样经得起推敲。这样的少年天才，我也认识一些，对他们的作品，我也非常喜欢，赞赏有加，我同样看好他们的未来，觉得假以时日，定会有所成。然而，我看到的，也有一些年少成名的少年天才，在度过了一段异常风光的日子以后，消失得无影无踪，偶有几个剩下的，不是江郎才尽，就是剑走偏锋，要么就是苦苦挣扎，在文学的道路上跌跌撞撞，碰得头破血流。

　　这，不得不引起我们深思：古往今来，为什么天才们都不得"善终"呢？

　　我在想，年少成名者，究竟是中了什么样的"魔咒"，竟始终无法走出"泯然众人矣"的怪圈。或许，还是名利使然吧。名利，多少英雄难过这一关，栽在这上面，更别说这些心智本就未成熟的少年了。名利，容易让人产生虚荣，让人飘忽，从而沉浸其中，不思进取，最终走向"堕落"。一个十几岁甚至几岁的孩子，你能奢望其理智地面对鲜花和掌声，面对赞誉和利益？这显然不太可能。

　　于是，我们看到了报纸连篇累牍地采访和报道，不吝言辞地吹捧，让这些少年忘乎所以，真以为自己是天上的文曲星下凡，举手投足间就能挥洒出传世的杰作，变得目空一切，盲目地自我陶醉。他们手舞足蹈，扬扬得意，目光中闪现出几缕自得意满的光芒，变得不再谦虚，不再刻苦，觉得一切都是天赐，取不尽用不完，无需再去走一些多此一举的路，只需好好使用这天赐的才华便是。但，他们哪里知道，才华，总有用尽的一天，江郎，也有才尽的一日，纯粹靠才华创作的作家，最终才华都会离他而去，剩下的，只有一件华丽的陈旧的袍子。

年少成名的少年天才们，得来的东西，都太过容易，轻而易举，宛若吹灰。俗话说，太过容易的东西，往往不知道珍惜，于是，任其挥霍，最终变得囊中空空，等到幡然醒来，早已时过境迁，昨日不再，空留一声叹息。从古至今，那些年少成名的天才，大都经历过这么一段历程，几乎无一幸免。

然而，大器晚成者就不一样了，他们大多没什么天赋，资质平庸，甚至年少时不学无术，成天浪迹于世，挥霍着青春，直到后来，遇到生活的挫折，才痛定思痛，痛改前非，用刻苦来弥补以往的过失，最终取得不错的成绩。此时，名利于他们来说，早已成了过眼云烟，不值一提，因为和他们所经历过的苦难相比，名利这东西，实在显得无足轻重，而这种对待名利的态度，是一种淡泊的超然，终能成其大事。

此外，对于文学创作来说，积累，显得尤其重要，相对于年少成名者，那些大器晚成者往往经历了更多的苦难，见识过更多的生活，于是，在其作品中，就更能体现出一种深度和厚度，以及一种广度，这些，是年少成名者永远都不会知道的，因为他们有才华，没生活，压根就不知道什么是深度。

评判一部文学作品好坏的标准，到底是辞藻，还是深度和广度，是不言而喻的。说到底，才华这东西，更多是体现在语言上，不太会体现在思想和内容上，但，对一个文学作品来说，语言，毕竟只是外衣，真正重要的，还是思想和内容。然而，一个不谙世事的少年，没有经历过生活的磨砺，是无论怎样，都达不到一种思想的深度的。或许，偏重于技术类的一些学科，有此可能，但文学，主要在于对生活的理解和积累程度，靠才华，绝无可能。

我不否认，有些年少成名的天才，其天分不仅体现在语言上，还体现在其对事物的认识上，往往会有一些非同一般的认识，但，这毕竟是少数，而且，就算是这样，依然缺少一定的积累和沉淀，很难将其扩散开去，用某种经历去坐实，而更多的只是一种虚幻的想象。

我突然想到了两个词：励志和坚持。

这两个词，往往和大器晚成联系紧密，可谓其孪生兄弟，天生一对。我是不太喜欢"励志"这个词的。什么是励志？一帆风顺不叫励志，天生有才不叫励志，从来优秀也不叫励志，只有那种天赋一般，也没什么成就，突然成功，取得成就的才叫励志，而且，还得历经种种磨难，在异常艰难的境况下取得成就，才叫励志。越艰难，越励志。从某个角度来说，励志，就是比苦，比难，比谁更不容易，残疾的、失足的、曾经歧途的，最终取得成功，这都叫励志。你们见过有谁管天才叫励志的？谁不想一帆风顺呢？谁愿意一直励志呢？

因此，那些励志的大器晚成者，更知道去珍惜，珍惜眼前的一切，珍惜得来的不易，他们不会飘，不会轻言放弃，只会踏踏实实地走下去。

这，就得坚持。年少成名者，多半靠的是天赋和才华，而大器晚成者，多半靠的是积累和坚持。由俭而奢易，由奢而俭难故而，年少成名者，很难坚持下去，因为名声很难一直伴随着你，那阵风一过，就会被冷落，失去了关注，从众星捧月到寂寂无闻，从遍地开花到投稿无门，无法适应，于是，便淡出文坛，沉醉于抱怨，消失于读者的视野。大器晚成者则不一样，他们从来都不是被人关注的焦点，于寂寂无闻中长期坚持，终于熬来了成功。坚持，于他们来说，已经成了一种生活的常态，也就不存在坚持了。

我有时也比较讨厌坚持这个说法。所谓坚持，其实隐含着痛苦和不怎么喜欢而不得不去做的意思，要是真正喜欢一件事，成了自然，就像穿衣一样简单，何来坚持一说呢？总是听一些作家说，我坚持创作几十年，从不放弃，我就有点纳闷：那本身就是你的职业，何须坚持呢？我们听说过教师坚持上课，医生坚持看病，司机坚持开车吗？为何到了作家这儿，便成了坚持创作呢？或许，相对于其他事来说，创作很难，费神费脑，便有了坚持一说，虽有一定道理，但一旦将创作融进你的生命，就不需要坚持了。

坚持一件事，的确很难，尤其是文学创作这种费力不讨好的事，既累，付出多，收益少，有时甚至无收益，坚持了一辈子，到头来一场空，什么都没得到。于是，我们看见了多少有才华的作家，走着走着，便淡出了我们的视野，选择了"经商"，选择了"从政"，这无异于文坛一种隐形的损失。这样的名单，随随便便就可以列出一长串来：凭借中篇小说《被雨淋湿的河》获得"鲁迅文学奖"的"广西三剑客"其一的鬼子；寻根文学的代表，凭着一篇《棋王》名动一时的阿城；先锋小说的代表，著有长篇小说《日晕》的安徽作家潘军；著有小说《告别花都》《琴师》等作品的赵琪；著有《黑风景》《棺材铺》等作品的著名作家杨争光，摇身一变成了电影《双旗镇刀客》和电视剧《水浒传》的编剧……

话说回来，文坛也很残酷，不管你当时多么出名，只要有几年不露面，就会被"后浪"超越，当然，这也是其规律，假若一浪不比一浪强，文学，还怎么发展呢？

说到这儿，我想起了认识的一部分年少成名的天才，有的早就不再理会文学，靠着文学挣来的名声在其他行当如鱼得水，有的虽然还在其中苦苦挣扎，但早已失去了当时的风光，变得在"底层"求生，被杂志和读者所遗忘，郁郁不得志。看到这些，我其实有点悲痛，我倒是真诚地希望，我们的那些年少成名的天才，能够想尽一切办法让这种天赋发挥效用，让才华变成作品，推动着我国文学事业积极向前。

不管是年少成名的天才，还是大器晚成的文坛宿将，我都希望能够尽可能延续自身的创作生命，多出作品，这样，文坛才会百花齐放，变成一个真正的文学百花园。

2020 年 6 月 22 日

小说就是"讲故事"

我今天说的题目是：小说就是"讲故事"。

首先，是"讲"。什么是"讲"？讲，就是讲述，讲给读者听。既然是讲述，那么，就有听者，那应该怎么讲述，以哪种方式讲述，讲述的节奏，讲述的对象，讲述的语言，讲述的目的，讲述的技巧等等，都得注意，全盘协调，全面统筹，缺一不可。

有讲，才有听，我们在讲的时候，理应注意到听者，谁在听，听什么，为什么要听，怎么才能让他听，听得认真不，有无兴趣听等等，都会影响到我们讲述的方式。这，就像说评书，讲者在上面讲，听者在下面听，讲者要紧紧吸引住听者，这评书才算成功，别讲着讲着，下面的听者都走完了，这评书讲得就失败了。小说也一样，别读者读着读着，就读不下去了，这小说能好到哪里去？于是，我们在做小说的时候，就得假设，假设我现在是在讲故事，听者就坐在我对面，我该怎么讲，听者才能认真听。时刻这样警醒自己，小说才能做好。或者，当我们创作完一部小说，把自己当成读者来读，看是否读得下去，读得下去，才算成功，若自己都读不下去，凭什么要求别的读者读得下去。

那么，作为讲述者，该怎么去讲述故事？小说，说到底还是无声的讲述，换句话说，讲述，在这里，就是小说的叙述，作者到底该怎么叙述，才能调动读者。首先，得注意阅读期待。什么是阅读期待？读者在阅读文学作品的时候，不是单纯地接收，而是主观地创作，阅读的过程，从某个角度来说，实际上是一个读者再创作的过程。读者总是抱着一种期待的心理来进行阅读：一个影子消失在茫茫夜色中……这只是一个简单的句子，在读者眼里，往往变得复杂起来：这个影子是谁；他究竟干了些什么；他要到哪里去……在阅读的过程中，读者会通过揣测和疑问等方式，来重塑和演绎故事，而这就是其中最常见的一种心理状态——阅读期待。

创作时得学会利用读者的这种阅读期待。

利用读者的阅读期待，最常见的，就是悬念和留白，亦即是说，话，不能说得太满。水满则溢，月满则亏，话说得太满，就失去了想象的空间，显得浅显和直白。有悬念，读者才有读下去的欲望；有留白，作品才有多重阐释空间。作品中必要的省略，可以在作者和读者间寻找到一种空隙，这种空隙，可以给读者足够的想象空间，形成小说的张力。小说要善于制造一些谜团和悬念，以此来利用读者的阅读期待：不给你结果，你得自己去想象结果。

作者干涉叙事，也是一种话说得太满的表现。叙述，不应该是暴露的，而应该是隐藏和含蓄的，作为叙述者的作者，应隐藏于小说的故事中，不露声色，尽可能客观冷静地叙事，在我看来，这样的叙事方式，一部具有思想深度的小说应该具备。然而，在有些小说中，作为叙述者的作者，却时不时地跳将出来，用一种超越叙事者的态度和语气，对故事横加干涉，甚至评头论足，这就是作者干涉叙事。类似于这样的叙事，其实在小说中还不少：

更进一步说，不仅是小说，所有的语言也不过是语言，不过是一些描述事实的符号，就像钟表只是描述时间的符号。不管钟表是如何塑造了我们对时间的感觉，塑造了我们所能了解到的时间，但钟表依然不是时间。即使所有的钟表都砸碎了，即使所有的计时工具都砸碎了，时间仍然会照样行进。

作者干涉叙事，其实更多的是作者的观点或结论，我个人认为这本应该由读者在阅读小说的过程中自行得出，而不该由作者说出，但很多作者却在小说中硬生生地"抬"了出来，或许是作者觉得只有说出来才能更好地体现出其创作意图，唯恐读者读不出来，曲解了小说的意思，造成小说的误读，但作者却忽略了一点，作者干涉叙事，虽说说明了小说的真正意图，却让读者在阅读小说的过程中，受到了叙述者的强制干扰，失却了自我理解和判断的机会，阅读体验变得单调而无味。

文学阅读，其实是读者和作者以及文本等多方面因素相互交流的过程，少了任何一方，阅读便会变得有些兴味索然。格非在《文学的邀约》中说："将文学视为一种邀约，一种召唤和暗示，只有当读者欣然赴会，并从中发现作者意图和文本意图时，这种邀约才会成为一场宴席。"作者干涉叙事，往往会使得读者在阅读过程中，被叙事者的观点所固化，很难跳出叙事者所设定的圆圈，只能在预先存在的某种态势下完成阅读，这样的阅读，其实失去了很多自我意识的觉醒机会，有一种被强制阅读的意味在里面。

说到小说的叙事，叙事视角是怎么都绕不开的一个话题。视角，亦称聚焦，即作品中对故事内容进行观察和讲述的角度。我们在日常生活中并不是总能看到一个故事的全部，而往往只是看到一些片段而已，而且对于同一个事件，假若我们采取不同的观察角度，所得出的结论也往往是不同的。因此，叙事视角不应该是单一的，而应该是多种视角混杂在一起，既有全知叙事视角，也有限知叙事视角，既有"亲历者"叙事视角,也有"他者"叙事视角,甚至还有"目击者提供证据体"叙事视角,等等。一篇小说,有时是一种叙事视角,有时是多种叙事视角,而且,有时随着小说的推进,各种叙事视角还会根据需要不断地进行转换,呈现出多重视角的特点。

所谓"亲历者"叙事,即是叙事者作为事件的亲历者参与了叙事,可以增强叙事的某种真实性和可靠性。在"亲历者"叙事中,叙事者往往会被作者设置成一个个事件的亲历者,他们以各种形象出现在小说的叙事中,既有事件的参与者,也有事件的见证者,还有事件的讲述者,既是小说中的某个主角或配角,也是置身于小说外的某个思想者。小说中的这些"亲历者",往往是以"我"来完成叙事的,正是因为有了"我"这样一个叙事者,读者便更容易借助于"我",来想象和建构故事,甚至走进故事,有一种历史的记录者的思想立场。

所谓"他者"叙事,即是叙事的"旁观者"立场,小说叙事的"亲历者"视角,作为一种"在场",有时很容易抹杀"历史"事件的客观和真实,为了使小说拥有一种"历史"的真实存在感,必要时,还得借助于"他者"来叙事,让叙事者处于一种"置身事外"的"旁观者"立场,和事件拉开一点距离,这样,才能使小说"悬置"于叙事和历史以外,获得一种客观的真实,才能看得更清楚。

此外,还有"全知"叙事和"限知"叙事。"亲历者"叙事是一种有着特殊效果的双重聚焦叙事策略,既可以是全知叙事,也可以是限知叙事。叙事者既可以通过自我的亲身经历来"全知"叙事,也可以用个体的一面说辞,来完成"限知"叙事,叙事的空间及其灵活度,都得到了极大的拓展,使得小说可以无限地开放和延展,从而形成一种独特的文本张力。毕竟,作为事件的亲历者,既可能看见事件的全貌,也有可能只看见事件的一角,是一种双重的存在。

同样,"他者"叙事亦如此。从传统叙事来说,"他者"叙事更多的是"全知"型,是一个无所不知且无所不在的见证者,既知事件是如何发生的,也知事件为什么发生,但从另一个角度来说,"他者"叙事也未尝不是"限知"型的,作为主观叙事者的"他者",并不是真的无所不知,而仅仅只是作者或叙事者的一个"代言者",这就注定了其"限知"的层面。于是,只要是带有主观色彩的叙事,不管是不是"他者",都必定会具有很大程度的"限知"成分。

我这里还想说说叙事的表层结构和叙事的深层结构。

徐岱在其著作《小说叙事学》里这样解释叙事的表层结构和深层结构:所谓"叙事表层结构"是相对于我们所切分的"叙事深层结构"而言,更确切地说,是指一个叙事行为所完成的叙事文本的"现象形态",这种形态将一些人物和几个故事汇拢组合在一起,向我们提供一个欣赏和批评的具体框架,如果我们把以语言层为单位的叙事话语作为叙事作品的表层结构,那么作为其深层结构的自然应该属于整个叙事活动的发生背景和展开的基础,具体来讲,也就是叙事的主客体和文体。

这,似乎有点抽象,说得更具体一点,即是叙事的表层结构就是小说中复杂且内涵丰富的一些零散形象和故事,看起来似乎混乱不堪,但实则隐藏着作者的精心安排以及井然有序的深层叙事结构,那些零散的形象和故事,被作者用各种叙事手法串联在一起,就使得整个小说看起来像一条由各个支流汇集而成的大河一样,浩浩荡荡且波澜壮阔。

格非在其学术著作《小说叙事研究》中提到了一种特殊的叙事视角:"目击者提供证据体"视角。格非以一件"杀人案始末"构成的故事为例,认为传统小说的叙事是依据"杀人动因—杀人过程—结案"这一"线"的历时过程来组织叙事的,而"目击者提供证据体"小说则是"共时"的,其常见的方式,便是根据"案件"的多个"目击者"提供大量的细节或证据组织成篇,任何一个目击者或见证者所叙述的细节和片段既有相同的部分,也有不同的部分,以互相补充。在传统小说中,故事叙述的重复往往被视为一种常识的失败，而在"目击者提供证据体"小说中，因为不同的人可能都看到了同一个场面，故而，重复既是一种事实的自然程序，也是小说表现所必须：对局部场景的自然的合乎常理的重复往往能够增强故事的感染力和诗学效果。

于小说而言，我们很难说哪种叙事策略更好，或哪种叙事策略更差，在我看来，一篇优秀的小说，有时得需要多种叙事策略的共同建构，才能达到一种内容和思想俱行，表层和深层并重的叙事效果。

说完了"讲"的方式，我们再来说说"讲"的语言。语言，在文学作品中的重要程度是不言而喻的，没有语言，就不能称其为作品，文学作品中诸如主题和故事以及叙事等一切因素，都是通过语言来实现的。"推敲"一词的由来，"春风又绿江南岸"中的"绿"字，这一切都在说明：语言对于文学作品的作用是极其重要的。任何一种文体，都有其自身独特的语言系统和语言风格，这是一种文体经过长期的积累和流变而形成的，虽说有时存在着一定程度的文体互渗，但总的来说，文体不同，其语言体系也理应不同，亦即是说，小说有小说的语言，散文有散文的语言，诗歌有诗歌的语言，戏剧有戏剧的语言，允许同生共存，但绝不能合而为一。比如，散文的语言多细腻，以描绘为主，诗歌的语言多跳跃，以凝练为主，戏剧的语言多直白，以对话为主，等等，而小说的语言则多冷静，以叙述为主。

小说，是一种叙事类文体，其语言理应属于叙事话语体系，即讲述。讲述，即是作者通过"历时"的叙述，提供故事的来龙去脉，以及种种有关信息，作者所采取的叙事立场是一种讲述者的叙事立场，一般采用某种过去时态讲述故事，概括故事的某种"历时"内容，在中国古典小说，特别是明清白话小说中，常常采用这种方式来讲述故事："话说万历年间，徽州府祁门县……"在这种讲述话语中，作者不仅可以提供事件的背景，事件的过程和结局，而且还可以对事件直接进行评说和判断。

到了现代小说，作者开始隐退，不再或者很少对故事中的事件进行评说，而是通过叙述，让读者自己看到事件的过程并作出判断，叙事者和事件的距离非常小，有时，叙事者和故事甚至合而为一，不分彼此。这种语言，往往用来叙述"现时"的事件或场景，将故事自动展示，提供给读者，使其产生一种身临其境的感觉，一般来说比较含蓄，多采用纯客观的词语，语言中很少流露出作者的价值倾向，更不要说干涉叙事，进行评说了。小说的语言，理应尽量平淡而真实，因为，任何添枝加叶和故弄玄虚都会损害小说的纯洁。

此外，既然是"讲"，就得注意"讲"的节奏，有张有弛，有紧有松，该设置悬念时设置悬念，该省略时省略，该扩展时扩展，该收缩时收缩，该留白时留白，这算得上是小说的叙事技巧，而"讲"的目的，即是小说的主题和思想，主题得含蓄，思想得深刻，这，无疑是一个好小说的标准。

其次，是"故"。故，即是故旧，即是过往，即是"故"事。小说中的故事，最好是"故"事。原因有二：其一，作家需要冷静；其二，故事需要沉淀。小说，不是诗，不是散文，得有小说的特点，那便是理智和冷静。小说需要过滤和沉淀，需要深度和广度，所以需要冷静。面对同一个素材，诗可以激昂，散文可以温暖，而小说则需要厚重和深刻。真正有深度的小说，需要作者和读者都冷静下来，不蹭热度，不一哄而上，不浅尝辄止，而要在冷静中看透事件的本质，达到一种"形而上"的高度，贯穿着思想的灵魂，才能成功。不然，便容易流于形式，空有小说的"壳"，而无小说的"魂"。

怎样才能冷静？

那便重在故事的"故"上。面对一个新鲜的事件，公说公有理，婆说婆有理，没有一个"历史"的框架和标准来衡量，缺少时间的检验，对其判断易于有失偏颇，形成误解，虽可弄成小说，但却缺少应有的深度，算不得一个好小说。只有等故事变成了"故"事，我们才能更好地理解故事，更深刻地看待故事，更理智地驾驭故事。在故事从故事变成"故"事的过程中，周围的环境在变化，时间在流逝，思想在成熟，看法在改变，于是，从故事到"故"事，再到小说，作者便少了一份冲动，多了一份冷静，能全面地辩证地历史地看待故事，才能创作出更有深度和厚度以及广度的小说。

我们或许都有这样的经验：不识庐山真面目，只缘身在此山中。在面对一件事的时候，身在事中，眼前一片混沌，而往往跳出事外，才能看得更清楚，这便是"距离"的作用。从故事到"故"事，能给我们提供足够的距离：时间的距离，事件的距离，社会的距离，以及思想的距离。时过境迁，我们冷静下来，去想，去思索，去揣摩，我们该怎么看待这件事，当时是怎么看的，现在该怎么看，而以后又该怎么看？在这种状态下，小说，便自然有了深度和广度，甚至有了历史的长度。

所以，小说的讲故事，其实是在讲"故"事，在"故"事中理解和体验生活，在"故"事中了解和观察社会，在"故"事中形成和升华思想，在"故"事中共鸣和净化灵魂。只有"故"，才有时间让事变成"事"，只有"故"，才有可能让"事"变成小说，不然，故事永远是故事，或者，故事仅仅是"故"事，而不会成为小说。故事的"故"，贵在一种姿态，一种等待，一种跳出故事看"故"事的眼光，以及潜藏在这种眼光下的事件的本质。这，才能抵达小说的"魂"。不然，小说小说，弄了一辈子小说，永远都还停留在"小"说阶段，而不能把"小"说变成"大"说，变成真正的小说。

所以，一个真正的作家，一定得学会等待，等到故事变成"故"事，再去重新打量，或许，这样创作出来的小说，才会更像小说。

再次，是"事"。小说的讲故事，有"讲"，有"故"，还得有"事"。我们生活的这个世界，任何一天都会有很多事发生，然而，并不是任何一件事都可以成为小说的，小说，非常挑"事"。小说中的"事"，得有内涵，有深度，有广度，有某种能够触痛作者和读者的"点"，让作者有想法，读者有共鸣，这样，才有成为小说的可能，不然，一个小说，说了一堆事，末了，作者想说什么，读者一脸茫然，啥都不知道，这样的小说，真不能叫小说。

小说，一个优秀的小说，在其文字背后，都隐藏着一些深层次的东西，这些东西，源于小说，但却高于小说，能够由此及彼，由表及里，由内而外，可谓小说的"魂"。生活中的有些事，看似离奇曲折，实则毫无深度，这样的事，不适宜小说，而有些事，看似极其简单，却意蕴深厚，能够由这一件事，影射出无数件事，或者，由这外面的简单，能够窥见内在的丰富，这样的事，天生就适宜小说。

"在一个村庄里，生活着一群村民，天天日出而作日没而息，永无休止地劳动着，繁衍后代，休养生息，从一而终，最后死在这个村庄里。"这是小说吗？是，也不是，但更多的却不是，看着有事却没有"事"，或者说，事就是事，而不会变成具有深刻寓意的"事"，从而，也就失去了小说的意义。这样的事，天天都在上演，几乎没有什么值得深究的价值，顶多能够让我们觉得这是一个世外桃源，村民们过着平常的生活。然而，当我们稍作改变，突然某一天，村庄里发生了某一件事，打破了这种宁静，让村庄变得不再是原来的村庄，这时，便有"事"了，事就变成了"事"，小说，也就具备了某种深刻的内涵，算得上一个真正的小说了。

再或者说，一个傻子，从来就傻，经常做出一些啼笑皆非的事，从头傻到尾，这是否算小说？一个残疾人，命途坎坷，天天匍匐在城市的地下通道里，向过往的行人要钱，能否算小说？傻，得看怎么傻；事，得看什么事。一个傻子，能遍及无数个傻子，便是小说，一个傻子，说来说去，依然只是这个傻子，便不算小说；同理，残疾，得看怎么残疾的，命途坎坷，得看怎么个命途坎坷，什么命，什么途，此命途是否能够延伸到彼命途,城市,是个怎样的城市,要钱,是一条贯穿故事的线,抑或就是要钱本身,这些,都是决定其是否成为小说的关键。

  由此可见,小说中的"事",不能只是事,得有深意,得有厚度,得有广度,得推广或延伸,甚至是遍及,对小说来说,一个村庄不是村庄,无数个村庄才是村庄。小说,虽然是在讲故事,但却不能只是讲故事,还得影射出故事背后的东西,这,才是小说的根本。

  总之,我认为小说就是"讲故事",得"讲",得"故",得有"事",只有把"讲""故""事"三者结合起来,才能真正做到讲故事,才能讲出好故事,抑或说,才能写出好小说。

  简单不,不简单。

2020 年 6 月 27 日

中文系不培养作家："庙堂"和"江湖"

  读过中文系的都知道，在国内很多中文系的开学致辞上，师长们都会说："我们中文系不培养作家。"于是，想着靠读中文系来实现其作家梦的莘莘学子，有一种瞬间梦碎的感觉，陡然从幻想跌落到虚无。

  在很多人的想象中，中文系理应是培养作家的地方，但为什么几乎所有学校的中文系老师都会说中文系不培养作家呢？这是一个值得深思的问题。由此，我们甚至可以延伸出：中文系既然不培养作家，那中文系培养什么？中文系到底是干什么的？作家，能不能被培养？到底该怎么培养？在中国作家中，哪些是中文系培养出来的？哪些不是中文系培养出来的？中文系培养出来的作家，和非中文系培养出来的作家，有何不同？那些毕业于中文系的作家，是否是由中文系培养出来的……

  我们先来做一个简单的统计，即把中国当代作家都梳理一遍，看看哪些是中文系出来的，而哪些是非中文系出来的。

  先来看看中文系出来的：苏童，毕业于北京师范大学中文系；刘震云，毕业于北京大学中文系；贾平凹，毕业于西北大学中文系；格非，毕业于华东师范大学中文系；韩少功，毕业于湖南师范大学中文系；马原，毕业于辽宁大学中文系；洪峰，毕业于东北师范大学中文系；叶兆言，毕业于南京大学中文系；范稳，毕业于西南大学中文系；李洱，毕业于华东师范大学中文系；方方，毕业于武汉大学中文系；邱华栋，毕业于武汉大学中文系；徐坤，先后毕业于辽宁大学中文系和中国社会科学院文学研究所；李亚伟，毕业于南充师范学院中文系；毕飞宇，毕业于扬州师范学院中文系；徐则臣，毕业于北京大学中文系；裘山山，毕业于四川师范大学中文系；罗伟章，毕业于重庆师范大学中文系……

再来看看非中文系出来的：陈忠实，毕业于陕西省西安市第三十四中学；阿来，毕业于四川省马尔康师范学校；二月河，毕业于河南省南阳市第三高中；张承志，先后毕业于北京大学历史系和中国社会科学院民族系；周克芹，毕业于四川省成都市农业技术学校；霍达，毕业于北京建筑工程学院；柳建伟，毕业于解放军信息工程学院；刘醒龙，毕业于湖北省英山县红山高中；李锐，毕业于北京杨闸中学；王十月，毕业于湖北省石首市某中学，没上过高中；郑小琼，毕业于四川省南充市卫校；马金莲，毕业于宁夏固原师范学校；鲁敏，毕业于江苏省邮电学校；乔叶，毕业于河南省焦作师范学校；海子，毕业于北京大学法律系；王小波，先后毕业于中国人民大学贸易经济系和美国匹兹堡大学；余华，中学毕业后，当了牙医……

单从这个名单来看，其实是不是从中文系出来，并不重要，抑或说，中文系出来的和非中文系出来的，可谓各有所长，并无比较的必要。其实，中文系不培养作家这个说法，早在现代便有了，理由是，现代以来最好的作家，绝少是中文系出来的：沈从文小学文凭；巴金刚刚念完中学；周作人江南水师学堂学管理；鲁迅在南京矿路学堂学的是开矿，后到日本学医；郭沫若在日本九州帝国大学同样学医；金庸在东吴大学读的是法学；钱钟书和余光中以及林语堂和白先勇等等一堆名家，却清一色的外国文学系毕业。

这儿还有两个小故事，也涉及作家和中文系的关系，颇有点耐人寻味：齐邦媛先生晚年创作《巨流河》时曾说到，1943年，当时19岁的她，考取了国立武汉大学，特别想当作家，读中文系，于是，便去请教最敬仰的朱光潜先生，未曾想，朱先生不假思索地劝其去读外文系，理由竟然是，学创作"纯粹浪费时间"；1925年，李健吾考进清华中文系，第一次上课，朱自清先生点名，当念到李健吾的名字时，突然停下来问："你就是经常在报上发表文章的李健吾吗？"当得到肯定的回复后，朱自清竟然即刻说："你有志于创作的喽，那你最好去读西语系，你立即转系吧。"

于是，中文系并不培养作家，在民国以来的大学内，几乎就成了人尽皆知的常识。

那么，中文系到底培养什么？

北京大学中文系原系主任陈平原说："中文系的目标不是培养作家，而是培养学者。"或许，陈平原的说法，几乎代表了国内所有中文系的共同目标，唯一不同的，即是侧重点了。下面，我摘录几则中文系的培养目标，来看看中文系到底培养什么：

培养21世纪所需要的汉语言文学高级专门人才，使学生既能成为本学科及相近学科研究生的优秀生源，又能适应社会的需要；应具备人文科学方面比较宽广的基本知识，在汉语言文学方面掌握比较扎实的基本理论，具有扎实的文史哲综合基础知识，具备较强的语言文字表达能力，能够运用所学知识和理论解决本学科或相近学科的有关问题，为学生能在学术上继续深造和走向社会打下良好的基础。

培养适应社会和经济发展需要的德智体全面发展，掌握汉语言文学的基本理论和基本知识，知识面宽，基础扎实，综合素质高，创新能力强，具备分析问题和解决问题的能力，能够在中等学校或社会其他行业，从事中学语文教学或企事业单位所需要的文秘和编辑。

培养具有良好的思想道德修养和较高的人文素养，以及德智体美全面发展的，具有汉语言文学方面的系统知识和技能，能够适应经济社会发展，在文化和新闻等机构以及党政机关和企事业单位从事语言文字工作，具有创新精神和实践能力的高素质和应用型人才，使其具有处理语言文字材料的基本素养，具有解读分析和鉴赏古今中外文学作品的基本素养，能够进行职业规划，注重职业道德修养，具有诚实守信和爱岗敬业的品质及团队合作精神。

上面这三则中文系的培养目标中，既有985和211等名牌高校，也有普通的地方二本院校，但从其培养目标来看，其实差别并不明显，都是把文学作为一种谋生的手段，而不是培养什么作家。

同时，我们从中文系的课程设置上，也可以看出一些端倪。中文系的全称是"中国语言文学系"，其中有两个分支：语言学和文学。语言学里有古代汉语和现代汉语，而文学则粗略地分为中国文学和外国文学，中国文学则分三部分，中国古代文学、中国现代文学和中国当代文学。但，请注意，所有的这些"文学"后面，都有一个"史"字，也就是说，中文系里的"文学"，只是一个形容词，其最终的落脚点，其实是"文学的历史"。因此，读中文系总会产生一种错觉，那就是读完中文系，要么觉得你读了很多文学作品，要么你觉得学了四年文学创作，出来啥都能行，诗歌散文小说戏剧，无一不会，无一不精。其实，这就是一个美丽的错误，读完中文系，只是学了"历史"，即什么时间谁有哪些作品，这些个作品的主要内容和主题思想是什么，以及这些作品有什么样的历史影响等等，故而，你以为的文学，并不是中文系所学的"文学"，中文系讲的是"文学史"，而不是讲"文章学"，这是细微的差别，但是影响很大，在此是必须澄清的。

因此，中文系表面看来，和文学最相关，其实只是研究文学，以文学学者为代表的学院精英，坚守的是学术本位，强调的是理智严谨而极具逻辑的学者思维，有时甚至排斥文学欣赏和创作，认为其不着边际的想象和创造，会损害学术思维的严谨，这，和培养作家是背道而驰的。

关于中文系培不培养作家，复旦大学首届文学创作硕士，80后青年作家甫跃辉的说法，很值得借鉴："我们的大众好像有一个误区，我们总是说中文系不能培养作家，但，我们却不说数学系能培养数学家，或者物理系能培养物理学家，我们甚至从来没有这样去问过，那么多物理系毕业生，也只有那么一两个能成为真正的物理学家，为什么这样责难中文系？中央美院那么多学生，真正成为画家的也屈指可数，因此，一个学校开设一个中文系，最终没有培养出作家，并不能否定这个系存在的必要。问中文系能不能培养作家的，我觉得都搞错了，世界上没有哪个领域的家是能培养的。当下中国国内活跃的作家中，实际上从中文系出来的非常多，比如方方是中文系的吧，毕飞宇是中文系的吧，刘震云是中文系的吧，陈应松是中文系的吧，太多太多了。我们眼睁睁地看着那么多作家是中文系的，却视而不见，很概念地去说'中文系不培养作家'，拼命地拿中文系说事儿，搞笑不搞笑？我们都忽略了这些事实。"

在我看来，作家，其实是能培养的，尤其是中文系，更能培养。胡适曾说过："中文系培养学生的目标有三：教师，作家，以及学者。"因这个理由，胡适把当时的青年沈从文推荐给了武汉大学。杨振声于1928年对中文系的寄语是："培养我们这个时代的新文学。"在当时的中文系里，作家作为教授的比例还是很高的，既然我们中文系在历史上有这个培养传统，那何不继承下来呢？就中文系而言，当年朱光潜曾说："中文系要文史哲兼修，中外语言文学互通。"其实对于中文系学生来说，这是极高的要求，因其所学直接承接了中国传统的文化精神。但，也正因为这样，中文系，不仅能培养作家，而且还能培养优秀的作家。

首先，是爱好，有了爱好，便有了成功的基础，有了克服一切困难的可能。选择读中文系的学生，多数是文学爱好者，或者说，有些还有一个所谓的作家梦。无论怎么说中文系不培养作家，但一年一年，依然会有不少揣着作家梦的青少年，络绎不绝地来到中文系，来寻找他们的梦想。虽然，有可能在经过一年或两年的现实打击后，这个虚无的梦想会破灭，但有梦，便有一切，这其中，总有能够把梦一直做下去的，那，便是将来的作家。中文系培养这么一群学生，难道还培养不出几个作家来？

俗话说，熟读唐诗三百首，不会作诗也会吟，这即是强调阅读的重要。阅读，是可以帮助创作的，阅读的作品多了，知识面就广了，而见得多了，就会有想法，就会模仿，就有了创作的冲动，长此以往，便能够创作了。可以说，最初的创作，多是从模仿开始的，这有点类似于书法，得从临摹开始，等临摹到了一定阶段，便开始创新，有了自己的套路。中文系的显著特色就是阅读，阅读大量的文学作品，古今中外，兼收并蓄，理论和作品，无所不包，而且，这些文学理论和文学作品，都是历经岁月和历史的淘洗，流传下来的，可谓经典中的经典。读作品，可以丰富知识和拓宽视野，同时，还可以学会一些创作技巧，借鉴一些创作手法；读理论，可以站在理论的高度，来指导自己的创作，使得在创作的原始阶段，便更能理解文学，拥有一种较高的眼光，不至于走弯路。

文学作品的创作，感知很重要，一个对万事万物缺少感知的人，是不太可能成为作家的。文学，天生就是靠感知。对我们生存的这个世界感知越强，就越能看见一些隐藏在背后的东西，越能看清楚事物的真相，也更能够将这种感知，用文字表达出来，这，便是文学。相较于普通人来说，作家对这个世界的感知，无异于要强上千百倍。况且，多数中文系的学生，感知系统要强于一般人，这是由中文系的学生气质所决定的，无须辩驳。有了很好的感知，再加上阅读的熏陶，自然，就有了成为作家的可能。

中文系的课程设置里面，有一门写作课，这门课，就是要求学生掌握小说散文以及公文等各类文体的写作。当然，这门课的设置，不是想将学生培养成作家，而是让学生掌握一些最基本的写作技巧，用来应付将来在工作中有可能出现的问题。但是，通过这门课的培训，那些有文学创作才能的学生便可从中得到训练，掌握一些文学创作的基本法门，为将来进行真正的文学创作打下坚实的基础。不可否认，这其实就是培养作家的一种方式，教会他们最基本的创作技巧，让其拿到一个素材，能够知道怎么把其变成小说或者散文，这正是一个作家的基本功。假若长期这样坚持，离作家便不远了。所以说，中文系，是可以培养作家的。

韩少功有一句话："选择文学，实际上就是选择一种精神方向，选择一种生存方式和态度。"文学，有一个特点，就是能够擦亮我们的眼睛，让我们知道该去怎样感知这个世界，该去怎样用思想来武装我们的头脑，以便更深刻地认识这个世界。一个优秀的作家，一定能够拨开现实的迷雾，看到隐藏在其间的真相，这是一个作家理应具备的特质。能够深刻地认识事物，是一个作家必备的品质。中文系的学生，以文学为业，天天浸泡在文学中，或多或少都会变得深刻，这便有了成为优秀作家的可能。

因此，我觉得，中文系是能够培养作家的，而且，能够培养出好作家。近年来，有不少高校都开设了作家班，有的甚至在招收创作类的硕士和博士，这便是一个好现象，至少证明，中文系能够培养作家。而且，这些作家班的学生很多一出手便是高水准，不仅在各类文学刊物上纷纷亮相，还经常在各类征文比赛中取得佳绩，创作出来的作品有思想、有深度，同时，因其知识面广、年轻、容易接受新鲜事物，在继承传统的同时，吸收了不少新的创作理论，使得其作品有朝气和锐气，更有了一种未来的无限可能。于文学而言，这其实是好事。

我倒是觉得，中文系，在培养作家方面，不仅能够完成培养任务，而且还任重道远。

但这里涉及一个问题，即中文系培养出来的作家，和非中文系出来的作家，在某些方面，谁优谁劣？抑或是，都有哪些地方值得注意？只有搞清楚这些，才能更好地推动文学向前发展。

这里，我想起了我跟小说家陈小勇的一段对话，很有意思。有一次，陈小勇在评价我的小说和他的小说时，打了一个"买菜"的比方，可谓相当精彩，道出了中文系出来的作家和非中文系出来的作家间的区别，现记录于此，以供探讨：

"我的小说和你的小说有着很多不同，你是中文系出来的，而我不是，我是野路子，因此，你的小说更规矩，更适合用来带徒弟，有套路，容易模仿，这是培训的结果。一个故事，我们拿到该怎么布局，该怎么起承，该怎么结束，想表达什么主题，你的小说在出来前，就已经有了一个思路，然后，你会一步步照着这个思路走，直到小说结束，就像套绳子，哪里该怎么打结，哪里该怎么放松，你都设计好了，规规矩矩，很少出现不必要的差错。这样的小说，我很难找到什么破绽，不能说不好，但又不能说好，总感觉少了点儿什么东西，就是那种读完能够让我眼前一亮，有一种灵光乍现的感觉的东西。比如，我们去菜市场买菜，你就是那种从屋里出来，然后走到菜市场，按照清单买完菜，便顺着原路返回，回到厨房，完成买菜的整个流程；我却不一样，我从屋里出来，到了菜市场，买完菜准备回去，却突然碰到一个熟人，拉着我说了半天，说着说着，说出感觉来了，于是，我们便出去下馆子，不回去了，买菜这个过程便不连续了，这就是我们的区别。你们中文系出来的，有一种'庙堂'的感觉，代表的是某种正宗，而我们没读过中文系，没有套路和规矩，想到哪儿说哪儿，随时可以跳出来，有点野，有一种'江湖'的味道。"

陈小勇的这个说法，非常形象，而且很有见地，一下子就点出了我的小说的问题所在，并且能够由此延伸开去。当然，我并不能代表中文系，我充其量也就是个半吊子水平，闹着玩，当不得真，但仔细想想，中文系出来的和非中文系出来的，确实在某些方面，有着比较明显的区别，尤其在非一流作家那里，表现得更甚。

中文系出来的，往往更重视小说的思想和技巧等东西，有一种无形的"套"，而非中文系出来的，其作品往往更"野"，更有"生命"；中文系出来的，会有一些束缚，比较拘谨，因其对历史上的作品，多少都有一个系统的了解，于是，变得胆小，觉得这也无法突破，那也无法突破，左支右绌，而非中文系出来的就不一样，想干就干，自由自在，点子频出，不管新不新，弄出来再说，只要自己觉得新就对了，哪管其余；中文系出来的，作品的学理和思辨程度相对较高，有时可能会出现掉书袋的现象，而非中文系出来的不会，他们天南地北，任由翱翔，作品里充满灵气；中文系出来的，对文学都有一种虔诚的态度，其作品一般说来，会比较纯粹，朝着"纯文学"的路子上走，而非中文系出来的则不一样，他们想到什么便干什么，纵横捭阖，恣意奔跑，哪管其"纯"不"纯"，无所顾忌，其结果却往往更"纯"；中文系出来的，往往采取一种兼收并蓄的态度，总想着作品怎么弄才有深度和思想的高度，形成一种主题先行的误区，而非中文系出来的，不会这样，他们往往跟着感觉和故事走，不会先去想什么主题等最终呈现出来的东西，顺其自然，能到什么程度便到什么程度，不刻意，不做作，显得自然而然……

因此，中文系固然能够培训出严谨的思维范式，提供全面的知识背景，但，另一个显著的现实却是：读书读得越多的，往往失去了汪洋恣肆的灵感；读书读得越多的，知道得也越多，往往觉得自己无知，这是一个普遍的困扰。当年胡适虽然出了本诗集，但却屡屡感叹，自称只是

"但开风气不为师"，因为读书不少，理智过度，永远都无法成为一个优秀的作家。当然，也有那种书读得好，作品同样弄得好的，但那毕竟是少数，而且，这样的人，往往都会成名家，不在我们的讨论范围。

这里，突然出现了一个矛盾：前面说，阅读，能够促进创作，现在却说，阅读，阻碍了创作。怎么理解？看似矛盾，实则不矛盾，侧重点不一样罢了：前者，针对的是从普通读者变成作家，后者，针对的是怎么从普通作家形成一个突破，上升到一个新的台阶。其实，对于一流，甚至超一流作家来说，这根本就不是问题。

书，读得越多，路，便走得更远；一旦突破某个极限，便是无垠。

2020年7月1日

延伸开去：作家的高产和低产

现在的有些作家，有一个不好的习惯，那就是动辄喜欢比拼作品的数量，暗中较劲儿，你来我往，书，越出越多，动不动就著作等身；文，越发越滥，时不时便文思泉涌，但，质量却未见提高。一到年末，各种报表和总结铺天盖地而来，一看成绩，多得不计其数，再一琢磨，能拿得出手的，竟屈指可数。

作品的数量多，是好事，但质量高，却更重要。数量多，顶多说你能写，但质量高，才得到同行和读者的认同，才能流传下来。现今经常听说，某某今年出了几本书，发了几十篇文章，某种得意溢于言表，仿佛瞬间便成了某个级别的"咖"一样，说话底气十足，走路虎虎生威。这明明是常识，却总是需要不断地提及：作品的数量，并不等于质量。质量不高，就算你的作品可以用"堆"来计算，也等于无。

作品贵在于精，而不在于多。经典，只需要一部，就够了；垃圾，再多也无益。古今中外的文学史上，这样的事迹，不胜枚举。这让我想起了一个经典的故事：故事发生在美国，在一次作家聚会上，一名男作家向一位女士吹嘘："我在圈子里很有影响，出过十多本畅销书。"女士淡淡地回答："我只出过一本书。"男作家顿时得意扬扬，很轻蔑地问："哪一本，或许我读过。"女士说："《飘》。"

这个故事，其实更像一个笑话，一个文坛的笑话，时常发生，只不过故事中的双方在不断变换着：过去有，现在有，将来还有。这，就是文坛。

我们先来说说这个故事中的女主人公：玛格丽特·米切尔。1949年8月16日，美国现代女作家玛格丽特·米切尔因车祸去世，年仅48岁。从1927年开始创作，到1936年问世，长篇小说《飘》历时十年终于完成。书的原名直译为《明天是个新日子》，出版时才改成了 Gone with the Wind，译为《飘》，于这部小说中，意喻南方的奢华全被北军洗劫殆尽，一切都化为乌有，随风飘去。让玛格丽特·米切尔没有想到的是，《飘》问世后引起了巨大的轰动，赞美的声音铺天盖地，《出版商周刊》甚至宣称，"《飘》很有可能是至今最伟大的美国小说"。1937年，《飘》获得"普利策奖"，紧接着，1939年，《飘》获得"南方协会金质奖章"，可谓一夜而红。当时的美国总统富兰克林·罗斯福在战事频繁的境况下阅读了《飘》，然后意味深长地评价道："没有一本书需要写得这么长。"而后，根据《飘》改编的电影《乱世佳人》横空出世，电影广告遍布美国，并最终获得了十项"奥斯卡奖"，成为百年电影史上无可争议的经典作品。

面对荣誉，玛格丽特·米切尔谦虚地表示，《飘》的文字欠美丽，思想欠伟大，自己只不过是一位业余文学爱好者，并拒绝了各种邀请，和丈夫一起，过着深居简出的生活。玛格丽特·米切尔短暂的一生，并未留下太多的作品，但只一部《飘》，便足以奠定其在世界文学史上不可动摇的地位。

类似于玛格丽特·米切尔这样，一生只有一部作品的作家太多了：张若虚和《春江花月夜》，曹雪芹和《红楼梦》，司马迁和《史记》，艾米莉·勃朗特和《呼啸山庄》，塞林格和《麦田里的守望者》，塞维尔和《黑骏马》，拉布吕耶尔和《品格论》……

因数量少，我们能说这些作家差吗？

作品的数量，并不是我们评判一个作家好坏的标准，而作品的质量才是。有的作家，一生只有一部书，却地位极高，值得景仰；有的作家，一生作品无数，而寂寂无闻，淹没在芸芸众生中，不可谓不悲哀。余华，并不是一个高产的作家，但其作品却以精致见长，纯净细密的叙述，打破日常的语言秩序，组织着一个自足的话语系统，并以此为基点，构建起一个奇异而荒诞、隐秘而残忍的小说世界，实现了文本的真实。余华曾坦言："我觉得我所有的创作，都是在努力更加接近真实，我的这个真实，不是生活里的那种真实，我觉得生活实际上是不真实的，生活是一种真假参半和鱼目混珠的事物。"于是，余华的作品数量不多，但却几乎部部精品，从《活着》到《许三观卖血记》，从《现实一种》到《兄弟》，无不质量上乘，可谓优秀作家的典范，而且，其作品也得到了读者和社会的认可：1998年获意大利格林扎纳·卡佛文学奖；2004年获美国巴恩斯·诺贝尔新发现图书奖；2005年获中华图书特殊贡献奖；2008年，凭借《兄弟》获第一届法国国际信使外国小说奖；《活着》和《许三观卖血记》同时被评为20世纪90年代最具有影响的十部作品……

毕飞宇也一样，属于少产的典型。毕飞宇的作品不多，甚至可以说极其有限，数来数去也就是那些小说，《青衣》《玉米》《平原》《推拿》等等，但却几乎摘取了国内所有的文学奖项：冯牧文学奖、三届小说月报奖、两届小说选刊奖、首届中国小说学会奖、两届鲁迅文学奖、第四届英仕曼亚洲文学奖、茅盾文学奖、中国作家大红鹰文学奖、人民文学奖、百花文学奖短篇小说奖、第六届汪曾祺文学奖、2013年度华文最佳散文奖；2017年，法国文化部授予毕飞宇法兰西文学骑士勋章；2019年，长篇小说《推拿》被评选为"新中国70年70部长篇小说典藏"……

此外，还有陈忠实，一辈子几乎就一部《白鹿原》；还有李锐，著有《厚土》《旧址》《银城故事》《红房子》等，作品不多，但几乎部部都有影响，且低调到极致，甚至有很多人都没怎么听说过这个祖籍四川自贡的山西作家；还有2011年诺贝尔文学奖得主瑞典诗人托马斯·特兰斯特勒默，80岁时一共才发表163首诗，但就是这区区163首诗，足以使特兰斯特勒默跻身当代欧洲超一流诗人的行列……

　　这，给了我们很多启示和深思——

　　对待文学的态度。作品的数量，让我想到了我们对待文学的态度，是否虔诚，是否认真。注重作品质量的作家，很珍视自己的墨水，不敢乱来，而单纯追求作品数量的作家，则无所谓，但却未必是真作家。

　　诺贝尔文学奖得主特兰斯特勒默其实早在1954年便出版了第一部诗集《17首诗》，当时即轰动诗坛，然而，至80岁高龄时，却依然只发表了163首诗，是其创作不出更多的诗了吗？显然不是。对诗歌的高标准，对作品的高要求，对文字精准的极端强调，对社会的高度责任感，让其对待诗歌创作极其认真：特兰斯特勒默四到六年才出版一本诗集，而一本诗集一般不超过二十首诗，平均一年只有两到三首诗。

　　陈小勇也一样，不急躁，不功利，一步一个脚印地稳步前进，认真到一丝不苟，甚至可以说刻板的态度。在陈小勇的电脑里，有这么一篇日志，记录着他小说的创作过程："该小说起意于2009年冬，2010年3月停，原因是架构不能支撑；3月底，删去8万多字文本，4月重新开始，至8月，有12万余字，问题还是结构无法支撑内容，全部删去，再停；2012年春节，改结构，至2013年2月，只3万余字，感觉乱，再删；同年底，重来；2014年3月初，改为板块结构，中旬起；从起意到现在，已近4年，删删改改，愿这次能完。2014年3月12日。"

　　这些作家对作品负责和对社会负责的态度值得我们赞扬，要从事文学创作，想成为一名真正的作家，就必须有一种社会责任感，把文学创作当作一种崇高的事业来做,而不是游戏和娱乐。我想起了自己的一件事,2019年5月31日,在我的硕士论文答辩会上,答辩委员其一的廖久明老师在看了我硕士论文附录后问我:"当你六十岁的时候,再返回来看你现在发表的这些作品时,你会不会脸红?"我当时不假思索地说:"别说六十岁了,我现在看着都脸红。"我知道,廖老师是在批评我的"高产",寄希望于我少而精地出作品,而不是在一个较低层次里不断地重复。

文学作品贵在精而不在多。一个一生只发表了163首诗的诺贝尔文学奖诗人,让我们作何感想?文学作品,并非越多越好,得看质量,有的作家,不是在搞创作,而是在搞批发,一天内能弄出十几首甚至几十首诗来,宛若诗歌天才一般,拈手就来,但,假若你去读其诗,简直就是在浪费墨水和纸张。

文学作品得"磨"。只有"磨",才能出细活。特兰斯特勒默用了一辈子时间,才"磨"出163首诗,可谓"磨"到了极致,但正是这种"磨",才"磨"出了诺贝尔文学奖。有没有那种数量既多质量又高的作家呢?肯定是有的,比如中国第一个诺贝尔文学奖得主莫言:1985年,因中篇小说《透明的红萝卜》而一举成名;1986年,因小说《红高粱》引起文坛轰动;1988年,出版长篇小说《天堂蒜薹之歌》;1989年,出版长篇小说《食草家族》;1993年,出版长篇讽刺小说《酒国》;1996年,出版长篇小说《丰乳肥臀》;1999年,出版长篇小说《红树林》;2001年,出版长篇小说《檀香刑》;2003年,出版长篇小说《四十一炮》;2006年,出版长篇小说《生死疲劳》;2009年,出版长篇小说《蛙》;2019年创作小说《等待摩西》……

我们观察莫言的创作历程,几乎一两年一个长篇,其中更是有过35天完成一部长篇小说的壮举:1987年5月,现实生活中发生了一件极具轰动效应的事件——数千农民响应县政府的号召大量种植蒜薹,结果蒜薹全部滞销,县政府官员却没有在意,心急如焚的农民们自发聚集起来,包围了县政府，砸了办公设备，酿成了震动一时的"蒜薹事件"，这起事件促使莫言放下当时正在创作的家族系列小说，一共用了35天完成了《天堂蒜薹之歌》。

当然，莫言只是少数，或许只是一种现象，除了尊重和羡慕，无法模仿。然而，我们更多的作家，都不具备这种天赋，只是普通的作者，也就不宜"东施效颦"。文学作品得"磨"，得摒弃急功近利的心态，坚持作品的质量，回归创作的本质。这，才是正途。

于此，我想到了作家的"触电"和作家的"经商"。

曾经有段时间，电影市场风靡一时，许多作品被改编成电影，一向清贫的作家，由于"触电"而变得腰缠万贯，这让很多作家纷纷放弃了文学创作，改行做起了编剧。当然，这无可厚非，有谁规定作家就得清贫呢？这和作家"经商"一样，在改革开放的经济浪潮中，不少作家丢弃清贫的文学创作，战于"商场"，有的成功，有的失败，成功的永远变身，失败的有部分重新回到了作家队列中，再度捡起了文学这份清贫。

这，不存在对错，只在于选择，能返身回归，是文学的一件幸事，不能返身回来，也不能责备，我们只能说，因为"触电"和"经商"，让许多优秀作家流失，确乎算得上是文坛的一种损失，无法挽回。下面，我就我极其有限的知识范围，罗列出一些名单，来看看我们的文坛，因此而流失了哪些优秀的作家，作资料备存，仅此而已，别无他意。

鬼子，原名廖润柏，1958年生，广西罗城人，仫佬族，同李冯和东西一起，并称"广西文坛三剑客"，1989年毕业于西北大学中文系，1996年开始真正的小说创作，主要作品有长篇小说《一根水做的绳子》，中篇小说《上午打瞌睡的女孩》《被雨淋湿的河》等。鬼子的小说数量极少，但质量极高，特点异常鲜明，可谓"鬼"得厉害，代表着广西文学的强势出击，以其特有的朝气和锐气，带着良知和责任感，关注底层的生活境遇，通过底层的无奈和伤痛，唤起我们对良知和尊严的呵护，以及对宿命的体量，对我们的灵魂进行着一种残酷的扫荡。

中篇小说《被雨淋湿的河》获第二届"鲁迅文学奖"中篇小说奖和中国十佳小说奖等多种奖项，位列首届中国纯文学当代作品排行榜中篇第三，读来会让人有一种"感到窒息的沉重"；中篇小说《上午打瞌睡的女孩》获1999年度"人民文学"优秀中篇小说奖，后被改编成由陈凯歌导演的同名电影，向我们展示了这么一个现实：弱者的生命流程，或者说他们的生命本身，就像是一个鸡蛋，不要说猛烈击打，只要轻轻那么一敲，就会破碎，然后流出苦涩的汁液，淋湿和刺痛我们的眼睛；中篇小说《瓦城上空的麦田》获2000年和2002年双年度"小说选刊"优秀中篇小说奖，是一部"感到彻骨寒冷和强烈震撼的小说"，鬼子在这部小说中，"展示了他在拷问灵魂方面残酷的天才"；中篇小说《谁开的门》列于《20世纪最新名作家小说精选》，后被北京中博影视公司购买电视改编权；中篇小说《农村弟弟》获第三届广西文学"铜鼓奖"；第一部长篇小说《一根水做的绳子》获"小说月报百花奖"原创长篇小说奖，被"中国图书商报"评为"2007十大好书"；2001年，鬼子的小说被评论界列于"1978年到2001年中国小说50强"。

后来，鬼子淡出文坛，进军影视圈，同张艺谋等知名导演合作，其中电影《幸福时光》于2000年在全国上映，成年度"最受欢迎电影"第二名和"票房最好电影"第三名。

潘军，1957年生，我国先锋小说的重要代表作家，著有长篇小说《日晕》《风》《死刑报告》和《红》《白》《蓝》三部曲等，小说集《潘军小说文本系列》《潘军文集》《中国当代小说珍藏版·潘军卷》等多种，其作品一直是学术界研讨的对象，具有不小的影响，中篇小说《重瞳》名列"中国当代文学最新作品排行榜"榜首，是一个极其优秀的作家，而后，潘军开始"触电"，从作家到编剧再到导演，一路玩得风生水起。

潘军的影视作品很多，比如《粉墨》和《虎口拔牙》等，其"谍战三部曲"甚至可说开了中国谍战剧的先河，何素平在一篇文章中谈及此事时说："于是'作家潘军'渐渐淡出了大众的视野，而'导演潘军'横空出世。以至于一些铁杆粉丝无法容忍，居然跑到报纸上喊话：'作家潘军'何时浮出水面？批评作家潘军，尤其是先锋作家潘军不该丧失'需要的创作'而屈从于'谋生的创作'。潘军苦笑：'这回，一时半会儿是浮不出了。'"

潘军曾自白："我是一个自由散漫的人，或者说，我毕生都在追求自由散漫。我是作家，但近些年都不务正业。2003年，我完成长篇小说《死刑报告》后，就没怎么弄小说了。电影于我，跟小说一样，是一种内心的表达。我想拍的是良心电影，但这样的电影很难做得成。既然一时拍不了自己想拍的电影，那就只好回到书画上，从终点回到起点：弄小说前，我就喜欢绘画。书画最大限度地支持着我的自由散漫，供我过闲云野鹤的日子。书画对我，是最后的精神家园。"

刘恒，原名刘冠军，1954年生于北京，1977年，发表首部短篇小说《小石磨》后，便一发不可收拾：1986年，凭借小说《狗日的粮食》获第8届中国优秀短篇小说奖；1998年，凭借小说《天知地知》获首届鲁迅文学奖；2001年，凭借小说《贫嘴张大民的幸福生活》获首届老舍文学奖；其代表作品有《苍河白日梦》《黑的雪》《白涡》《伏羲伏羲》等多部。

1990年，担任电影《菊豆》编剧；1994年，担任电影《红玫瑰白玫瑰》编剧；2000年，担任家庭剧《贫嘴张大民的幸福生活》编剧；担任编剧的电影作品比较著名的还有《集结号》《金陵十三钗》《云水谣》等；2000年，提名第63届奥斯卡金像奖最佳影片奖；2000年，获第18届中国电视剧金鹰奖最佳编剧奖；2002年，获第21届中国电视剧飞天奖优秀编剧奖；2005年，凭借电影《张思德》获第25届中国电影金鸡奖最佳编剧奖；2007年，凭借电影《云水谣》获第12届中国电影华表奖优秀编剧奖；2008年，凭借电影《集结号》获第45届台湾电影金马奖最佳改编剧本奖；2012年，凭借电影《金陵十三钗》提名第六届亚洲电影大奖最佳编剧奖；2019年，提名建国70周年全国十佳电视剧编剧……

杨争光，1957年生于陕西乾县，1982年毕业于山东大学中文系，长期从事小说和诗歌创作，著有《老旦是一棵树》《黑风景》《棺材铺》《从两个蛋开始》等小说，1991年获庄重文文学奖，担任电影《双旗镇刀客》编剧，长篇电视连续剧《水浒传》编剧，获西柏林国际电影节新评论奖，鹿特丹电影节观众最佳选票奖，威尼斯电影节国会议员奖，中国电视剧飞天奖和金鹰奖等。

赵琪，1960年生于江西高安，毕业于桂林陆军学校等，广东省原广州军区创作室创作员，著有小说《琴师》《告别花都》《苍茫组歌》等，后担任编剧，代表作有长篇电视连续剧《和平年代》《新四军》《最后的骑兵》《高粱红了》《蛟龙得水》等，曾七次获飞天奖，四次获金鹰奖，六次获中国人民解放军电视剧金星奖，2008年获总政军事题材电视剧20年突出贡献奖，获评全国优秀电视剧编剧。

徐小斌，一级编剧，1981年开始发表作品，著有《羽蛇》《德龄公主》《双鱼星座》《对一个精神病患者的调查》等，1982年，凭借短篇小说《请收下这束鲜花》获"十月"首届文学奖；1996年，凭借长篇小说《敦煌遗梦》获全国图书金钥匙奖；1998年，凭借中篇小说《双鱼星座》获全国首届鲁迅文学奖……

后担任编剧，主要影视作品有：电影《弧光》，根据中篇小说《对一个精神病患者的调查》改编，1988年首映，该片获第十六届莫斯科电影节特别奖；电视单本剧《风铃小语》，根据短篇小说《请收下这束鲜花》改编，中央电视台黄金一套1993年首播，该剧获第十四届飞天奖，中央电视台首届CCTV杯一等奖；电视单本剧《星空浩瀚》，央视选定的全国十部献礼片其一，由中央电视台黄金一套1995年首播；《德龄公主》，三十集长篇历史电视连续剧，根据本人的同名小说改编，2006年在央视黄金八套首播；《虎符传奇》，三十集长篇电视连续剧，著名导演郭宝昌执导，2012年央视黄金八套播出，等等。

朱苏进，1953年生于江苏涟水，1978年，创作首部长篇小说《惩罚》；1980年，出版长篇小说《在一个夏令营里》，该小说获中国少儿读物优秀作品一等奖；1982年，出版中篇军旅小说《射天狼》，该小说获第二届中国优秀中篇小说奖；1984年，创作中篇小说《凝眸》；1986年，创作中篇小说《轻轻地说》；同年，创作中篇小说《第三只眼》；1987年，创作中篇小说《欲飞》；1988年，创作中篇小说《两颗露珠》；1989年，创作中篇小说《绝望中诞生》；1994年，出版中篇小说集《金色叶子》；同年，出版长篇军旅小说《醉太平》；1995年，出版散文集《天圆地方》；1997年，出版散文集《面对无限的寂静》；2003年，出版中篇小说集《接近于无限透明》。

1997年，担任近代电影《鸦片战争》的编剧，从此开启了其编剧生涯，并凭借该片提名第17届中国电影金鸡奖最佳编剧奖；2001年，担任古装剧《康熙王朝》编剧；2006年，担任古装剧《朱元璋》编剧；2009年，凭借战争剧《我的兄弟叫顺溜》提名第16届白玉兰奖最佳编剧奖；2009年，担任《郑和下西洋》编剧；2010年，担任电影《让子弹飞》编剧，该片由姜文自导自演，影片获得第48届台湾电影金马奖最佳改编剧本奖；2010年，担任古装剧《三国》编剧，提名第17届白玉兰奖最佳编剧奖；2013年，担任近代革命剧《铁血红安》编剧；2016年，担任古代神话剧《封神》编剧；2019年，朱苏进获建国70周年全国十佳电视剧编剧提名。

石钟山，1964年生于吉林，毕业于军事文化学院文学系，自1984年发表首部小说《热的雪》以来，创作并出版长篇小说数十部，代表作有《天下兄弟》《军歌嘹亮》《红土黑血》《白雪家园》等；作品曾获《小说月报》百花奖等奖项。石钟山曾担任多部电视剧编剧，其作品主要有《军歌嘹亮》《天下兄弟》《幸福的完美》《生死归途》等。

当然，中国作家"触电"的还有很多，比较著名的有刘震云等，这里就不一一列举了，但刘震云不同于其他"触电"的作家，他虽"触电"，但依然没有忘"本"，一直在文学创作这条道路上默默耕耘着。

至于作家的"经商"，我瞬间便想到了张贤亮。这位可算是其中的典型。张贤亮，1936年生于江苏南京，祖籍江苏盱眙，曾任宁夏文联主席和作协主席等职。张贤亮是当代文学中无法避开的一个作家，其作品有着鲜明的特色，在中国当代文学史上有着极其重要的地位，可谓代表着一个时代，曾获得全国优秀小说奖等多种奖励，其小说作品《绿化树》《青春期》《男人的一半是女人》《我的菩提树》等，无不反响强烈，影响深远。但，正是这样一个作家，于1992年，弃文从商了。宁夏镇北堡是明清时代的边防城堡，张贤亮从这片荒凉中看到了商机；1993年，张贤亮当起了华夏西部影视城有限公司的董事长，建立了镇北堡西部影视城，在影视圈内颇有影响。据此，有人称，张贤亮是一个成功出卖荒凉的作家。

文学，是一个清贫的事业，守住清贫，很不容易，不论高产也好，低产也罢，触电也好，经商也罢，都是一种选择，或许，这种选择会影响到作品的质量，但，只要我们坚守住文学的底线，便不会让文学偏离"航线"。

向一直以来默默耕耘在文学战线上的作家朋友们致敬！

2020年7月4日

介绍两位重庆作家：沈起予和刘盛亚

今天，我想介绍两位重庆作家：沈起予和刘盛亚。

或许，今天重庆的作者和读者都没怎么听说过这两位重庆作家的名字，甚至会发出这样的疑问：这两位是重庆作家？

我想说的是，这两位不仅是重庆作家，而且是响当当的重庆作家。他们的存在，替重庆文学争了光，使得重庆文学在中国文学的版图上，有着不容忽略的地位。说到重庆文学，总有一种底气不足的感觉，尤其是当代，似乎在中国的文学版图上，找不到一种存在感，常常容易被忽略。当然，这是现实，我们得正确对待，只有这样，才能找到差距，才能尽可能去改变，不然，永远沉浸在这种自我的小满足中，是不会有出息的。

在当代重庆文学中，除了一部《红岩》，似乎很难再找到一部有分量的作品，当然，《将军决战岂止在战场》和《白沙码头》也不错，但在浩浩荡荡的中国当代文学主潮中，重庆文学总显得若即若离，游荡在中国当代文学的外围，从未来到过版图的中心。"长江学者"王本朝教授在论及重庆文学时曾说:"新时期以来的重庆小说,虽有相当的作家作品数量,但具有全国影响的小说家和文学经典却很少;重庆小说有一定的时代感,但却缺少剔骨见血的现实深度";"常常出现同质化和撞车现象";"重庆小说家并没有融汇到新时期小说潮流中,无论是前边出现的伤痕文学和改革文学以及寻根文学和先锋小说,还是后新时期文学的经典化和诗意化思潮,似乎都和重庆文学无关";"且不说引领潮流,就是保持同步也难以做到"。这,无疑点出了重庆文学的问题所在。

然而,现代的重庆文学,却不是这样,尤其是抗战时期的重庆文学,不仅名家云集,作品影响深广,而且,重庆本土作家也不甘落后,纷纷站到抗战文学的前沿,贡献出自己的一份智慧和力量。我今天介绍的两位重庆作家——沈起予和刘盛亚,就是其中的佼佼者。

沈起予,1903年1月出生于重庆巴县,1970年1月病故于上海,现代作家,文学翻译家。沈起予早年在重庆家乡读中学,1920年留学日本,进东京高等预备学校,后就读于京都帝国大学文科,攻读文学;1927年回国,在沪参加郭沫若主持的创造社,翌年发表中篇小说《飞露》;1929年再次东渡日本,但因被迫害于年冬回国;1930年参加中国左翼作家联盟,和洪深主编《光明》半月刊,从事创作和翻译活动;1931年,和丁玲等合作编辑《北斗》,在其中做翻译,发表《抗日声中的文学》《所谓新感觉派者》等重要理论批评文章;1932年,参加该刊发起的"创作不振的原因及其出路"和"文学大众化问题"等征文讨论;1934到1935年间,在《太白》杂志作特约撰稿人,先后发表至少八篇散文;1936年春,"左联"解散;同年6月,沈起予主编《光明》半月刊,其间发表文章20余篇;抗战后赴重庆,主编《新蜀报》《新民晚报》副刊;1938年,在武汉当选"文协"理事;1948年,赴北京出席第一届"文代会";1949年后任群益出版社主任编辑;从1951年起,因病停止工作。著有中篇小说《残碑》《飞露》等,译著有《欧洲文学发展史》等。

沈起予在文坛崭露头角是在1928年，这一年，他在《创造月刊》上发表了《诺托的左页》等4篇文章，时年25岁。1929年2月7日，国民党当局查封了创造社，公布了《宣传品审查条例》，进步的革命文学境况非常严峻，蒋光慈主办的太阳社刊物《新流月报》只得改名《拓荒者》继续出版，此时，有个叫《金屋月刊》的，登出了攻击革命文学的言论，而革命文学阵营内部也因创作方法而展开了争辩，茅盾主办的《小说月报》，从另一个角度译文介绍苏联文学。从创造社被封，太阳社和我们社等社团自动解散后，酝酿很久的"左联"终于于1930年3月2日成立。"左联"利用当时的特殊环境办了许多刊物，这一阶段是沈起予创作的活跃期，可谓成果累累：在郁达夫主编的杂志上发表了《法国的新兴文坛》；在沈端先主编的《沙伦月刊》上发表了《演剧的技术论》；在丁玲主编的《北斗》上发表了小说《虚脚楼》和《蓬莱夜话》《抗日声中的文学》等文章；在王统照主编的《文学》上发表了小说《消夏录》《难民船》和散文《赴桂途上》以及论文《文学上的真实》等；在田间主编的《文学丛报》发表了小说《最初的一课》和论文《创作的技巧》；在黄源主编的《译文》翻译了纪德的《我喜欢的十种法国小说》等。

沈起予学问渊博，创作生命旺盛，在小说和散文以及报告文学和评论等诸多文体上都有成就，不仅给"左联"的刊物撰稿，还翻译了《欧洲文学发展史》和左拉的长篇小说《酒场》等外国作品。沈起予站在革命的前列，奉献"左翼"，堪称革命文学的先锋作家，在文坛耕耘40余年，留下数百万字的作品，编辑出版了多种报纸杂志，对进步的革命文学事业贡献极大，功不可没。

鞠舒同在其硕士论文《沈起予1930年代文学活动研究》中，详细论及了沈起予及其文学创作，现我们挑出其散文和小说两个方面，来作一个简单的了解：沈起予的散文内容极其丰富，绘景记事，反映时局，无所不有，代表作有《观音岩头》《鸡》《苏老跛》《夜宿枫林桥》等，其散文蕴藏着对战争的看法和个人的责任意识，显现出强烈的社会责任感和使命感。沈起予是一个有着浓厚家国意识的作家，1930年参加"左联"，1936年主编《光明》半月刊，1937年听从组织调遣回到重庆，主编《新蜀报》和《新民晚报》副刊，其散文中出现的许多种叙述身份，和他肩负的多重责任是分不开的，在其散文所构筑起来的文学场域和语境里，沈起予既是一个精神和现实的"返乡者"，又是一个战时社会的"建设者"，同时，还是一个战时灵魂的"治疗者"。

在沈起予的散文所具有的思想内涵中，首先是他对个人身份所承担的责任的思考。如果说"返乡者"的身份赋予了他丰沛复杂的"思"，那么，家国"建设者"的身份则促使他将"思"上升到了"理"和"责"。在《接龙场上》这篇作品中，作者随着暮色的西沉，群山的荫翳和破败的房屋，变得苦闷寂寥和沉重，他不仅不为回乡感到"兴奋"，反而是使他"增加凄凉"。然而，他却跳脱出这种单维度的消沉，继而开始思考"都市和农村的不平衡发展"。由堂兄作为"公事人"挑选征兵一事，他由镇上的被遣去充数的李某联想到了自己对于家乡的"责任"："我不知这样抽去的人是否有用，但在我离场返家的时候，却有更强烈的另一个感想支配在心头：这种穷困和愚顽支配着的乡村，我不知自己是由着怎样的命运跳了出去的，而这么一想便又感觉到对它有无限的责任。"同样对家乡建设，尤其是战后建设的责任感还体现在《观音岩头》和《恋会府》中，在两篇文章的结尾，作者都鼓励和赞美了家乡人民在烽火中坚持不屈建设城镇的品质，呼吁人民团结起来，共同"努力于大焦土后的新的建设"。

散文《夜宿枫林桥》叙述了作者和伤兵前往租界的经过，万籁俱寂中作者开始思考自己作为一名编辑对于抗战的责任："我十年来办杂志，作文章，鼓吹抗战，可是现在战是在抗了，我究竟做了点什么呢？在十年来，如笨牛一样，老是在这圈子中过活的我看来，毕竟是太平凡，太

115

缺少刺激了。"沈起予真实而深刻的反思,是他的多重社会身份角色和超前的个人意识让他进行了"行"的思考,他没有脱离政治,也没有脱离实际社会生产,反思文学能真正给抗战带来什么,而作者此时开始羡慕战士们有上战场"喋血的能力和机会",感到了身边血腥气的神圣而有了一种想要"倒身下去向这一块块的血污狂舐"的冲动。

沈起予的散文既有平和的诗兴,也有高扬的斗志,有尖锐的批判,也有真诚的赞美。《诺托的左页》是他1928年发表的第一篇散文作品,发表于《创造月刊》第1卷第11期。这篇散文用几个看似无关却暗含巧合的片段作成。在文章的开头,作者用"起源"命名,借助对"诺托（Note）的解释",表面上看是说在日本的大学生对迂腐的先生的反叛,实质上"左页"是有象征意的,在左页涂涂画画的学生,"大概是和先生相反对,讲义向右走,他却往左行"。作者借大学生的这一行为,暗示了知识分子对权力阶层无理压制的初步的觉醒和反抗。作者用"诺托的左页"做标题,也有丰富的内涵意蕴。

在沈起予的生平履历中,曾有一个"离乡者"的身份。1920年,沈起予离开家乡四川巴县（现重庆巴南）,前往日本留学,这一去,虽中间有回国工作,或参加国内文学社团,但终未选择返归故里,直到1937年后,带着献身社会和国家抗战事业的责任感,他终于和家乡重聚。1938年,沈起予开始了他"二十年还乡"系列散文的创作。第一篇《观音岩头》发表于《全民抗战》1938年第41期,阔别数载,故乡重游,作者一开篇就奠定了苍凉感伤又让人动容的基调。无数个"抛掉黄包车,走出观音岩头"的傍晚,都要在山城的"雾霭"中站一会儿,"往脚下凹处望,一弯田畴,静寂无声的,在半圆弧的三面岭岗下躺着,而一抬头,则稀稀密密的灯光,闪烁于四山的高低错杂的屋宇间,又如万颗明星,散落到了黑暗的大地"。他回蜀的第一件事,不是寻找亲戚故交,也不是寻访童年旧地,而是独自登高俯瞰,寂静的山城景色给了他如是的感受,可以说，常年旅居外地的体验使他赋予了"还乡"不一样的开阔意蕴。这里还有一个微妙的细节，在高处纵览风景后，他轻轻地叹道："去时野塚一片，归来万家灯火！"旅居异国他乡数十载，纵然掌握着时代思想的最新趋势，肩负着革命建设的历史使命，他的文化传统仍然是扎根家国的。"罗马剧场"的开阔思维和踽踽吟诗的文人形象，构成了沈起予散文既富于现代美感，又带有古典韵味的语言张力。

作者运用反面叙事来反映家乡重庆的变化，阔别近二十年，那"漫山遍野的大厦高楼"，是一种怎样的"沧海桑田"呢？从前的观音岩，人迹稀少，连一个卖水果零食的老媪，都像是这一片荒塚里的"绿洲"，而到那三月清明节时，少男少女"上野坟"的趣味风俗，给少年时代的作者留下了深刻的印象，然而，旋即回到了眼前今日：在"曾家岩"的路上，行人已是行色匆匆，擦肩接踵，地名还是二十年前的地名，而人事风貌乃至时局都已发生巨变。故乡具有时间和空间两个维度，对于返乡的人来说，时间流逝如白驹过隙，"返乡者"经历过在外的另一个空间，所以"故乡空间"和"他乡空间"形成了对比，"返乡者"感受到的"故乡空间"变化是双重的，一重是"高楼大厦平地起"的物质变化，另一重则是"连天烽火今昔改"的主观变化，而后面这一种变化，最适合容纳故事和丰富感受。将沈起予和一般的还乡作家区别开来的，正是他这两层身份的特殊，不仅限于家乡"重庆"的成立，并且在出走的空间上横跨祖国东西，甚至远隔重洋，而这也是作者想表达的两层和故乡的隔膜，他的"今昔感"中，透露着淡淡的寂寞。

没有选择过多地停留，沈起予开始了主题的升华，他把目光投向了"正在开拓的土地"上"成群的石工"，他们用铁钻在"高耸着或埋藏着的巨石"上面击打，值得注意的是，作者在这里改变了叙述主体，由"我"变成了"我们"，叙述立场没有改变，却更明显地站到了群体的视角。我们说"返乡者"的所见所感是有暗示的，在这一钻一锤中，顽石

"一分一寸"地裂开,"一方一块"地崩溃,"终于让出一席我们安居的平地来"。"我"选择了"我们",个人选择了集体,对石工钻石的描述,"顽石"的比喻,为结尾的喷薄做了铺垫。作者赞美重庆人民改造自然,在战火中建设家乡的坚韧力量。

散文《接龙场上》,从"我"坐轿一事开篇,详述了抬轿人"报路"的文化现象,随着太阳西沉,轿夫的谈话渐渐沉寂,"我"突然有了"寂寥""沉闷"和"穷困"的感觉,这种感觉是由景色环境的压抑直接引起的,"山路愈走愈狭隘,日光也愈走愈西沉,万山是那么一重重地紧围过来,山中的人家也那么阴暗而残破的一栋一栋地投进眼内来",日暮时分阴暗的光线,加上山城"多山"的地理构造,和重庆比较起来相对残破的山中房屋,这些都给人带来一种逼仄的心理暗示,让作者开始思考都市和农村的不平衡发展问题。在"雾霭开始填满沟壑,暮气渐渐戴上了山巅"时,作者到达了"接龙场"上,这时他见着眼中的家乡,"铺面的柱头愈渐倾斜,屋宇的鳞瓦更加稀烂",感觉自己来到"一个鬼影迷离的阴森的世界",刚才"寂寥""沉闷"和"穷困"的感觉随着暮色渐深,也变得越发浓重。还乡并没有给这个归家的游子带来温慰和归属感,相反,农村的落后贫穷和死寂却让他的内心感到异常沉重,景色已是如此凋敝,而家乡的故亲更让他陌生到"认不出",作者形容那些抽鸦片的瘾君子如"僵尸"一般。种种场景,最终引起他联想到了自己对于家乡的"责任",可以说,是家乡的"景"刺激着作者的双眼,震荡着作者的内心,促使他真实地说出被这些"景"所影响和投映出的想法。沈起予散文中的这种处处可见的"家国责任感",是和当时"抗战建国"的任务紧紧相关的。1938年,他在一篇文章中说:"供给抗战的作品虽多,可是供给建国需要的作品则太少。"沈起予的这类"回乡散文",跳脱出了单一的宣传抗战,鲜明地指向家乡的建设,国家的建设,不能不说是"提高民族文化水准"的有益尝试。

沈起予的小说大多反映阶级斗争和反帝抗日等当时的社会重大背景题材，在一定程度上和无产阶级革命文学相符合。首先，我们来看看沈起予小说中的思想内容。沈起予的小说关注"人"的存在，内容多描绘人生的"苦"，尤其是展现底层人民生活的艰辛和磨难。小说《虚脚楼》便是其中的典型：萧第祖和老七，一个是地主，一个是农民，后者在经济上依附于前者，贫穷的老七不仅向萧第祖"佃了田"，还向萧第祖"借"了庄稼人所需要的犁和耙等，"借用两季的牛，便须得替萧第祖饲养一个整年"，借用农具，"则需得多缴一点租"。《虚脚楼》是沈起予1931年的作品，"左联"党团书记丁玲曾在一次座谈会上告诫青年作者，小说要"通俗化和口语化"，"左联"成员沈起予，自然得贯彻执行，因此，沈起予的小说语言有着显明的"左翼"影子：简短的句式，较少的议论，重视展现形象的对话等。

沈起予的《虚脚楼》，十分注重通过语言和动作，还原农民真实而原始的生存状态：小说的开篇，老七结束一天的劳作后回到虚脚楼下，见不着那个"洞窟"里的"光"，便知道哑老婆"在那些枯焦了的杂草中"还不曾把牛食准备好。于他来说，温饱便是其终极幸福，在这句话中，"枯焦"的杂草是暗淡无光的，文中反复出现的"张着嘴"的陶罐也是喑哑暗沉的，房间内不仅无色，更没有生气。除了妻子肚中的孩子，能够跳动的"光"无疑便是另一个希望的象征，是他生存空间里唯一的色彩，然而，在尚不知后代的降生能否顺利时，其所寄予希望的"光"已经预示着结局的悲剧。虚脚楼上，地主家的"光"，热烈地闪动着，映出美酒佳肴，虚脚楼下，农民家的"光"，却是蚕食掉生活希望的吸吮残油的"青蛇"，映照出的，是"潮湿"的泥壁，在失去理智的夫妻打完一场架后，"光"忽而亮了起来，"闪摇不定地照着这一对苦命夫妻间的悲剧"。

小说《虚脚楼》本是使用"全知"视角进行叙述，但文本中隐含的作者的态度在这里闪现出来，这忽而亮起来的"光"，是作者有意用语言穿插点缀进去的，目的是让读者看见虚脚楼内，上和下两个楼层空间，就是两个阶层等级的分化，揭示了社会现状因为贫富差距所造成的畸象。在"虚脚楼"的上下空间里，老七是一个"下层"甚至底层的命，终日劳碌贫穷，为了生活时时受制于"上层"地主；而在"乡场"这个空间里，萧第祖在面对场上的地方管事时，他成了恭敬的下属，对地方管事"还望特别关照"的央告，我们看到，其实萧第祖也有面临压迫时的无奈：他不满意少爷，讨厌"'敲竹杠'的地方管事"，想"若果自己的儿子是一个管事就好了"。其实，萧第祖和老七有共通的地方，那就是同样面临着官僚阶级的无理压榨，也同样想要多一些改变命运的希望，萧第祖寄希望于儿子的前途，也从侧面反映了哑妻肚中的胎儿于农民老七的意义。

沈起予《虚脚楼》这类小说，具有鲜明的地域特色和乡土气息，是体现乡土文学地域色彩和反映民风民俗的重要载体，作为川渝作家，沈起予给"左翼"文学增添了丰富的内涵和形式。沈起予对中国农民细致贴切的书写，或得益于法国译介作品的影响，他在一篇译序中指出："在 Pierre Hamp 的作品中，虽然叙述了贫富两个世界的差距，但是缺少对劳动者个体的近距离书写。"从这里可以看出，在翻译实践外，沈起予同时也在不断提升自己的创作水平。结合当时中国的社会现实，沈起予的创作无疑具有重要意义，除了《虚脚楼》外，沈起予的《妻的一周间》《难民船》《残碑》等作品，也都展现了中国社会底层劳动人民的卑微境遇。

1934 年的小说《消夏录》是一篇带有荒诞色彩的文章，主要讲述了一个中国留学生陈在日本被"跟踪者"跟踪的故事：陈是一个在日本留学的中国学生，小说一开篇，陈"跳下电车"准备去车站购票，却"有一张笑嘻嘻的脸迎着他"，然而，这个"笑嘻嘻"不停关照陈的人，竟然是一个接受本国政治差遣来"监视"陈的"监察员"。第一个"跟踪者"没有姓名，他跟随陈一同坐上了开往东京的列车。车窗外的自然美景，因"跟踪者"的意外到来而使陈看来"闷沉沉"的，连金黄的阳光都"生了锈"。当"跟踪者"称自己送到大津站便回去时，实际上才开启了这个荒诞故事的序幕。到了大津，本以为能摆脱跟踪的陈，才知道"来了第二个"跟踪者，并且两个都"具有同样的邪笑，同样的摆摆胡，同样的腥味……"当陈问跟踪者为什么跟踪自己时，跟踪者却说，"我哪会晓得！只是上司说前站来了电话，要我来跟一个人，我就来了"。在陈经历了一阵昏睡后，旁边的椅子"竟是空的"，跟踪者不知几时已经"不告而去"，而陈本能地搜寻车厢里谁是他的下一个刑事跟从，然而，沉浸在上一个跟踪者突然消失的错觉中的陈，一时间竟认不出谁是新的"随从"。从第一个跟踪者的寸步不离开始，本是极端严苛的监查制度，在突然间却寻不到了踪迹：作者借助荒诞的故事，呈现特殊时代下人和人的矛盾，人和制度的矛盾，甚至国和国的矛盾。

如果说《消夏录》的上节是在讲述陈和"跟踪者"两者间无法沟通的荒谬和矛盾的话，那么下节则是作者给出的解决混乱秩序的方法。陈遇到的不知是换了第几次的跟踪者，原来正巧是以前在同一所学校的同学清水。作者有意未给前面的跟踪者命名，就是为了突出清水形象的特殊和复杂。清水因在银行工作不久，单位倒闭，而不得已干了"这一行"。在二者的夜谈中，陈被跟踪的真正原因才被说出，即调查陈在日本是否交了参加社会运动的"危险"朋友。小说中，沈起予借清水"日本政府是喜欢干这无意识的事"的话，揭示出这个特殊时期荒谬的真相：所谓的跟踪，原来是一场"误解"和"无意识"的行动。陈觉得清水"当日的真挚"依然存在，于是抛开身份的隔阂和禁锢，一同在东京游玩。然而，过了几天，"来的却不是清水，而是另外一个职分较高的，似乎是'警部'类的东西"，后来"依然见不着清水的影子"，仍是一些"讨厌的东西"来"问三问四"。后来得知，原来清水因此失去了"跟踪者"的工作，面对陈的歉意，清水说："没有什么的，陈，其实我早就不想喫这碗饭了。今后纵然要饿死，我也要干点人事。"在清水的离去中，陈在想："怎样才能对得起清水？"小说到这里而结束，留给读者丰富的想象空间：即通过展现无产阶级学生的尴尬境遇，和统治阶级的残酷形成鲜明对比，表现作者在荒诞中寻求秩序，呼唤"善"的追求，关乎中日两国间跨越国境的友谊，以及政治的逼迫和制度的控制下个人生存的尊严等问题。

　　沈起予的小说拥有鲜明的反帝爱国特征，呼唤群众和知识分子克服困难，用行动改造社会。知识分子作为精神觉醒的先驱者，若只会思想，空喊口号，在社会迫切需要变革的时代是没有出路的。沈起予的小说不仅反映和提出了这么一个社会问题，也提出了解决问题的方向和方法。沈起予虽是"左联"成员，但他的这类小说却跳脱了"口号化"和"模式化"的倾向，而且，早在他1931年的小说《碑》里，就开始了关于知识分子身体的饥饿和寻求阶层改变的探寻。1931年11月，他创作了《蓬莱夜话》，更加深刻地暴露和批判了日本侵略者的残暴，表现了留日中国知识分子的顽强抵抗。故事相对简单，从中国留学生季特的视角，主要刻画了他因参加反对日本政府的游行而被捕，在日本监牢的生活。小说从季特被捕展开，采用"结局—过程—结局"的设计模式，先将结果亮出来，再倒叙经过，最后回到结果，展示了主人公季特在监牢中的受难生活和日本政治当局的暴行。

　　小说一开始，一群警部的人就闯到季特的简陋居室进行检视，我们说，叙述者对一个形象的描述往往透露出他态度的喜恶，在季特眼里，这群警部的人有着"扁长的皱脸"和"鼻孔下面生了一撮狗须"，特高课长对他书籍"突出眼球"的"狩猎"，其他刑事"猎犬似的"搜索他墙上的像架，"审视"和"嗅闻"等动作用词，无不强烈地反映着叙述者的反对立场。季特是一名中国学生，有着中国传统知识分子的优点，思想丰富，意志坚决，缺点是身高不足，身体羸弱，这些同精神的长期紧张构成了对其的双重折磨。

在监牢中，季特感到自己是有同盟者的，那"清朗的声音"就好像"亲友在招呼他一样"，首先是一个工厂工人的"清朗坦然的声音和面孔"，而监房中"同胞"自嘲的玩笑，更让季特感到了"温慰"，他感佩另一名店员式青年的见识宽广，知道了工厂工人的勇敢，"在这长夜漫漫中"，季特开始沉思，"现在社会的轮轴下的一切的罪过……"作者用季特的思考作为小说一个小节的结尾，或许，正表现了一个社会的觉醒者在真正发起行动前的积蓄和酝酿。

小说中有不少细节提到了季特的脆弱，而如何去抵抗这一弱点，作者借季特的形象将"坚韧"二字演绎出来。某一天，季特被带到了另一个警察署，这里"紧张而残酷"，在"晕沉的昏坐"中，他想看清楚自己的罪状是什么，可是，当他去看时，却觉得滑稽了："一律是'徘徊街头，形迹可疑，是以加以逮捕……'的罪状。"于是，季特"终不推想了"，"他知道在这乱用刑罚的现社会中，每个被压迫的人都不免要坐两次监，而且行每件事都有被捕的可能……"作者批判了日本社会制度的荒谬和"被压迫的"广大知识分子和工人群众"不免坐监"的无奈。

实际上，沈起予凭借他对日本的了解和关注，创作出了诸多和日本有关的小说，他深知日本敌军的文化侵略带来的影响，并且深信渴望和平的种子深深扎根于中日两国人民的心中，"日军阀也深知师出无名的不利，而急于想找出一个侵略的口实来，可是这企图是失败了——日本人民大众并不是那么容易随声附和的"。李葆琰在《救亡文学发展轨迹》中说："'九一八'事变后两个月，1931年11月20日出版的《北斗》杂志第一卷第三期刊登了两篇以反对日本侵略为题材的短篇小说《蓬莱夜话》和《奸细》，这是救亡文学的先声。"在《蓬莱夜话》中，沈起予成功地塑造了季特这个丰满的形象，配合《消夏录》等作品，充分揭示了留日中国学生境况的尴尬和艰难，借此呼唤广大群众的团结，呼唤知识分子的纯洁和良好的社会秩序的复归,也向民众确立了"抗战必胜"的信念。沈起予在20世纪30年代创作的抗战救亡类题材的小说,汇流于彼时救亡文学的潮流,为后来抗战文学的辉煌奠定了坚实的基础。

除了文学创作,沈起予在文学翻译上,对中国新文学也有着不可磨灭的贡献。

在中国新旧错杂和中西文化碰撞的历史关头,沈起予展开了他的文学翻译活动。"向小说译介靠拢的1930年代;责任和学理:向文学理论倾斜;敌方介绍:对日本的关注",是沈起予文学翻译生涯的三个阶段,在这三个阶段,沈起予有所侧重地翻译了大量的外国文学作品和理论,代表作有高尔基的《给青年作家》和伊佐托夫的《文学修养的基础》等,给"文化落后的中国"带来了新鲜的文学空气,推动了国内文学的发展,是我国新文学的宝贵财富。

谢天振曾说:"作家兼翻译家沈起予在文学翻译上的贡献,不仅丰富了中国现代文学翻译史的内容,也丰富了中外文学关系的内涵。"谢天振的说法,算是对沈起予的文学翻译,作出了一个公正的评价。

再来说说刘盛亚。

刘盛亚是20世纪30到50年代中国文学史上出现的一位重庆作家,据不完全统计,刘盛亚先后创作了中长篇小说十余部,短篇小说二十余篇,剧本八部,以及大量的散文和报告文学等,代表作有《白的笑》《再生记》等小说和《卐字旗下》《双坟记》等散文;担任过群益出版社的总编辑,《西方日报》周末文学主编,编辑过《四川日报》副刊《文岗》以及《捷报》副刊《谈锋》和《中原》;同时,刘盛亚还是一位翻译家,他翻译了托尔斯泰和歌德等世界文学大师的名著以及德国民族史诗《尼伯根龙歌》等。刘盛亚虽然不是中国现当代文学史上的最著名作家,但却是一位非常有特色的作家,尤其是在反法西斯文学领域,具有相当的影响,值得我们关注。

刘盛亚 1915 年 2 月 6 日出生于重庆市巴县一个知识分子家庭。其父刘运筹，字伯量，早年留学英德等国，回国后曾在成都和南京等地任职，先后担任过南京国民政府农矿部林政司长和国立中央大学农学院院长以及国立四川大学农学院院长等职。刘伯量还是一位翻译家，挪威剧作家易卜生的《罗士马庄》剧本就是他 1923 年介绍到中国的。

刘盛亚出生于这样一个书香世家，幼年和少年时，随父亲的工作变动而旅学各地，曾在南京金陵中学和北平文治中学就读。受家庭的熏陶和影响，刘盛亚受到了良好的教育，据刘盛亚遗孀魏德芳说，刘盛亚青少年时代"酷爱文学，也喜爱戏剧，且富于正义感"。1932 年上半年，刘盛亚在南京金陵中学读书期间，源于对文学的兴趣和爱好，和出川志在"弄文学去"的周文走到一起，开始了密切的交往，还商量编辑出版文学刊物，虽然刊物最终没有创办成功，但，这是刘盛亚将"文学服务于社会"这一思想进行的第一次实践，为他以后的文学创作和活动提供了宝贵的经验。1932 年 10 月，刘盛亚随父亲来到北平，在文治中学读书期间，和老师黄现璠以及同学李石锋等创办了"蓓蕾学社"，"蓓蕾学社"奉行新文化和新教育等"四新"原则，出版进步书籍，创办进步刊物。

中学时代，刘盛亚就开始创作并发表作品。1933 年创作的历史小品《轰》，描述了清末爱国志士彭家珍的故事；短篇小说《小罗的一家》以农民抗捐抗缴粮为题材，1933 年在《青年与战争》第 17 期发表，该刊特别在文后加了编者按："这是暴露农村中的农民，受贪官污吏、土豪劣绅的剥削，铤而走险的一幕悲剧，以复兴民族运动为责任的我们，该如何设法研讨农村问题，安定农民的生活，铲除那些害国害民的贪官污吏、土豪劣绅，为中华民族作彻底的整个出路着想"；此后，刘盛亚又以镖师的经历为题材，创作了短篇小说《白的笑》，1935 年在由郑振铎和靳以主编的《文学季刊》第 2 卷 1 期上发表。这部分作品不仅是刘盛亚以学生身份闯进文坛的奠基作，同时也是刘盛亚以后二十余年文学创作生涯的起点，由此，刘盛亚开始得到巴金和茅盾等前辈的鼓励和帮助，结交了不少文学朋友。

1935年8月，刘盛亚远赴德国法兰克福留学，时值德国法西斯上台执政近两年，法西斯当局对政治意识形态上的敌对势力和进步力量进行残酷迫害和血腥统治，整个德国笼罩在法西斯主义和极端民族主义的黑雾下。在陌生的异国他乡，刘盛亚"看见无数的人民，无数的悲剧，也看见许许多多背着十字架在走路的人"，他内心交织着深沉的痛苦，对祖国愈加眷恋，于是创作了不少作品，寄回祖国发表，其中刊于1937年4月15日《世界日报》的散文《双塔教寺》宣扬了"无神论"，影射德国人民在"恶神"希特勒的统治下，暗无生气的生活。

1937年7月7日，日本发动全面侵华战争，在民族危亡的紧急关头，刘盛亚在国外已不能平静地求学。在强烈爱国心的驱使下，刘盛亚放弃即将取得的学位和在欧洲优裕的生活，1938年5月，经法国搭乘轮船回到祖国。回国后，刘盛亚先后在武汉和成都等地开展抗战文学活动，为抗日救国呐喊。刘盛亚的文学创作，最早可以追溯到中学时期，然而真正走上文学道路，则是他从德国留学归来后的事。

1939年1月，"文协"成都分会成立，刘盛亚被推选为首届理事。刘盛亚一面参加进步的文化救亡运动，一面担任教学工作，先后在四川省立戏剧学校和四川大学任教，后因声援一个被校方无故开除的学生而愤然辞职。这段时间，虽然身处动乱的生活环境，刘盛亚始终未忘记一个作家应尽的责任，坚持创作。在茅盾先生的鼓励下，刘盛亚调动其旅学德国的社会阅历，在积累丰富创作素材的基础上，产生了强烈的社会责任感和难以抑制的创作欲望，创作出了一批揭露德国法西斯的文学作品：1938年8月至1939年7月，刘盛亚陆续在茅盾主编的《文阵》杂志上发表《卍字旗下》系列散文，后以同名结集出版；1939年，独幕话剧《一九三九的圣诞节》刊于《文阵》第4卷第5期，展示了德国纳粹对青年一代的戕害；同时，刘盛亚构思创作了归国后的第一部中篇小说《小母亲》，呈现了狂热崇拜希特勒的青年卡尔和他的妻子特萝卿这对夫妇的悲惨遭遇。这些作品，以深沉的主题和朴素的语言，构成了一幅幅鲜明而深刻的画面，让读者管窥到德国的社会现实，引起了强烈的反响。

1941年1月，"文协"成都分会改选理事，刘盛亚继续当选理事，此后不久，刘盛亚从四川大学辞职，回到家乡重庆，集中精力进行文学创作。1942年8月，出于进步文化事业的需要，在周恩来的领导和郭沫若的支持下，刘盛亚和于立群等集资筹建了群益出版社，担任总编辑，同时出任由郭沫若主编的学术月刊《中原》的编辑。在重庆期间，刘盛亚完成了长篇小说《夜雾》的创作。《夜雾》是刘盛亚青年时代的代表作，1944年由群益出版社首次出版，1948年由文化生活出版社再版，全书共三部，四十余万字，叙述了抗战背景下一个京剧女伶所遭遇的人生酸楚和堕落死亡。这部长篇，不像前面的《卐字旗下》等作品那样进行色彩浓郁的抗议，而是"笼上了三四十年代民族战争的浓重阴影"，凝聚着作家在反抗日本法西斯战争大后方的生活感受，贯注着作家对普通平民命运的哀愁和关心，表现出刘盛亚文学创作的国际视野，奠定了其在中国现代文学史上反法西斯作家的地位。

1944年，国民党当局加强了对文化界的迫害，在郭沫若的安排下，刘盛亚离开重庆来到内迁四川乐山的武汉大学任教。1945年冬，刘盛亚回到成都，再度到四川大学任教。1947年下半年，刘盛亚被聘为进步报纸《西方日报》（成都）副刊主编，此时正值国民党发动内战、疯狂镇压民主力量时期，刘盛亚受到国民党特务的追捕，被迫离开成都来到雅安，进行隐蔽斗争，直至解放。

1950年，在郭沫若的推荐下，刘盛亚再次回到家乡重庆，在重庆市文联从事专职创作。1951年1月，刘盛亚在中华人民共和国成立前创作的中篇小说《再生记》开始在《新民报》晚刊进行连载，该作品的连载引起了中共中央西南局的关注，随后对其展开了一场批判，形成了一个"《再生记》事件"，成了当代文学史上一个重要的区域文学事件。1956年5月，西南区文学工作者协会改名中国作家协会重庆分会，刘盛亚当选主席团委员和创作委员会副主任。尽管刘盛亚的社会职务较多，社会活动增加，占去了他许多时间，但他依然坚持创作，几年时间里，便诞生了中短篇小说《最后命令》《英雄城》《新居》和报告文学《木工黄显昌》以及儿童文学《鲤鱼送屈原》《冰糖的故事》等，出版短篇小说集《水底捞船》。

1960年4月4日，刘盛亚在四川去世，年仅45岁。

刘盛亚是一个极具特色的重庆作家，在中国现代文学尤其是抗战文学中有着极其特殊的地位，其作品数量颇丰，体裁多样，而《卍字旗下》系列散文和中篇小说《再生记》可算是其非常重要的代表作，在其创作生涯中有着相当特殊的意义，一个是其真正走上文学创作道路的起点，一个是导致其被迫从文坛消失的终点，我们现就其作一简单分析，由点及面，以期能窥见刘盛亚文学创作的"非常"价值。

刘盛亚《卍字旗下》系列散文共有16篇，从1938年第1卷第9期始，到1939年第3卷第6期止，在茅盾主编的《文阵》杂志上连载，除1938年第1卷第12期等少数几期外，其余各期均有刊载，总共持续了将近两年时间，累计横跨22期杂志，如果算上1942年第6卷第4期上此系列散文《跋》的话，这一系列散文几乎贯穿了《文阵》杂志的始终，可算是《文阵》散文极其重要的代表。

刘盛亚发表《卍字旗下》系列散文时，用的并不是其本名，而是署名SY，系列散文所描述的，正是其1935年留学德国法兰克福期间，所见所闻的德国社会现实。刘盛亚以纪实的手法，从各个方面详细刻画了德国二十世纪三十年代的社会现实，成为德国社会的一个侧影。

据此，我们可以从刘盛亚的《卍字旗下》系列散文中，得知当时德国的一些社会现实:《长街纪事》里,长街里住着各种艰难求生的底层百姓,"一屋子都堆的是肠子"的肉店老板一家,"有几个儿子,天天只喝面汤和马铃薯"的电灯匠,等等,这些德国普通民众的苦难生活,竟然使我这个中国人萌生出"我得走,我住不下去"的想法;《死刑底判决》里,"古装的法官出庭,坐在受难耶稣的脚下",明明做着草菅人命的勾当,却明目张胆地颠倒是非,混淆黑白,"第二天报上把全案详尽地登载出来,对破获此案的警探歌颂一番",然而,"唯有对我所记述的,一个字也没有提及";《世界公敌第一号》里,德国为了反对苏联,政府印制了许多宣传画来展览,然而,这些宣传画"一部分是剪接的,一部分是假造的";《青田小贩》里,那些做生意的青田小贩,经常毫无缘由地被德国警察拘捕;《信徒》里,白俄老板所做的生意,"早被统制起来,所赚得的都归了政府";《乡居小记》里,农人们被希特勒颁布的法律严密地监视了起来,一有小错,便会被请进监牢里去……

这就是刘盛亚《卍字旗下》系列散文中真实的法西斯德国,极其黑暗腐朽和不堪,刘盛亚对此进行展示,呈现给国内读者一个真实而满目疮痍的法西斯德国,而其《卍字旗下》系列散文也成了国内著名的反法西斯文学作品。刘盛亚的《卍字旗下》系列散文出现在抗日战争时期的中国文坛,自有其特殊的主题和意义,对我国的"抗战文学"和"抗战"有着极其重要的帮助和有益的启示。

首先,是对希特勒政府的"暴露"和"讽刺"。刘盛亚《卍字旗下》系列散文"是德国社会生活的一个轮廓","从不同角度揭示了20世纪30年代德国人民的不幸和苦难","这些生活在卍字旗下的人都是20世纪30年代德国国境内真实的人,正是他们以及他们的同类者,在那块土地上演出了人类史上空前的悲剧","尖锐地揭露了希特勒法西斯独裁统治的野蛮和残酷,那是比中世纪还要黑暗得若干倍的到处散发着血腥味的政权",这些作品"将德国法西斯血腥统治下的一幅幅画面展现在读者面前","反映了在希特勒统治下德国民族矛盾的尖锐和德国阶级矛盾的激化","在社会上引起广泛的注意和影响",从各个方面对希特勒政府进行着"暴露"和"讽刺"。

其次,是"战斗"精神的提倡和展现。刘盛亚的《卍字旗下》系列散文,在"暴露"和"讽刺"法西斯德国的同时,隐含着强烈的"战斗"主题,不仅是一部法西斯德国统治下的底层民众的苦难史,也是一部德国底层民众反抗希特勒的"战斗"史。在刘盛亚《卍字旗下》系列散文中,有许多德国人民不甘于被希特勒统治,明里暗里进行着各种反抗和斗争,比如那个于深夜咒希特勒死的黑影,比如那些被关进集中营的先进分子,比如那三个因逃离德国被捕的德国人,等等,在这些反抗者身上,无不体现出强烈的"战斗"精神,激励着更多的人起来反抗。

再次,是其罕见的题材丰富了现代文学的内容。中国现代文学作品中,绝大部分作品都是以反映现代中国的现实生活为主,很少有涉及国外生活的作品,就算有,也只是偶有提及,在作品中运用一些国外的素材而已。像刘盛亚《卍字旗下》系列散文整个都是以国外现实生活为题材和内容的作品,可谓屈指可数。这样稀有的文学作品,不仅可以启迪读者的心灵,而且为现代文学的百花园",尤其是现代"抗战文学"的百花园,"增加了新的品种和色彩"。更为难能可贵的是,刘盛亚的《卍字旗下》系列散文的写作对象是西欧的法西斯德国,这在中国现代文学作品中,更是绝无仅有,可以说,刘盛亚是"在中国作家中第一个写出揭露法西斯的文学作品",因此,这也使得他"才20多岁,就跻身于罗曼·罗兰和斯蒂芬·茨威格等反纳粹作家行列",成为声名卓著的反法西斯作家。

最后,是对自由的渴望和胜利的向往。刘盛亚《卍字旗下》系列散文中,体现出了作者对于自由的渴望和胜利的向往。通读刘盛亚的《卍字旗下》系列散文,我们会发现一个有趣的现象,虽不怎么明显,但却隐约存在：从第一篇《长街纪事》起，到最后一篇《乡居小记》止，人们对德国法西斯的反抗越来越强烈，对于逃离德国法西斯统治的愿望越来越强烈，而对于自由的渴望和胜利的向往也越来越强烈。刘盛亚 16 篇《卍字旗下》系列散文，前面的篇目中，多数民众是不怎么反抗的，但是到了最后两篇，其反抗意识却变得极其强烈了，倒数第二篇《四日纪游》中，那个于深夜咒骂希特勒死亡的黑色身影，那几个谈论着希特勒暴行的德国民众，以及那三个偷渡捷克边境的德国人，都预示着反德国法西斯的斗争越来越强烈，直到最后一篇《乡居小记》里，作者刘盛亚甚至自己"跳"将出来，喊出了对自由和胜利的渴望："我离开德意志了，他们所盼望的自由，也许不久就会真的到来吧。""我"是带着对自由的向往离开德意志的，这是"我"的理想，也是"我"美好的愿望，当然，这更是抗战时期，全国人民的理想和愿望。

综上，刘盛亚的《卍字旗下》系列散文就是以这"罕见的题材"，强烈的"暴露"和"讽刺"精神，坚强的反法西斯信念，以及对自由的强烈向往，来充实着中国现代文学，来激发和启迪着中国人民的"抗战"，在宣扬"抗战"的众多散文中，形成了一道独特而美丽的"风景"。

沈起予和刘盛亚，是我们重庆的前辈作家，其取得的创作成就，以及在文学史上的地位，都值得我们后辈敬仰，限于某些历史原因，或许二者的名气都不是很大，即使在重庆范围内，也鲜有人知，现把二者提出来作一简单介绍，意在纪念和激励。前事不忘，后世其师，作为今天的重庆作家，理应踏着前辈的足迹，奋勇向前，为重庆文学的发展，尽一份责。

2020 年 8 月 24 日

有关文学创作的几个关键词：启蒙·命题·生命意识

启蒙

　　这个时代需要启蒙，这个时代的读者也需要启蒙。

　　中国新文学发端于启蒙，百年中国文学可谓在启蒙中，一直走到了今天。梁启超在"小说界革命"中，把小说提高到了"政治"的地位，赋予了文学改造和启迪民智的社会功能，赋予了"启蒙"的重任。梁启超的主张得到了新文化运动先驱们的积极响应，在民族生死存亡的当口，他们希望用文学来改造国民思想，将文学活动作为救亡图存和推动社会变革的途径。在新文化运动和五四运动之后，胡适和陈独秀等人提出了一系列文学革命的主张，寄希望于用文学唤醒国民；周作人提出了"人的文学"和"平民文学"的主张；鲁迅更是身体力行，用自己的创作来启蒙国民，"说到'为什么'做小说罢，我仍抱着十多年前的'启蒙主义'，以为必须是'为人生'，而且要改良这人生"，"我也并没有要将小说抬进'文苑'里的意思,不过想利用它的力量,来改良社会"。由此可见,中国新文学从一诞生开始,文学就成了启蒙的工具,作家们是以一种启蒙者的姿态来对民众进行启蒙,使文学能够最大限度地影响民众,来达到改造国民和变革社会的目的。

时代主潮的变化往往会使文学发生相应的变化,在民族危亡的境况下,"左翼"文学运动肇始,中国文学的主潮逐渐从"启蒙"向"救亡"转变,"文学革命"变成了"革命文学",文学成为革命的一种重要手段,但即便如此,革命时代的文学在"革命"的同时,其实也坚持着"启蒙",国统区的胡风等"左翼"作家承续了"五四"的启蒙精神,将启蒙思想容纳到民族救亡和争取解放的革命历史洪流中,在解放区,自从提出"鲁迅的方向,就是中华民族新文化的方向"后,"启蒙"的创作思潮,便成了解放区作家的典范,而且,在"延讲"发表前,解放区的丁玲和王实味等作家已经创作出一批具有强烈启蒙意识的作品。作为解放区代表作家的赵树理,其作品同样是对"启蒙"主题的具体衔接,有着浓厚的为民众"启蒙"的意识,"农民在获得政治解放和经济翻身后,如何进一步获得思想的觉醒和解放",所不同的是,这种觉醒和解放,已经从启蒙知识分子群体扩大到了农民群体。

中华人民共和国成立的"十七年"文学,为配合政治工作的需要,文学的政治意识形态和阶级属性被不断强化,政治因素在"十七年"文学中占据着绝对重要的位置,其实质是文学"革命"功能的延续。早在中华人民共和国成立前夕,就有"文学再革命"口号的提出,"文学的自由和民主,是以国家民族的利益做它的前提",这种文学为现实政治服务的标准在中华人民共和国成立后得以延续,文学继续突出其"革命"的主题,产生了"十七年"文学中独具中国作风和中国气派的"红色经典"作品,文学被赋予了鲜明的意识形态功能,当然,这种意识形态功能在后十年文学中再次被强化到了极致。

新时期文学从表面上看来是打破了"政治"的桎梏,呈现出一条"繁荣"的多元化发展道路,但深究起来,却仍然摆脱不了"政治"的束缚。新时期文学是在党的十一届三中全会以来有关拨乱反正和改革开放等一系列方针政策的实施背景下出现的,其实质隐含着党的方针路线在文学领域的需求和逻辑必然,显然,从另一个角度来看,新时期文学的繁荣在当时其实是具有明确的政治意识形态诉求的,文学绝非"非功利"的文学,而是隐藏着以文学作为政治的工具来进行政治上的"拨乱反正",具有批判和反思1966到1976年间"政治干预文学"的特定历史内涵。新时期初期的"伤痕文学""反思文学"和"改革文学",很大程度上其实是"十七年"时期政治化创作思路的一种延续,虽然其中的"革命"色彩有所淡化,但政治功利化的因素依然非常突出,新时期中后期以来的文学在"去政治化"的文学想象中艰难前行,其实质同样是对过去文学"政治化"的一种强有力的反叛,而未尝不是一种"新政治化"和"再政治化"。

同时,由于新时期文学诞生的特殊历史时期,文学肩负着思想解放的重任,而这里的思想解放,亦即是一种"启蒙",或者说是"新启蒙"和"再启蒙",只不过增加了一些诸如"自由""尊严""价值""权利"等等更为具体的内容,而且,所谓的"新时期",其整个社会的意识形态和国家制度并没有脱离原来那个对"启蒙"进行强烈压制的政治语境,因而,新时期文学的"启蒙"话语特征就显得非常重要和明显,新时期文学依然逃不开"启蒙"主题。

说到底,其实百年中国文学就是在"启蒙"的话语循环中不断反复,使得中国新文学一步步走到了今天。可以说,百年中国文学,知识分子众声喧哗,正是一个"启蒙"的时代。

那么,到了今天,再谈启蒙,是否有些过时了呢?抑或说,今天,还需不需要启蒙?

我们的祖先为我们留下了宝贵的精神财富,我们应该去继承、去汲取、去张扬、去发展,历史已经飘然远去,但精神不朽,灵魂还在。文学,就是塑造精神和灵魂的事业,今天,仍需"启蒙"。

什么是启蒙?

启蒙,即是启迪蒙昧,明白事理,普及新知,摆脱愚昧。今天,有今天的事理和新知,同样也有今天的愚昧和蒙昧,文学的启蒙,永远都不会过时。

我甚至觉得,我们今天这个时代,尤其需要"启蒙",尤其需要文学的温暖和鞭挞,从某种程度上来说,鞭挞,即是另一种温暖,直陈其弊的"温暖"。鲁迅先生那句著名的话,在今天,尤其振聋发聩:揭出伤疤,以引起疗救的注意。

文学,不应是掩耳盗铃的掩饰,而应该是善意的直陈,我们需要颂歌,需要正能量,但我们也需要某种善意的"负能量",所谓负负得正,这种正,体现出的是某种深切的痛和刻骨的爱。

启蒙,于文学来说,应是其永远的责任和追求,失却了启蒙的文学,也就失却了文学理应具备的厚度和深度,变得没有重量,而没有重量的文学,多半会被历史所淘汰。当然,我这里说的启蒙,更多的是一种启蒙精神,即是让读者能够从文学作品里,明白某种道理,得到某种启示,从而武装自己的头脑,变成一个有思想的思想者,而不再是一个任凭摆布的机器或工具。当然,这里的思想,也得是有益的思想,有利于精神健康和社会进步的"正能量"思想。

命题

由于各种各样的原因,我们经常会做一些命题作文,而且,还不少,某项必须完成的任务,某次采风所需的作业,某种无法拒绝的请求,等等，都会涉及命题。文学创作，本不宜命题，一旦命题，就限制了作家的思路和想象，路子就窄了，创作的时候缚手缚脚，不易出好作品。因此，很多作家在命题的时候便敷衍了事，草草应付，用一些东拼西凑的文字弄来交差，制造出诸多文字垃圾，既碍自己的眼，也伤读者的心，更丢文学的脸。

命题作文难做，这是事实，但也并非不能做，既然选择了命题，我们便需认真对待，尽可能地把命题做好，也算是对得起作家这个称号。不然，你大可不必去做，让自己陷于两难的境地。有时候，鱼和熊掌，须得兼得。

采风稿，算得上是命题作文里面最常见和最普遍的一类了，数量一直居高不下，涉及的面也很广，可以说很多作家，都有过创作采风稿的经历。然而，面对采风稿，有些作家是能糊弄就糊弄，能忽悠就忽悠，结果，创作出来的作品，往往不能直视，水准极差。

采风稿真有那么难吗？

我看未必。其实，难的是作家的态度，不重视，不认真，当成一种负担，在这种状态下，怎么可能出好作品？这，是对待文学的一种态度。

我照例会举我们身边的作家为例。我们先来看几句诗：

后来得知，村姑们都到南方打工去了，可恶的南方，加剧了村庄的衰老。

没有深渊，何来高处。礼天，佑地，姓名着我们的姓名。龙缸龙兮。

蓝天真蓝，蓝到了艰辛。

燕子是我飞翔的灵柩，百合，是我含羞的墓冢，我必将死在家乡。

这是我县作协主席冉仲景先生的采风诗歌，有些是去酉阳苍岭的，有些是去云阳龙缸的，属于典型的命题作文，我摘抄了几句下来，请诸位读者欣赏：这些由采风而来的诗句，简单而深刻，通俗而厚重，风景中蕴含着哲理，浅显中饱含着厚度，眼前的景，延伸出关于生命的思索，隐藏着对土地和家乡的深层的爱，实属上乘作品。可见，命题，抑或是非命题，并不能成其为作品质量好坏的原因，只有认真对待，命题作文，才可能诞生出精品。

　　关于命题作文，我想到了当年的"重述神话"系列。

　　所谓"重述神话"，是由英国坎农格特出版社发起，并有全球30多个国家和地区的知名出版社参与的首个跨国出版合作项目，这一项目得到众多著名作家的响应，其中有诺贝尔文学奖获得者大江健三郎等，而中国则有苏童等四位作家参与其中。中国的"重述神话"项目至今已出版了四本小说，分别是苏童的《碧奴》和叶兆言的《后羿》以及李锐的《人间》和阿来的《格萨尔王》。

　　从某种程度上来说，"重述神话"其实就是一次全球范围内的"命题作文"，由出版社规定题目，作家根据自己对神话故事的理解，来进行二度创作，再结合当下社会的时代特征来迎合读者以及出版社的某些要求。这无异于戴着镣铐跳舞，留给作家的创作空间显得极其狭小，作家被创作任务和故事框架挤压得创作空间褊狭，面临着各种各样的困境，以至于这些经典的神话被"重述"出来以后，我们竟能从中清晰地看出作家在创作时所面临的矛盾和挣扎。

　　单就中国的"重述神话"小说来说，我们还应注意这两个问题，那便是：谁命的题？命的什么题？

　　谁命的题？出版社命的题。命的什么题？对流传数千年的经典神话的重述。

　　神话作为一种经典，能够流传数千年而经久不衰，在读者脑中早就形成了一种思维定式，而把神话作为重述的对象，这对作家来说，无异于一次极大的挑战，这不仅要求作家摆脱神话本身强大的掣肘，又还得写出符合时代特征的新意来，这样的命题内容甚至有点"为赋新词强说愁"的况味在里面。山西作家李锐曾说："一个在千百年的传说中早已经定型的神话，一个千锤百炼的故事，怎样重述？如何再现？对于我们更是绝大的挑战。从某种意义上说，凭空杜撰，完全虚构也许会更容易一些。因为'我说故我在'，不需要，也没有任何参照物。但是像这样，在一个千百年的传说后去'重述'，你会被笼罩在一个巨大无比的阴影下面，你很容易就会跌进阅读造成的期待陷阱中。"苏童也曾说："如何说一个家喻户晓的故事，永远是横在写作者面前的一道难题。"

　　正是由于这样一些原因，中国的"重述神话"小说便在无形中掉进了一个强大的消费文化旋涡，作品显得不伦不类，作家显得左支右绌。然而，虽说中国的"重述神话"小说因受制于各种因素有着这样那样的不足和缺陷，但毕竟参加者都是成名多年的著名作家，其创作功底和对文学的认识处于一个极高层面，从其本意来说，作家们是想把这些任务化的写作，尽量地创作成经典，但其创作枷锁又阻碍了其创作的过程，所以整个中国的"重述神话"小说便凸显出作家的矛盾和挣扎来。

　　但，我们还是可以看见作家们在对待"重述神话"小说创作时的认真和虔诚。叶兆言在接受新浪网记者采访时曾说："我很多年想写独裁者的东西——男人的形象，这么多年没有具体下来，我曾经很长时间一直在犹豫，我要把我想要叙述的故事放在1500年前还是更遥远。作为一个写小说的人，其实我整个脑子里想得更多是千方百计无论如何把这个东西写好。"李锐也曾说："在我们的故事结束时，深深体会到的还是自己的慧根肤浅。虽竭尽全力，我们的慈航也不过是浅尝辄止。唯一可以告慰的，这是两个人真心的探求。"

　　在现今这么一个消费文化语境下，我们的"命题作文"应当怎么走才更有意义？我个人认为，创作者一定要坚守住自己的创作精神，不要让自己的主体精神在消费文化浪潮的裹挟下萎缩困顿、遗忘自身，还应在"命题作文"中找到新的生长点，努力摆脱"影响的焦虑"，使作品获得鲜明的原创空间和宽广的精神空间。

在我看来，命题和非命题，并非导致作品好坏的根源，唯一能决定作品好坏的，只有作家对待文学的态度。

生命意识

文学作品得关注生命，得有生命意识。

在我看来，优秀的文学作品背后都站着一个词语：生命。

我常常把文学作品分为这么几个层次：对自我的诉说，对众生的关注，对天地和生命的敬畏。我甚至把其作为评判一个文学作品好坏的标准，因为在我看来，一部优秀的作品应关注天地万物和芸芸众生，进而引导我们对这个赖以生存的世界生出一种虔诚的敬畏来。同样，一个优秀的作品，在我们剥离其文字以后，还能清楚地发现一些深层次的东西，这些东西可能是一种思想观念，也可能是一种生命启示，但不管怎样，一部优秀的作品，总会以其特有的方式，呈现和传达出一种源于作品，而又高于作品的东西。

这，便是"生命"，即作品的"魂"，亦即是作品的"根"，有"根"的作品，才会有深度和厚度，才有成为优秀作品的可能。读者阅读一部作品，不会去关注作家的个人诉求，而更多的则是从作品中找到共鸣，完成一种思想的升华和灵魂的净化。文学作品的叙述对象可以是"小"的，但其中所蕴含的思想和内涵，一定得"大"，就算一个作家采取了自我诉求的方式来创作，同样可以以"小"见"大"，暗示和影射出一种完全超越自我诉求的可以遍及众生的生命内涵。

说到底，文学创作在骨子里应该是有"重量"的，隐藏在作品背后的"思想"越重，就越能打动读者，越能呈现"生命"的力量，文学作品应蕴藏着一些和这个世界更广阔的"存在"相关联的"精神内涵"，让作者的思想融汇于生活，精神贯穿于文字，才能让作品获得持续而强大的生命力。

生命，作为文学作品观照的对象，有着丰富的内涵，充满着隐喻和象征，是隐藏在作品中的"魂"。在优秀的文学作品中，"生命"不再只是生命本身，而是一种可以破译"生命"的密码，我们可以从中读出一个"世界"，读出一种"境界"。生命，对于文学创作的重要作用是不言而喻的，"生命"是精神，是信仰，关注的是人的"灵魂"等深层次的东西，我们可以说，生命和文学的关系最为亲密，丰富的生命意识往往会成为文学的至高境界。

在文学作品的"生命"世界里，蕴含着意蕴深厚的哲理思索，充盈着"生命"的智慧，潜藏着关于"生"和"死"的沉思。在我看来，没有哲学的文学是贫血的，具有深度和广度的文学作品，往往出现在文学和哲学的交汇点上。从这个角度来说，一部好的文学作品，在其文字背后，总是有睿智的眼光来打量着天地间的一切"生命"，从而对"生命"形成一种充满哲理思索的眺望姿态。

生命，有时是一种思想。没有思想的作品是浅薄的，一个文学作品有了思想，尤其是有了深刻的思想，才有深度和广度，才能显示出作品真正的价值，比如鲁迅的作品，我们很难想象，假如抽掉了鲁迅作品中的思想，将会是怎样一种状况。如果说一个文学作品的语言是外衣，内容是身体的话，那么思想则是灵魂，少了思想，就像少了灵魂，而没有灵魂的作品，注定是活不长远的。文学作品，得有思想。

一个好作家，必须得有格局和眼光，有胸襟和气度。这种眼光，是一般作者所不具备的，更是普通人所不具备的，这种眼光能洞察一切，能洞穿一切现实的迷雾，看见"现实"背后的本质，达到"洞见"的高度。一个作家品格的高度，往往决定了他作品的深度，而一个作家胸襟的广度，更是决定了他作品的厚度。一部好的文学作品，可以沟通天地万物，连接尘世和上苍，有着全人类共同的"生命"体验，能够揭示出"生命"的本质和内涵。

  生命，是连接尘世和上苍的"线"，这根"线"，永远不能断。

  有生命意识的作品，在那些平常的外表下蕴含着不平常的精神空间，一些看似平常的文字，其实蕴含着深邃的精神秘密，从而发现了平常所不能发现的事实形态和意义形态。我们说，当下的文学创作在某种程度上失去了读者的关注，难以成为社会的热点，以往我们总是从大众文化和市场多元化等方面做出解释，其实很重要的原因还是在于文学本身，现在的文学创作所反映的往往都是少数人生而不是普遍人生，所展现的不是现实而是玄想，不是真实而是装饰。

  使文学作品具有生命意识，无疑给了我们当下的文学创作一个有益的启示：如何让"灵魂"接通感官的血脉，让思想沉淀于生活，让作家作为精神健康的个体，重新站在世界面前发言，这才是文学创作能够具备生命和影响的重要途径。

2020 年 8 月 26 日

傻子·巫师·动物：文学作品中的"神"

不知大家注意到没有，在现当代很多文学作品中，有着许多傻子形象：韩少功《爸爸爸》中的丙崽，阿来《尘埃落定》中的土司二少爷，阎连科《黄金洞》中的贡二憨，莫言《透明的红萝卜》中的黑孩儿，贾平凹《秦腔》中的引生，余华《我没有自己的名字》中的来发，苏童《河岸》中的扁金，迟子建《雾月牛栏》中的宝坠，等等。

为什么作家们这么热衷于刻画一个个傻子形象？这些傻子到底能够透露给我们什么隐秘的信息？我们先来看一些经典的傻子形象。

阿来《尘埃落定》中的土司二少爷，是个典型的傻子，而且其身份比较特殊，属于地方的上流社会，有着特殊的地位和权势。土司家种罂粟，种子埋在土里一直没有发芽，当时人们都好奇种子到底怎么了，但因为他们是正常人，却不得不掩饰。由于小说中的"我"是一个傻子，因此，这样的事，"我"是可以做的，于是，傻子的身份便给了角色一种便利条件：能够做很多正常人不能做的事。

莫言《檀香刑》中的赵小甲能够看到人的本相，或者说能够看穿人是由什么托生的，这本是一个傻子的凭空臆想，但却意外的同现实结合到了一起，小说中赵小甲所看到的人的本相正好能够和这个人本身的形象结合起来，这就使得傻子在不谙世故的境况下，通过另一种方式向人们展示了其是非观。这种展现本质的方式，非常直白，而且直抵内核，淋漓尽致，能够化抽象为具象，变复杂为简单，魔幻和现实缠绕，厚重而新奇。

阎连科《黄金洞》中的贡二憨，他在讲述其父亲和哥哥共同拥有一个女人时，并不会像正常人那样让这件事变得不堪，而只是平静地叙述了这件事，还原了这件事的本来面目，而且，对于自己的事，不会掩饰，也不会美化，更不会觉得羞耻，他将其渴望和依赖，赤裸裸地展示在读者面前，原始而彻底。

贾平凹《秦腔》中的引生，不喜欢清风街的夏君亭，而喜欢农村面朝黄土背朝天的原始生活，不愿意接受新的市场经济。他的喜好就像是一个预言，喻示着这老一套的东西终究要落幕，新的时代就要开幕。随着老一辈的相继离世，这预言就实现了，而傻子引生，见证了清风街的改变，也见证了时代的发展。

文学作品中的傻子形象还有很多，这里就不一一列举了。我们认真分析这些傻子形象，会发现，不同作品中的傻子虽然身份不同，但却有着一些共同的特征。

新奇。傻子的"傻"，是相对于正常人来说的，傻子可以看到一些正常人所看不到的事物，使得作品带有某种魔幻的色彩，于读者来说，阅读这类小说，同一般小说相比，会产生一种新奇的阅读体验。这种新奇，在于傻子的叙事方式给我们提供了另一个看问题的角度，另一种理解问题的方式，以及更多表达的可能。小说采用傻子的叙事方式，可以回避某种"正常"，将一些用"正常"的视角无法表现的内容加以展现，极其便利地丰富了小说的内容。

一般来说，傻子的想象都是神鬼莫测的，脱离了正常的思维方式，于是，傻子视角便容易产生一种"混乱"，从而具有一种荒诞的意味，而且，这种荒诞不是凭空捏造，而是趋近于某种现实，使得荒诞成了某种现实的影射。《秦腔》中的引生，听到了鱼说话，于是就发水了，傻子能够听到动物说话，这一看似荒诞的设计，却推动了故事的发展，而且不会产生一种突兀的感觉。傻子的"傻"，既有现实的"真"，也有魔幻的"奇"，作者希望给读者带来新奇感，首先就得创设一种新奇，在小说中，采用现实生活中看不见摸不着的、带有魔幻色彩的事物，来表现某些通过正常途径无法表现的想法，最能够给读者带来新奇的阅读体验，而傻子，便是一个很好的选择。

预言。傻子，往往许多时候都是"通神"的，带有某种预言的功能。韩少功《爸爸爸》中的丙崽既是一个预言者，也是一个见证者，见证着鸡头寨这个自然原始村落的消亡，而小说中他却一次次躲过劫难，似乎有一种无形的力量在保佑着他，这让其说出来的"傻话"看起来充满着神的隐喻。阿来《尘埃落定》中土司二少爷的存在本身就是一个预言，在那样一个注重"骨头"的地方，在那样一个注重血脉的地方，一个土司偏偏娶了一个在他们看来非常低贱的外族女子为妻，并且这样一个低贱的女子，却偏偏生出来一个身份高贵的傻子，这一事件就像一个信号，表明固若金汤的土司官寨正在解体，延续千百年的土司政权正在更迭。贾平凹《秦腔》中的引生，明明是一个傻子，却似乎知道一切，明明做出了许多荒唐的举动，但因其具有某种程度上的预言和全知，他成了清风街的"神"。莫言《檀香刑》中的赵小甲，本是一个彻头彻尾的傻子，只想要一根虎须，最后却将妻子身上的一根毛当作至宝，但他却能够看见人的本相，比所有人都活得明白。

在这些作品中，任何一个傻子的存在，都是一个预言，预示了一个政权和一个时代的更迭，一个村落和一个家族的衰败。傻子这一叙事角度，给作者带来了叙事空间和叙事方式的改变，使得作者在叙事上更加便利。

讽刺。傻子，因其特殊的存在方式，使得其不受世俗礼仪的控制，存在于社会的某种边缘，他们生存于正常的社会，同时又游离于正常的社会，对正常人来说，傻子是不同的存在，是不被主流社会所认同的，其精神世界是神秘的，不被理解的，没有固定的社会规则来束缚，他们就像是这个社会的旁观者，更是灵魂深处的一面镜子，所映照出的，是脱离了社会伦理道德影响的，最本真的某种"自然"。

阿来《尘埃落定》中的土司二少爷，对于权力的渴望是不加掩饰的，他不会隐藏自己的渴望，不会像他的哥哥一样知道包装，不会像其他土司一样假意臣服，当然，他是一个傻子，他的直白赤裸只会被当成天真而不是威胁，然而，作者正是借这样一个无害的形象，来表现出人们对于权力的最原始但却羞于表达的渴望。土司二少爷就是一面镜子，映照出我们心底最真实的想法。

余华《我没有自己的名字》中的来发，是一个被捉弄的傻子，他需要温暖，需要陪伴，渴望能够爱和被爱，他的一切行动都是一片赤诚，而那些欺负他的聪明的和正常的人，却将这片赤诚践踏在脚下，可以说，来发的名字就是被这些人剥夺的。来发的傻，映照出的是所谓的聪明和可恶，阴暗和欺凌。在傻子的世界里，善良的更加善良，邪恶的更加邪恶，他们就像一幅黑白画，非黑即白，没有所谓的灰色地带，这，会让那些即使很微小的欲望，也无所遁形。

莫言《透明的红萝卜》中的黑孩儿，不论谁跟他说话，都保持沉默，并不是其不会说话，而是这沉默喻示着他对这个世界无声的反抗。迟子建《雾月牛栏》中的宝坠不愿意待在屋子里，而愿意跟牛一起待着，只因其觉得牛不会害他。这些傻子的行为，像一面镜子，折射出对正常人的讽刺，"反讽者装作无知，而口是心非，说出的是假象，其实暗喻真相"，作者正是用这种方式，用一种傻子的口吻，指出了这个社会存在的弊端。

旁观者。傻子的叙事角度是原始的，不加修饰的，傻子经历了什么，有什么感想，都是原原本本地表现出来，不会去刻意修饰。傻子作为旁观者，虽然在画中，却无关画中事，虽然在事件中，却脱离于事件外，只作为事件的见证者而存在，他们游离于事件外，以一个"外在"的眼光来打量事件，流露出对官方主流的不满，以及对现实社会中所建构起来的所谓的正常秩序的不理解和背离。

贾平凹《秦腔》中的引生是清风街的一分子，但清风街的改变却和他无关，他只是一个见证者，一天天游离于这条街，原原本本展示了清风街政权的更迭，经济形式的改变。虽然他也有评论，但因他只是一个傻子，其评论并不足以影响什么，他只是用他的叙述，向我们展现了一段可歌可泣的农村改革历史，而在这样的叙述下，整件事就很容易呈现其本来的样子，显得更加真实可信。

阿来《尘埃落定》中，土司二少爷虽然经历了事件，但其更多的却是如实记录了土司家族变迁过程中的一系列事件，正如小说里所说，"我当了一辈子的傻子，现在，我知道自己不是傻子，也不是聪明人，不过是在土司制度将要完结的时候到这片奇异的土地上来走了一遭"。他只是这段历史的见证者，这块土地上所发生的一切，都只是通过他的眼睛呈现了出来。

话语权。这一系列的傻子形象，让人沉思，同正常人相比，"傻子"具有足够的话语权，他们可以表达任何他们想要表达的东西，因为他们可以不受世俗的限制，可以胡言乱语，而且，没有人会觉得他们说的话是不应该说的，正常人无法表达的话，无法言说的"思"，在傻子口中都能够自然而然地流露出来。他们不被尘世沾染，保持了某种"自然"，从不顾忌所说的话幼稚可笑，正如阿来《尘埃落定》中的土司二少爷所说，

"比如我吧，有时对一些事发表看法，错了就等于没有说过，傻子嘛"；贾平凹的《秦腔》中，傻子引生也一样，他可以随意地表达他对一个人的喜爱，而不必因为身份而自卑。

由此，傻子便代表了某种自由，话语的自由。于文学创作来说，这种话语的自由，显得无比重要，甚至难能可贵。傻子，是脱离这个社会的，他们和这个社会无关，他们是自由自在的，摆脱了官方的一切规范和约束，同样也摆脱了所谓的秩序和严肃。于傻子而言，对于他们不喜欢的一些秩序，他们并不会选择顺从，而会不假思索地选择抵抗。

我一直以为，一个优秀的文学作品必须得具备某种"神性"。所谓"神性"，即是一种沟通天地万物，以及连接尘世和上苍的共同的"生命"启示，是一种源于"人性"但高于"人性"的东西，"人性"仅仅是指"人"，而"神性"既指"人"，还指"神"，是沟通"人"和"神"的隐秘通道，是破译"生命"的特殊密码，具有"神性"的文学作品，往往是文学作品的至高境界。这些作品里，蕴含着丰富的"生命"智慧，潜藏着睿智的哲理思索，隐藏着关于"生"和"死"，"天"和"地"，"宇宙"和"苍穹"等的沉思。

我个人认为，中国当代文学和中国现代文学比起来，似乎缺失了某种"神性"，现代的很多文学作品，虽然在故事的编排和创作手法上显得比较"幼稚"，但其中所刻画出来的"人"，却很明显比中国当代的多数作品要更有"生命"，活灵活现，经久不衰。而且，我们在阅读现代文学作品的时候，能够更分明地感觉到一种强烈的年代感和认同感，虽然故事简单，甚至形象单薄，但依然会有一种十分强烈的阅读体验在胸中翻滚。然而，当代文学则不同，虽然更好读，故事曲折，技巧纯熟，甚至刻画深刻，但是，我却总觉得作品中似乎少了点儿什么，在阅读时很难再翻滚起某种广阔的波澜，产生更加深广的阅读体验了。

究竟是何道理？

我觉得，就是文学作品中某种"神性"的欠缺所导致，和当代作家相比，现代作家更为注重"芸芸众生"，作品更多反映的是时代怎么样，社会怎么样，所有的生命怎么样，而不是我怎么样，某个生命怎么样，这就使作品有了"天地"和"苍生万物"的某种"通神"的境界。

这，即是文学作品的"神性"。

什么东西容易"通神"呢？未知的，非先验的，神秘的东西，更容易"通神"，比如自然界中的"鬼神"。中国作家是很喜欢写"鬼神"的，这在无数个作家身上都可以得到证实，作家们正是想通过对"鬼神"的刻画，来使作品达到一种"通神"的状态。相对于困苦的世间来说，神灵是高高在上的，是一种超然的存在，他们可以用俯视的眼光和超然的态度，来看待世间的一切，从而显得更客观，也更深刻。另外，作家们生活在现时现世，由于各种各样复杂的原因，他们有很多话，是想说，而又不能说的，此时，就必须借助于神灵，很多东西一旦披上了"神灵"的外衣，就变得方便多了，可以真实地表达自己的看法，而不用担心一些无法左右的因素，可以"畅所欲言"了，因而，"鬼神"在作家那里，变得备受青睐。

傻子，便是"鬼神"的一种。

除了傻子，还有很多异质的东西，也是"通神"的，比如精神病患者，有特异功能的巫师和蛊婆，以及一些奇异的事件，等等。在作家眼中，这些都是沟通"尘世"和"神灵"的桥梁，是能够代言其思想的特殊存在。因此，在很多作家的作品中，出现此类形象和事件，变成了一种值得探讨的文学现象。

比如韩少功，他的小说中就多次出现过这类灵异的形象和事件：能预测中奖号码的精神病患者水水，一辈子只会说两句话的傻子丙崽，各种灵验的咒语和放蛊，以及磨子和石臼的大战，等等。很显然，韩少功小说中这些灵异的形象和事件，肯定不只是为了增强小说的神秘感那么简单，作家是想通过他们来完成"通神"的效果，用以提升作品的主题，完成作品从"世俗"到"神灵"以及到某种"生命意识"的转变，最终到达一种思想的高度和深度。

这里，便涉及我们今天讨论的第二个话题：巫师。

相比傻子，巫师显然更接近"神灵"。现当代文学作品中的巫师形象也很多，有的是对其进行批判，而有的是将其作为信仰，试图寻求精神家园的重建。我们今天主要讨论后者。

新时期以来，中国文学朝着多元化方向发展，作家们开始重新寻求文学创作的土壤，其中，有一批作家便重新审视传统文化，发现了民间文化中的巫文化，自此，巫师便以一种全新的姿态呈现在文学作品中。

其中，以"寻根文学"为其主要代表，比如张炜《古船》中的张王氏和韩少功《马桥词典》中的老祖娘，以及高行健《灵山》中的朱花婆等等，这些作品中的巫师不再是装神弄鬼的代名词，而是担当了沟通"尘世"和"神灵"的中介者。《古船》中的张王氏具有先觉先知的能力，用其拥有祭祀占卜和巫医术等本领，给当地民众的生活带来了希望；蔡测海《船的陨落》中的善贞娘娘美丽无比，一生未婚，天天在茅屋绣花，"绣出日月星辰，花卉鸟兽，山石流水"，会跳巫舞，"先跳茅古斯舞，跳那播种生命的神，接着跳舍巴日，跳这繁殖生命的神"，在这些小说中，巫师具有了某种"神性"，开始以"神灵"的代言者身份为民众解决某些现实问题，从而让民众有一片"生命"的栖息地。

假若"寻根文学"重在回归到民间文化中重塑巫师的形象，那"先锋文学"则发掘出了巫师具有的神秘气息，并运用到小说中，使小说充满巫的神秘氛围，以此来表达对现实的认知和对灵魂的探寻。格非《迷舟》中的算命老道，残雪《黄泥街》中的法师，以及苏童《一九三四年的逃亡》中的黑衣巫师等等，都是民间巫师形象的代表；余华《世事如烟》中的算命先生，对司机等未来命运的掐算都一一应验，苏童

《一九三四年的逃亡》中的陈宝年和财东陈文治等，都会使用巫术，展现出了巫师残忍的一面。

先锋小说家将巫师在施行巫术过程中那种"非现实"的手段和巫术结束后回到现实中来的理智融进小说创作中，使得先锋小说出现了理智和非理智以及现实和非现实间冲突和融合的局面，从而在一定程度上超越了传统小说对巫师形象的塑造模式。

有别于汉文化空间中对巫师形象的建构，处于少数民族文化空间中的作家，比如迟子建和阿来等，则充满对巫师的崇敬，对巫师命运的焦虑，以及探寻一种理想的生存方式。迟子建《额尔古纳河右岸》中的妮浩萨满，救活一个病人，自己就要失去一个孩子，即使再痛苦，也不曾放弃一个生命。这里，巫师作为"神灵"的代言者，在履行辟邪去灾和超度亡魂等职责时，是"美"和"奉献"的代称，巫师为了治病救人，有时甚至可以牺牲自己的生命。因而，在少数民族作家那里，巫师往往是"神灵"的化身，其"神"的光芒并未因世俗的展现而黯然失色，世俗反而因巫师的"神"而增添了色彩。

巫师作为"神灵"的代言者，向上听取"神灵"谕示，向下传达"神灵"意图，其在中间架设起了"尘世"和"神灵"的沟通桥梁，使得文学作品置于"灵"和"俗"两种广袤无垠的空间中，从而淋漓尽致地展现出这两种空间中的生存困境，完成文学作品的"神化"。

最后，再来说说动物。

动物，也是古今中外作家们非常热衷的一个形象和叙事视角，蒲松龄的《聊斋志异》可谓动物小说的典范，卡夫卡《变形记》中的甲壳虫以及夏目漱石《我是猫》中穷教师家中的那只猫，都是借助动物来呈现作品的终极主题，从某种程度上来说，动物，和傻子及巫师一样，都是文学作品中的"神"。

卡夫卡的《变形记》创作于1912年，小说呈现了一个由"人"蜕变为"虫"而最终凄凉死去的故事。旅行推销员格里高尔一天早上起来，发现自己变成了一只甲虫，一时间全家陷入了空前的混乱和窘迫当中，虽然最初有妹妹的精心饲养，但时日迁延，需赚钱养家的妹妹也变得敷衍起来。尽管格里高尔一次次努力地尝试着重新返回人间，但结果只是导致更多的灾难，最终，格里高尔被全家人所厌弃，在一天夜里无声无息地死去。格里高尔的死让家人们如释重负，欢欣地去度假，规划着还算光明的未来。

在《变形记》中，虽然卡夫卡以一种近乎漠然的语调叙述着这一切，但小说里所透射出来的阵阵寒意仍然直渗骨髓，凄楚而悲凉，生活的重压，借甲虫来影射格里高尔的命运，在荒诞中展现出寒冰般的现实，揭示出金钱维系下亲情的断裂和伦理的崩塌。

夏目漱石的《我是猫》也一样，通过猫眼看社会的方式，讽刺和批判日本现实社会，表达和传递出作者对资本社会的抨击和批判，揭露出现实的肮脏和污秽，展示出一幅活灵活现的社会众生图，对日本明治初年所谓的"文明开化"进行了辛辣的嘲讽。

作者选用的动物视角，形成了一种"傀儡"式的叙事格局，毫无顾忌地畅所欲言，借动物的口，嘲弄讽刺和谴责，小说中，这只没有名字的猫，宛若一个洞察社会的哲学家，发出了各种声音，比如运用了讽刺和调侃的语言，描述出苦沙弥在家中的蛮横和面对警察时的胆小唯诺，并在这种讽刺和调侃中浸透了眼泪。这种特殊的动物视角，将人类的尔虞我诈和争权夺利展示得淋漓尽致，流露出一种可笑可悲以及可鄙的态度。

在中国当代作家中，莫言可谓最喜欢用"动物叙事"来建构其文学形象，其作品中有关动物的描绘在《生死疲劳》和《丰乳肥臀》等众多文本中比比皆是，我认为，在当代的"动物叙事"中，没有哪个作家能够出莫言其右，尤其是长篇小说《生死疲劳》，更可谓一个文学的"动物园"。

在小说《生死疲劳》中,一个无辜被冤杀的地主,经历了六道轮回,变成了驴牛猪狗猴等动物,最后转生为一个带着先天不可治愈疾病的大头婴儿,这个大头婴儿滔滔不绝地讲述着他变身牲畜时的种种奇特感受,以及地主西门闹一家和农民蓝解放一家半个多世纪生死疲劳的悲欢故事。小说透过各种动物的眼睛,观照并体味了几十年来中国乡村社会的庞杂喧哗和充满苦难的蜕变历史。

莫言的构思不可谓不奇特,借助动物来展开对现代主体的重构,以期在物质和精神的双重境况下触及内在的灵魂。莫言作品中的动物,和人同质异构,既是相对的"他者",又是主体的延伸,莫言凭借各种动物形象,构筑了一个虚实相生的文学场域。可以说,动物,在莫言的小说中扮演着相当微妙的角色,有着举足轻重的作用,动物和农民的生命成长历程密切相关,既是农民赖以生存的生产生活资料,同时也能为文本提供极其自由的叙事空间和无限延伸的张力。

其实说到底,文学作品中的动物,和前面提到的傻子和巫师一样,都是作家刻意设置的一种叙事策略,在这些叙事策略中,作家可以在某种本无法回避的规训面前暂时寻求到某种解脱,变得自由起来,可以畅所欲言,而不用去管某种言语上的禁忌,从而去建构一种更加真实而丰富多彩的文学世界。从这个角度来说,傻子、巫师和动物,无异于文学作品中的"神",既可勾连"尘世",又可上达"天庭",让文学作品产生一种极具深度和广度的现实隐喻。

2020 年 8 月 29 日

重庆通俗文学的高峰：李寿民

今天，我想讲一个重庆人的故事。

公元1902年农历二月二十八，重庆长寿凤顶街上，雅致幽静的李家祠堂，一个婴儿诞生于此，此婴儿名叫李善基，后改名李寿民。

此前，我也不知道李寿民是重庆人，只知道他是一个非常著名的武侠小说家，早在20多年前上中学时，我就读过他的作品，当时还很着迷，本以为相隔千里，却不曾想，一个偶然的机会，竟得知其近在咫尺，当时便眼前一亮：重庆文学圈竟然还有这种"咖位"的作家，我却不知道，当真孤陋寡闻了。我在想，重庆文学圈中肯定还有不少和我一样不知道李寿民存在的人，于是，便动了作这篇文章的念头，来对李寿民作一个简单的介绍，以便让大家认识我们重庆这位"重量级"前辈作家。

李寿民的儿子李观鼎和李观贤有一篇涉及李寿民一生的文章，从中，我们可以得知李寿民一生的"传奇"：李寿民的父亲李元甫，清光绪年间曾任苏州知府，后因不满官场黑暗弃官去职，返回重庆长寿故里。李寿民的母亲是苏州人士，出生于官宦家庭，不论诗词歌赋还是琴棋书画，样样来得。李寿民是"寤生",即睡梦中所生,那年,其母预产期已过,却不见腹中动静,不免暗中焦虑,便天天求神拜佛,一天夜里,竟梦见一虎朝其扑来,呼号声中,婴儿破胎而出。出于世俗的看法,李寿民遭到厌弃,被视为"恶煞星",因而其母对其要求非常严格,甚至到了苛求的地步,背书的话,站背不成跪背,跪背不成杖背,没想到这反而培养了李寿民的学习习惯。李寿民天资聪慧,读书刻苦,几岁便会吟诗作文,九岁那年,作《"一"字论》,洋洋洒洒数千言,详述"一"的用途,在乡里传为美谈,当时的长寿县衙特制一块"神童"匾,敲锣打鼓送到了李家祠堂。

李寿民12岁那年,父亲李元甫去世,母亲便带着李寿民和两个弟弟一个妹妹跋山涉水,到苏州投奔亲戚,住在养育巷,勤俭度日。李寿民从小跟随父亲宦游,曾三上峨眉,四上青城,练过武,很有"侠气",在苏州时,眼见男孩子欺负女孩子便上前打抱不平,得到了一位名叫文珠的女孩子的青睐。

文珠姑娘面目清秀,善弹琵琶,一曲《潇湘夜雨》,让李寿民伤感落泪。李寿民经常跑去文珠姑娘那儿听琵琶,而作为回报,李寿民则给文珠讲故事,从青城山讲到峨眉山,一来二去,李寿民和文珠便熟识了。文珠长李寿民3岁,原以姐弟相称,但在朝夕相处中,两人竟形影难离了。到李寿民长到16岁时,终于意识到,这,即是沉浸在恋爱中了。当时的李寿民在苏州中学读书,成绩名列前茅。

假若不是家境的败落,迫使李寿民过早挑起生活的重担,他和文珠极有可能成就一段姻缘的,但世间事,往往很难如愿,在李寿民22岁那年,亲友在天津给他找了一份差事,使他不得不和文珠分手,两人虽然信誓旦旦,在分别后的相当长时间内保持着书信往来,但后来由于种种原因,文珠竟堕于烟花柳巷,从此断绝了联系。此事给李寿民造成极其沉重的打击,以致此后多年未涉恋爱,直至26岁时,遇到后来的妻子孙经洵，才再次被拨动心弦。初恋，往往是刻骨铭心的，后来李寿民曾以一部《女侠夜明珠》寄托对文珠的思念。

李寿民初至天津时，曾在天津警备司令部给傅作义将军作秘书，傅作义很欣赏李寿民的才华，待其不薄，但李寿民由于不太适应军旅生活，便辞去秘书一职，到了天津邮政局任职，其间，由于邮政小职员待遇不好，李寿民经人介绍，到大中银行孙董事长公馆里作兼职家庭教师，教授国文和书法，在此过程中，李寿民爱上了孙家的二小姐孙经洵，即李寿民后来的妻子。

当李寿民一踏进天津马道场那座占地二十余亩的花园洋房时，孙二小姐正值豆蔻年华，初次见面，李寿民便被其气质打动，随着时间的推移，这些美好的印象日益深化，而后在授课过程中，李寿民的才华，最终赢得了小姐的芳心，师生相恋了。

其实，孙董事长也是重庆长寿人，凭着精明能干，小本买卖起家，后在天津开办大中银行，分行遍及南北13个城市。最初，由于是才子加同乡，李寿民颇得孙董事长器重，但后来得知其和二小姐相恋的事后，董事长脸色全变。董事长先以"门不当，户不对"和"师生相恋，败坏家风"为由，训斥二小姐，无效，后又"请"李寿民去，打算以利相逼，"只要先生一刀两断，多少钱不成问题"，然李寿民针锋相对，"只要小姐同意断绝，我即刻远走高飞，永不登门，何言'钱'字"，噎得董事长瞠目结舌。

第二天，李寿民冒雪去公馆授课，被拒于门外："李先生不必再来了"。然而，未来岳丈的阻止，并没有断绝李寿民和二小姐的来往，他们利用孙董事长去银行的汽车传递信息，互诉衷肠。二小姐在董事长出门前，将信用橡皮膏贴在车牌背面，李寿民趁董事长下车后，偷偷将信取走，而李寿民也用同样的方法给二小姐寄信。说来可笑，董事长用尽千方百计来阻止女儿女婿相恋，却不承想，自己却无意中成了二人恋情的

"邮差"。后李寿民有一部小说《轮蹄》，即取材于这段往事。

不久，利用汽车传信东窗事发，矛盾迅速激化，董事长当场抓住了取信的二小姐，必欲问个究竟，二小姐趁机表白心迹，却被董事长打倒在地，盛怒中二小姐竟离家出走，在孙公馆引起轩然大波，社会上也闹得满城风雨。董事长大怒，花重金把李寿民送进了监牢，后在段茂澜的营救下，李寿民被释放出来，岂料董事长不肯善罢甘休，又以"拐带良家妇女"的罪名，把李寿民再次送进了监牢。

1930年11月的一天，天津市地方法院开庭审理李寿民，各路记者蜂拥而至，董事长顾及颜面没有出席，由其子孙经涛代替。原告提起诉讼后，李寿民正欲作答，孙二小姐却从旁听席径直出来做证，使得李寿民打赢了这场罪名莫须有的官司。这成了当时轰动津门的一大新闻。

打赢官司后，李寿民和二小姐并未立即成亲，李寿民有感二小姐敢于脱离优裕的家庭，愿意跟自己过穷苦日子，为了报答二小姐，决定想办法攒钱，想把婚事办得隆重些。俗话说无巧不成书，正在此时，机会竟找上门来了。当时，天津有一张《天风报》，一天需连载两部小说，其中一部已刊载完毕，一时尚无新作续上，报社社长急得团团转，偶然间，得知李寿民的才华，便亲自找上门来，问李寿民能否拿得出作品，稿费从优。

二人一拍即合，李寿民便连夜赶出来几十段文字，发表于《天风报》上。或许这就是天意，李寿民本属无意应付，却不曾想，此次出手，竟一举成名。李寿民的作品问世后，《天风报》的发行量成倍增长，竟一发不可收拾，至此，李寿民便在通俗文学创作的道路上越走越远，终至成为一代宗师。

此次在《天风报》连载的作品，即李寿民的成名作，亦即其代表作——《蜀山》。李寿民的《蜀山》在《天风报》连载后，不久即由天津励力印书局结集出版，书局"掌门"刘汇成是浙江宁波人，办事精明而果断，其料定李寿民的读者会越来越多，便和李寿民谈妥，把和《蜀山》同时完成的《青城十九侠》《云海争奇记》《柳湖侠隐》等书，都包揽下来，独家发行。此次，李寿民得到了丰厚的稿费，在北京东单东观音寺买下一所房子，举家进京，从事文学创作。到1937年"七七事变"时，李寿民已是名噪京津的知名作家了。

利用文人作"御用工具"，历来是侵略者的伎俩，日本人不久便盯上了李寿民，先是登门求见，请李寿民到电台任职，后由华北教育总署督办出面请其出山，不曾想均遭到了李寿民的严词拒绝。李寿民的"不识抬举"惹怒了日本人，在一徐姓出版商的推波助澜下，准备"治治李寿民"。一天晚上，全副武装的日本宪兵在宣武门草厂胡同的酒桌上带走了李寿民，连当时在场的京剧名伶张君秋先生也未能幸免。当天深夜，日本宪兵还去了东观音寺抄了李寿民的家。被捕后的李寿民，在看守所里被关押了70多天，罪名为"涉嫌重庆分子"，受尽鞭笞和向眼睛里揉辣椒面等酷刑的折磨。事后，回想这段遭遇，李寿民曾坦率承认，有几次简直要挺不住了，但终于还是"熬"过来了，自己是中国人，"绝不能答应给日本人做事"。

后来，李寿民在各方的营救下被无罪释放，然而，70多天的铁窗生涯，严重地损害了他的健康，特别是眼睛，在抄家时，还丢失了3部小说手稿，不得不重新来过。李寿民出来后，原本十分健壮的身体变得非常虚弱，便在家调养了几个月，稍见康复，便只身南下沪上，去另谋生路。初到沪上时，李寿民曾卖了一个时期的字，但只能维持一个人的生活，无法养家，以致孙经洵不得不卖掉东观音寺的房子，搬到史家胡同东罗圈去住。

不久，沪上正气书局的"掌门"陆宗植先生听说《蜀山》的作者居然在沪卖字，即刻找到李寿民，将李寿民接到老垃圾桥暂住，双方在饭桌上敲定，李寿民的全部著作由正气书局出版，完成一本出一本，稿费从优。至此，李寿民重操旧业，经济状况开始好转，抗战胜利后，李寿民便把全家接到沪上，在西藏路远东饭店包了几个房间住下。而此时，李寿民的武侠小说创作，也渐趋高潮。

彼时的李寿民，日均创作量在两万字左右，书局隔十天就会出一本书，一则陆老板催稿催得特别紧，二则李寿民有"烟霞"癖，离不开鸦片，唯有拼命创作，才能支付浩繁的开销。就这样，日复一日，李寿民在《蜀山》外，又陆续出了《黑孩儿》《天山飞侠》等数十部小说，在沪上引发了"《蜀山》热"。当时，《蜀山》等书的印数均上万，但依然不能满足读者的需求，往往早上摆出十余册《蜀山》，下午就售光了，更有一些读者，登门拜访，求赠书题字，应接不暇。

李寿民的成名，导致当年对簿公堂的岳丈对其态度巨变，十多年后，当年的孙董事长竟萌动"承认亲事"的念头，先是派儿子孙经涛前来说和，欲将留守京城的二小姐和几个孩子接到真武庙的家里去住，但却被二小姐拒绝，不肯离开破寒窑一步，后来，孙董事长亲自来到沪上，打算在丰泽楼设宴，进行认亲，李寿民虽欲回绝，但体谅同患难的二小姐，便应承下来。1946年夏日的一天，李寿民带着妻儿，穿着在天津时的旧长衫，到建国西路去见岳丈，至此，翁婿相认，过往的恩怨若云烟般飘散。

中华人民共和国成立后，李寿民一家住在苏州，由于武侠小说暂停出版，李寿民便把时间用在教育后代上。1950年，沪上天蟾京剧团成立，聘请李寿民为总编导，李寿民看到了某种希望，便到沪上走马上任。此后，李寿民"日夜兼程"，创作和改编出一个个剧本：《雪斗》《岳飞传》……1952年，军委总政文化部成立京剧团，函邀李寿民北上担任编导，李寿民欣然而去。在北京，李寿民在北京京剧三团和北京戏曲编委会兼职，解决了经济问题，后在组织的帮助下，到北京协和医院根除了吸鸦片陋癖。

1954年，总政京剧团撤销，演员们多数去了宁夏京剧团，李寿民则留在了北京。后来，在"百花齐放"中，李寿民所谙熟的"章回体"重新找到了生长的土壤。1955年，沪上《新闻日报》连载了其长篇历史小说《岳飞传》，受到读者关注，接着，应中国新闻社所约，李寿民连续推出《剧孟》和《游侠郭解》两部长篇。1956年夏，李寿民随中国文联组织的"西北参观团"到西北访问，冯至任团长，一路上，登山临水，进厂下矿，喜不自胜。从西北归来，李寿民正准备实施其创作计划，创作章回体长篇《勘探姑娘》和编导反映现实生活的京剧，但因种种原因，未来得及付诸行动，李寿民便深陷历史的"旋涡"。

1958年的一天下午，著名画家董寿平来访，递给李寿民一本杂志，杂志上一篇文章挥舞着"棍子"，从《蜀山》批到《剧孟》，有置李寿民于死地的架势。李寿民叹了口气，晚上继续整理剧目，次日，便躺进了北京医学院附属医院的病房。李寿民因脑出血造成了左偏瘫，生活不能自理。1960年，李寿民躺在床上，开始口述长篇历史小说《杜甫》，由秘书侯增记录。1961年，李寿民终于完成了作品的初稿。当侯增用工整的小楷记录下杜甫"穷愁潦倒，病死舟中"那一段时，李寿民突然对妻子说："二小姐，我也要走了，你多保重。"到了第三天，李寿民便溘然长逝，享年59岁。

李寿民的《蜀山》，后世评价极高。香港著名作家倪匡将《蜀山》评为"天下第一奇书"，说"古今中外，未曾有过任何一部小说，充满了如此奇妙不可思议的幻想"，就武侠小说而论，其想象丰富，则"前无古人，后无来者"；当代著名作家白先勇则说，"这真是一本了不起的巨著……没有一本小说使我那样着迷过"。

李寿民的《蜀山》，代表了民国武侠荒诞一派，融神话剑仙和武侠于一体，显示了天纵奇才的气魄，对后来的"新派武侠小说"影响甚广，金庸和梁羽生等均受其影响，古龙更是亲口承认李寿民对他的影响颇深。

在《亚洲周刊》评出的"二十世纪中文小说一百强"中，李寿民的《蜀山》位列第55位，尤在古龙《楚留香传奇》和梁羽生《白发魔女传》其上，是民国武侠的唯一代表。

在中国文学的发展中，武侠文学的源头可追溯到司马迁《史记》中的游侠刺客列传，唐代"传奇"树立了文言武侠的典范后，经过宋元两代的过渡，到明代的《水浒》将武侠文学推向了一个高峰，到了清朝，出现了武侠文学的另一个高峰，后来出现的王度庐，开始了武侠文学的改造，将历史和武侠结合起来，直到李寿民《蜀山》的出现，才迎来了民国武侠小说的高潮，而李寿民的《蜀山》，即成了后世仙侠类小说的鼻祖。

李寿民一生所创作的作品达四千余万字，有武侠小说36部，是现代武侠小说的高峰，同王度庐、宫白羽、郑证因和朱贞木等四人一起，同为民国北派武侠小说的代表，而在北派武侠小说中，李寿民则有"荒诞至极"的特征。而且，在新中国成立前的重庆作家中，李寿民是唯一一个出现在中国现代文学史上的人物。

当然，李寿民在出版其著作时，用的并不是其本名，而是用的另外一个名字，鉴于这个名字过于响亮，我在此先卖一个关子，暂且不说，只说说这个名字的由来。这个名字是李寿民在发表其作《轮蹄》时所用，后来一直沿用了下来，据说有两个由来：其一，取自唐代诗人张籍《节妇吟》中诗句，有"还君明珠双泪垂"之意；其二，因小说取材于李寿民和天津二小姐的恋爱往事，故征求二小姐意见，二小姐忽然想起了李寿民和文珠姑娘的故事，便说，"我知道你心中有座楼，那里面藏着一颗珠子"，于是，便用了此名。

李寿民，重庆长寿人，他还有另外一个名字：还珠楼主。代表作：《蜀山剑侠传》。

2020年9月1日

两个选择:"全面出击"和"攻其一点"

现在的作家,大致有两种,一种是什么体裁的文章都会,诗歌散文小说,无一不弄,无一不"精",属于"全能型"选手;另一种是只会一种,除此以外,什么都"不会",属于"专业型"选手。其实,这也是现在很多作家所面临的两个选择:"全面出击"和"攻其一点"。

关于这两个选择,争论很多,说法也很多,有主张"全面出击"的,也有赞成"攻其一点"的,且公说公有理,婆说婆有理,谁都说服不了谁,似乎谁都有道理,结果就是你说你的,我弄我的,互不相干,各行其道,有的在"全面出击"的路上越走越远,有的在"攻其一点"上越"陷"越深。

先来说说"全面出击"。我这里说的"全面出击",不是指那种有关联的文体间的"全面出击",比如散文和小说,其实很多作家都在同时创作散文和小说,而且两者都还弄得不赖。散文和小说间的"隔阂"本就不是太深,往往你中有我,我中有你,小说散文化,散文小说化,小说淡化小说因素,散文增强叙事特征,都会导致散文和小说间的"隔阂"

减弱，有时甚至难以分辨，这都不足为奇。我这里说的"全面出击"，指的是两种或几种文体特征差别较大的文体间的"全面出击"，比如诗歌和小说，剧本和散文，评论和小说，等等，而且，往往不只是在两种文体间"全面出击"，而是达到了三种，甚至四种，散文小说诗歌剧本评论，啥都弄，没有哪个文体，不去插一脚，显得自己不仅"全面"，而且非常"全面"。

然而，这些作家虽然"全面"，但却无一弄好，无一弄精，拉拉杂杂，把自己辛辛苦苦弄出来的作品，做得跟摆地摊一样，看似什么都有，却挑不出一件好东西。我身边便有不少这样的作家，从诗歌到小说，从散文到剧本，从文学评论到报告文学，啥都创作，而且自我陶醉，总觉得自己哪种文体都不错，随便放到哪个圈子里，都属上乘。然而，可悲的是，这些作家，其实很没有存在感，因为在哪个"圈"，都找不到其身影，更无其立足的地方，除了自我感觉良好外，到哪儿都没存在感。小说，小说圈容不下他；散文，散文圈不承认他；诗歌，诗歌圈不欢迎他，弄得灰头土脸，脸面全无。

其实，有些"全面出击"型作家，才华还是不错的，假若能够选择"攻其一点"，或许能够做出点成绩，但，毁就毁在了"全面出击"上，眉毛胡子一把抓，结果，什么都没抓住。有时，我也会善意地提醒一下这些"全面出击"的作家，是否可以放弃"全面出击"，选择"攻其一点"，但往往收效甚微，白费唇舌。

人的精力是有限的，顾了此，就容易失了彼，况且，各类文体间的差距，确实很大，需要完全不同的思维方式跟语言模式，很难做到一碗水端平，在这方面用力了，在另一方面，就得滑坡，这属于正常现象，何苦去疲于应付，搞什么"全面出击"，最后弄得个一事无成，哪一方面都不讨好呢？有时，知道自己的长短和优缺点，也是一种智慧，当然，假若知道适时去放弃，更是一种难得的境界。

其实，说半天，我自己也得反思，从某个角度来说，我自己也属于那种"全面出击"型，啥都弄，散文小说评论，结果啥都弄不好，落得哪方面都是个半吊子。当然，我不排除有那种"全面出击"型，但却出击得很好的，放到哪个圈子里都是高手，都能秒杀一大片一辈子"攻其一点"的，像鲁迅等现代文学史上的很多名家，像格非等当代文坛中的中流砥柱，但，这毕竟是少数，对天赋等因素要求很高，对于我们绝大多数普通作者来说，要做到"全面出击"，何其艰难，假若弄不好，往往得不偿失，自毁前程，所以，当我们面临"全面出击"和"攻其一点"这两个选择时，当认真琢磨，好好掂量，看看自己是否具备"全面出击"的能力，不然，一旦误"陷"，便极有可能再难全身而退。

再来说说"攻其一点"。一个作家能够创作出好的作品，至少应该具备极强的感知力、观察力以及很强的语言驾驭能力，同时，还得具有丰富的想象力和生活阅历，以及高于常人的思想水平，在此基础上，最好还能做到对各种文体的特征都有精准的把握，等等，这样，创作起来才会如鱼得水，信手拈来。对于一个普通作者来说，掌握一种文体容易，但要求面面俱到，可就难了，而能够把多种文体都弄得有高度、有分量、有很高的水准，那更是难上加难。因此，我们在不具备某种超强的天赋时，还是尽量选择"攻其一点"较好，这样，我们更容易把握，更容易得其精髓，也更容易做出成绩，达到"高精尖"的水平和程度。

在我们身边，虽然有极少数"全面出击"型选手，但其实更多的则是"攻其一点"型选手，因为"全面出击"委实太难了，很容易掉进某种预设的"陷阱"，拔不出来。诚然，各类文体可以触类旁通，文体间也有着某种细微而隐秘的关联，但通常来说，各种文体间自有其特点，不能混为一谈，更不能搅到一起，这样容易造成文体间的相互影响，最终弄出一个四不像的"三无产品"。

抛开那些著名作家不谈，看看我们身边，有几个人能够做到"全面出击",而且把"全面出击"做好了的。有时,作家得有作家的特点,是小说家就做小说,是散文家就做散文,是诗人就把诗弄好,搞评论就认真评论,别总是有那些"跨行"的想法,或许,这样更容易成功。毕竟,无论从哪个角度来说,"攻其一点"都比"全面出击"要容易得多。

其实,很多作家都是把"攻其一点"作为文学创作时应该遵循的"主张",他们会把"全面出击"当成一种"不务正业",荒废自己的"功夫"而去偷练别人的"功夫",很多作家不会这么干。从某种程度上说,"整齐划一"不见得是什么好事,而且,就算那些真正能够做到"全面出击"的高手,也是有其主攻方向的,不会像有些作家那样,均衡用力,最后,弄啥啥弄不好。比如格非,虽说散文小说评论都堪称一绝,但其还是以小说家名世,小说,是其"攻其一点"的主要阵地;比如曹文轩,既是文学评论家,又是儿童文学家,但其毕竟还是以儿童文学创作为主,而并不是我们所想的"全面出击"。

这里,就涉及一个问题,即选择了"攻其一点",就必须得放弃"全面出击"了吗?显然不是,我们可以在"攻其一点"的同时,适当地"全面出击",偶尔跨行操作,但,不能着迷,不能深陷,只能点到即止,很多事,一旦当真,就输了。而且,就算我们选择了"全面出击",也应有所侧重,不能面面俱到,而理应突出一方,这样,才能有的放矢,不会顾此失彼。其实,话说回来,既然有所侧重,那就不能叫"全面出击",依然还是属于"攻其一点"的范畴,只不过,所"攻"的这"一点",隐含在了"全面出击"中,从而显得"点"不像"点",而被误认成"面"了。

其实,这有点像我们做学问,所谓博士,并不是什么都知道,博士的"博",并非广博的"博",而是精深的"博"。"攻其一点"所以更容易成功,主要是因其不用东打一耙西打一耙,分散我们有限的精力,可以去不断地精耕细作,越理解越深罢了。那么,说到这里,是否就意味着"攻其一点"和"全面出击"是矛盾的呢？其实不然，作为一个作家，尤其是一直以来都在"攻其一点"但仍然尚未"成功"的作家，我们可以反思一下：为什么有些作家就具备这种"全面出击"的能力呢？他们是怎么做到"齐头并进"的？

重庆小小说作家游睿的话，或许对这个问题有些许启示："多年来，我一直在弄小小说。后来，我发现我的思维和语言逐渐固化，似乎除了小小说以外，其他体裁根本就弄不好，或者不会弄，甚至连小小说也越弄越差。抛弃一些所谓的先天因素，文学创作其实更多在于后天的勤奋，任何一个作者都是勤奋的，差别在于方向和深度的不同，有时，多接触几种体裁，注重文体间的触类旁通，也未尝不可。我们缺的是对非自身所长的文体的了解，缺知识的全面，甚至缺失驾驭其他文体的胆略和勇气。"假若我们能够从中得到一些有益的启示，那何不顺势而为呢？

不管是"全面出击"，还是"攻其一点"，都有做得非常好的作家，其名声是名副其实的，不像某些自吹自擂的作家，典型的徒有虚名，表面声名很盛，实则水货一个。真正有真才实学的作家，往往不显山不露水，反而是那些徒有虚名的水货，需要靠吹嘘来给自己壮胆，唯恐别人知道他几斤几两，露出马脚，痛失颜面。于是，他们不断地用作品的数量，奖项的多少，受关注的程度，会员级别的高低等各种"非文学"的因素，来壮自己的声威，掩饰自己的某种无能，属于典型的狐假虎威派，何其悲哀。

不知怎的，我突然想到了一个群体：文二代。

星，有星二代；商，有富二代；文，则有文二代。我们的文二代，顶着上一辈的光环，往来穿梭于文坛，虽说不断澄清自己和上一辈的关系，但实则很难摆脱上一辈的荫蔽，成长为一个完全独立的个体。这种来自上一辈的荫蔽，或隐或显，但不可否认的是，都或多或少带给了文二代们一个有利的环境和较高的起点。所谓潜移默化，不看僧面看佛面，即是这个意思。我们在此不妨作一个假设，假设这些文二代失去了某些荫蔽，当真能够取得现今的成绩？不可否认，能，但并非全部都能。

从某个角度说，文学创作是需要鼓励的，永无休止的失败，带来的，或许真的是永远的失败，能够从无尽的失败中崛起的，毕竟是极少数，相反，在适当的时机，偶尔得到一些鼓励，或许，就能从失败的泥沼中摆脱出来，走向成功的彼岸。

既然说到了这个话题，我们不妨来列举一些文二代的例子，不作评价，仅仅当作一些文坛知识来补充。

笛安，原名李笛安，著名作家李锐和蒋韵的女儿，1983年出生于山西太原，毕业于法国高等社会科学研究院。2003年，首篇小说《姐姐的丛林》刊载于文学杂志《收获》；2005年，因其长篇小说《告别天堂》而崭露头角；2007年，中篇小说《莉莉》获第一届"西湖·中国新锐文学奖"提名，同时，该小说于2009年获得"北京文学"中篇小说月报优秀作品奖；2008年，凭借小说《圆寂》摘得"小说选刊"首届"中国小说双年奖"；2009年，出版长篇小说《西决》，后摘得第八届"华语文学传媒奖"年度最具潜力新人奖；2010年，出版长篇小说《东霓》；2012年，出版"龙城"完结篇《南音》；2014年，出版长篇小说《南方有令秧》，该小说于2015年获人民文学新人奖长篇小说奖和花地文学榜年度青春文学金奖；2018年，凭借长篇小说《景恒街》摘得人民文学奖长篇小说奖。

潘向黎，著名文学评论家潘旭澜先生的女儿，1966年生，文学博士，《文汇报》高级编辑，著有小说集《无梦相随》《轻触微温》《我爱小丸子》《白水青菜》等，散文集《红尘白羽》《纯真年代》《局部有时有完美》等，部分作品被翻译成日文、英文等外国文字。2002年到2005年，其作品连续四年登上中国小说排行榜，曾获首届青年文学创作奖，第十届庄重文文学奖；2007年，凭借小说《清水白菜》摘得第四届鲁迅文学奖全国优秀短篇小说奖；2012年，散文集《茶可道》获冰心散文奖散文集奖；2018年11月，获朱自清散文奖。

万方，著名剧作家曹禺的女儿，1952年生于北京，中央歌剧院编剧，其间曾到东北插队，1979年回到北京，20世纪80年代开始小说创作，兼及电影电视剧编剧，著有长篇小说《明明白白》等，中篇小说《和天使一起飞翔》《没有子弹》《空镜子》等，其中《和天使一起飞翔》获第四届长中篇小说优秀作品奖二等奖，《空镜子》获十月杂志"大来奖"，并提名"老舍文学奖"，电影《日出》获1986年中国电影"金鸡奖"最佳编剧奖，电影《黑眼睛》获1998年中国优秀电影政府奖和"华表奖"，电视剧《空镜子》获2002年中国优秀电视剧"金鹰奖"和"飞天奖"，歌剧《原野》获中国文化部优秀剧目"文华奖"最佳编剧奖。

戴紫袅，著名儿童文学作家秦文君的女儿，1988年生，四岁时即发表"口头文学"，在《小青蛙报》上发表两句诗，酷爱绘画。1998年，获"白雪杯"全国儿童画大赛二等奖；1999年，获"现代儿童想象画大展"一等奖；多次在全国及省级以上作文大赛中获奖；2002年，出版《话说本班男生》；2003年，出版《我们班男生》《飞翔在童心世界》；自高中时便开始创作小说《被磕疼的心》，小说淋漓尽致地揭示了"彼此命运的不同和相互间的理解，以及两代人间的'阴差阳错'"。

蒋方舟，作家尚爱兰的女儿，1989年生于湖北襄阳。7岁时开始创作，9岁时完成散文集《打开天窗》，该书被湖南省教委列为中小学素质教育推荐读本；1999年，创作小说《正在发育》；2002年，出版《都往我这儿看》；2003年，出版长篇童话《我是动物》，并在《新京报》和《南方都市报》开设专栏《邪童正史》；2005年，当选中国少年作家学会主席；2008年被清华大学"破格"录取；2009年，获人民文学奖散文奖；2012年，就任《新周刊》杂志副主编。

童天米，著名作家苏童的女儿，1989年生于苏州，著有《我的钥匙你的门》《在比萨斜塔上看世界》《种花》《安妮日记》《我的房间》等作品。陈思，著名诗人舒婷的儿子，1982年生于福建厦门，北京大学文学博士，在《南方文坛》《中国现代文学研究丛刊》等刊发表文学评论多篇，中国著名青年文学评论家，获《南方文坛》优秀论文奖等奖项。肖铁，著名作家肖复兴的儿子，1979年生于北京，著有《成长的感觉》《壶口的瀑布》《红房子》《坚硬的早春》等作品，作品曾获冰心图书奖、北京大学创新奖等，其中，小说《井》译介至国外。

陆川，著名作家陆天明的儿子，1971年生于新疆奎屯，中国著名电影导演，中国第六代导演的代表，主要作品有《寻枪》《可可西里》《南京南京》《九层妖塔》等，曾获西班牙圣塞巴斯蒂安国际电影节最佳电影奖、香港电影金像奖最佳亚洲影片奖、中国电影金鸡奖最佳故事片奖等多项。贾浅浅，著名作家贾平凹的女儿，文学博士，西北大学文学院副教授，陕西省青年文学协会副主席，作品见于《诗刊》《作家》《十月》《钟山》等，著有诗集《第一百个夜晚》《椰子里的内陆湖》等，鲁迅文学院32届高研班学员，参加诗刊社第35届青春诗会，获第二届陕西青年文学奖等。刘轩，著名作家刘墉的儿子，1972年生于台北，著有《从哈佛走向世界》《寻找自己》《属于那个叛逆的年代》等作品。

管笑笑，中国首位诺贝尔文学奖获得者莫言的女儿，1981年生，清华大学文学硕士，北京师范大学文学博士，中国劳动关系学院教师，在山东大学读本科一年级时，即完成了长篇小说《一条反刍的狗》；2008年，发表译著《加百列的礼物》；2014年，担任电视剧《红高粱》编剧。侣皓喆，著名作家海岩的儿子，1980年生，网剧导演。2002年，出演《重案六组》中的年轻警察常保乐；2007年，主演根据其父同名小说改编的电视剧《舞者》，后退居幕后；从2011年起，师从赵宝刚拍摄电视剧，在《北京青年》等剧中担任执行导演；2015年，担任网络热剧《太子妃升职记》导演。

雪村，原名韩剑，著名作家韩静霆的儿子，1969年生于吉林辽源，毕业于北京大学德语系，著名歌手和导演。2001年，雪村因一首《我们东北人都是活雷锋》蹿红，后主演多部电影电视剧；2006年，自导自演电影《新街口》；2012年，自导自演电影《艳局》；2014年，自导自演悬疑喜剧《卧龙岗》。费滢滢，著名文学评论家费振钟的女儿，1986年生，小学二年级时即发表作品《一盆无名草》，中学时代，有多篇作品发表于《美文》《雨花》等刊，其中《游戏》《电线杆的鸟》等被《散文选刊》选载。那多，原名赵延，《萌芽》主编赵长天的儿子，1977年生，著有星座小说系列《白羊座的双层世界》《当摩羯遇见处女》等，灵异手记系列《铁牛重现》《幽灵旗》《亡者永生》《一路去死》等。

刘雨霖，著名作家刘震云的女儿，生于河南省延津县，中国内地导演和编剧。2014年，执导首部微电影《门神》，从而开启了其导演生涯，该片获第41届美国学生奥斯卡奖最佳叙事片奖和奥斯卡短片奖，同时，参加法国戛纳电影节和日本东京电影节以及美国百慕大电影节等50多个知名电影节，获得了最佳短片和最佳导演以及最佳剧本等十多个国际奖项，时年27岁。据此，刘雨霖也成为中国大陆第一个获得奥斯卡奖的导演。2016年，由刘雨霖执导、刘震云担任编剧的电影《一句顶一万句》上映，刘雨霖因此提名第八届中国电影导演协会年度青年导演奖。郑亚旗，著名童话作家郑渊洁的儿子，2001年，在超市当搬运工；2001到2004年，在北京某报社任网络技术部主任；2005年，创办《皮皮鲁》杂志，担任《皮皮鲁》杂志主编；2007年，创办"皮皮鲁讲堂"；2010年任北京郑渊洁品牌管理有限公司董事长。

近年来创作成绩较为突出的"90后"作家庞羽，曾在《十月》《花城》《钟山》《天涯》等刊发表小说40万字，其中《我不是尹丽川》《操场》《退潮》等小说被《小说选刊》和《小说月报》等刊选载，获得过第六届"紫金山文学奖"和"小说选刊奖"等奖项，著有短篇小说集《一只胳膊的拳击》和《我们驰骋的悲伤》等。庞羽的父亲庞余亮，江苏省首届签约作家,在《小说选刊》《北京文学》《青年文学》《中华文学选刊》等刊发表文学作品200万字,著有诗集两部,长篇小说两部,童话集一部,作品曾获第三届"紫金山文学奖"和全国年度小说优秀作品奖等奖项。

叶迟,原名梁辰,1988年生,2016年开始小说创作,有作品刊登于《人民文学》《钟山》等刊。叶迟是叶弥的儿子,叶弥是江苏省作家协会副主席,获得过第六届鲁迅文学奖等诸多奖项。马小淘,原名马天牧,1982年生,鲁迅文学奖得主,黑龙江文学院院长李琦的女儿,有散文和小说在《十月》《中国作家》《青年文学》《作品》等杂志发表,17岁时出版《蓝色发带》,著有长篇小说《飞走的是树,留下的是鸟》和小说集《火星女孩的地球经历》等。

除此以外,中国当代一些著名作家,其实也是文二代,比较著名的有顾工及其儿子,茹志鹃及其女儿,等等,然而,还有很多文二代却不为我们所知,现提出几个,姑且算作增长某种知识罢了。

当代著名作家叶兆言,其祖父是大名鼎鼎的叶圣陶先生,其父亲叶至诚也曾担任过《雨花》主编,可谓一门三代皆"文学",更难能可贵的是,叶兆言80后的女儿叶子也一直在创作,高中时便已出版了《带锁的日记》《马路在跳舞》等作品,其在复旦大学读研时的专业也和文学相关。

著名学者王晓明,生于1955年,毕业于华东师范大学,师从许杰和钱谷融教授,1982年获文学博士学位,后留校任教,从事20世纪中国文学研究,兼及文学理论和中国近现代思想史研究,著有《无法直面的人生——鲁迅传》《沙汀艾芜的小说世界》《无声的黄昏》等多部著作。王晓明的父亲是中国现代著名作家王西彦。

旅美作家严歌苓,随着《金陵十三钗》等电影的热播,其声名水涨船高,但却很少有人知道,严歌苓其实也是文二代,其父萧马,1957年即开始发表作品,著有长篇小说《破壁记》,散文集《淮河两岸鲜花开》,电影文学剧本《巨澜》《柳暗花明》《江南雪》等,根据其中篇小说改编的电影《钢挫将军》曾影响一时,晚年,其小说《铁梨花》被搬上荧屏,评价很高,2011年在北京病逝,享年81岁。

韩东,1985年组织"他们文学社",曾主编《他们》,被认为是"第三代诗歌"最主要的代表,形成了对第三代诗群产生重要影响的"他们"诗群,其作品对中国现代诗歌的发展产生了积极的促进作用,著有小说集《西天上》《我的柏拉图》,长篇小说《扎根》《我和你》,诗集《吉祥的老虎》《爸爸在天上看我》等多部。

韩东的诗名很盛,但很少有人知道他也是文二代,其父韩建国,中国现代小说家,祖籍湖南湘潭,生长于南京,著有小说《乡长买卖》《兄弟团圆》《在泉边》《曹松山》等,1957年后,在南京文联从事创作,同高晓声、陆文夫以及叶至诚等准备组织"探求者"文学社,提出"干预生活"的主张,后下放江苏洪泽县农村劳动;1978年,调回南京市文联;1979年,在《北京文学》发表其代表作《内奸》,引起广泛关注和重视,作品获该年度全国优秀短篇小说奖,并被译成多国文字;1979年,因患肝癌不幸辞世,《内奸》竟成其"绝作"。

此外,从某个角度来说,文二代其实可以扩展开去,也应包括师徒类型的"文二代",比如鲁迅先生和其弟子们,曹文轩和其弟子们,等等,毕竟,这些和名家有着师徒关系的弟子,或隐或显所得到的某些"待遇",几乎可以等同于那些真正的文二代,甚至过而不及。这个话题说来就广了,错综复杂,寥寥数语很难说清,我记得师姐高晓瑞便就文学中的"师承"关系做了一篇博士论文,洋洋洒洒,卷帙浩繁。

文二代,到底文学创作有没有遗传,抑或有没有上一辈的影响,各有各的说法,叶兆言就始终觉得文学创作和家庭没什么关系,"这不像中医,有独门秘方可以代代相传"。而严歌苓的话,也值得深思,"父亲的藏书是我最好的学校和老师，当时可以找到的经典作品我家基本都有，我一直觉得自己很幸运，除了藏书外，父亲对绘画和建筑同样研究颇深，而这些也都使我耳濡目染"。

通过对文坛这些文二代的梳理，我始终坚信，这些文二代确实很有才华和本事，他们的成功绝非偶然，甚至可以说，他们的成功，绝大部分都是靠自身的实力，而非上一辈的荫蔽。但，影响有显在和隐在，若单论文学的起点，他们便早已高出一等。有些东西，是比不了的，也没法比，有时间去歆羡，倒不如想办法去努力和超越，这，才是一个真正的作家应有的品质和态度。

2020 年 9 月 3 日

介绍两篇小说:《内奸》和《琴师》

今天,我想介绍两篇小说:《内奸》和《琴师》。

先来说说《内奸》。中篇小说《内奸》,作者方之,原名韩建国,该作品最初刊于《北京文学》1979年3期,是新时期"反思文学"中相当典型的一部作品,获1979年度全国优秀短篇小说奖。今年,《北京文学》创刊70周年,创建了"《北京文学》70华诞经典回顾"栏目,在第7期重刊了《内奸》这篇小说,并配发了韩东的评论《由〈内奸〉说起》,可见《内奸》这篇小说的重要性。

然而,这么重要的一篇小说却不怎么"出名",即使是读过中文系的读者,也不见得知道,更别说普通读者了,但,很明显这篇小说却有着远远超出其"名声"的影响和意义。《北京文学》在重刊小说的时候,有这么一段"编者按","本刊重登这篇小说……由一部小说开始,重新思考中国新时期文学的发展和变迁",由此,更显得《内奸》这篇小说的"'名'不副'实'"。

顺着《北京文学》的这段"编者按",我去查找有关《内奸》的评论，竟得到这么一些重要的信息："小说在向伟大的民间说书传统致敬的同时，又开创了后现代意味浓烈的'新历史叙事'的话语范式"；"中篇小说《内奸》，其'历史化'和'去历史化'，可谓中国当代文学'革命历史叙事'转变的标志"。

虽然说来汗颜，但我不得不坦诚相告，我也是最近才知道并阅读韩建国的《内奸》的，我仔细回想了一下，在我本科跟硕士期间，就我所了解的文学史知识中，并无《内奸》的只言片语，也就是说，韩建国和其《内奸》，在文学史上并无其名，即便在讲到新时期"反思文学"思潮时，《内奸》同样是"隐身"的，当然，也有可能是我知识的短缺，或者说是知识的盲区，毕竟，我从来都不属于那种知识渊博者，相反，却总是在知识的汪洋中游得格外飘忽。

学者陆克寒在其论文中也说：从某种意义上说，方之是被当代文学史书写所轻忽的一位作家：他的名字，在文学史著作述及1957年江苏"《探求者》文学月刊社"时，偶尔一露；间或，其遗世名篇《内奸》也会在"新时期"初期的文学叙述中，得着一番评说；在他病逝后，除了老友叶志诚所撰《曲折的路》等文，评论界则鲜有论述涉及其文学创作的——"寂寞身后事"，是此谓也。

如此文学史境遇，或许同韩建国的英年早逝有关，才重返文坛，却不幸中年早折，才华不及绽放，便倒在了"新时期"的门槛上。当然，这也仅仅只是我推测，究竟怎样，我们不得而知。然而，事实却是，如此重要的一篇文章，却被"有意无意"地忽略，可谓讳莫如深。

鉴于此，假若我们从文本层面和历史意蕴等多个维度来重新审视《内奸》，检视其文学文本的内涵和质地，实在具有理解其作品对中国当代文学历史进程和历史经验的价值和意义，以小见大，由一部小说开始，重新思考中国"新时期"文学的发展和变迁以及拓展和深化。

当然，并不是所有的文学史都把韩建国及其《内奸》"关闭"在外的，比如陈思和主编的《中国当代文学史教程》。陈思和在《中国当代文学史教程》第十一章《面对劫难的历史沉思》的第二节"从'同路人'的立场反思历史"中，论及《内奸》时说，小说"揭示了'内奸'这一命名下的复杂内涵，体现了作者对四十年中国历史的深刻而又别具特色的思考"，是"在历史的纵深中展示社会悲剧，并对导致悲剧的历史原因作出追根溯源的探询"的一种方式。

小说叙述的故事发生在苏北农村，时间则从20世纪40年代初的抗战时期一直到70年代末，先后跨越了近40年。作品分为上下两编，上编的故事发生在"抗战"时代：一个普通的榆面商人田玉堂，在战争年代看到家财万贯的地主少爷严赤，不仅参加了共产党，而且还变卖、捐出了全部家当，于是感到纳闷：共产党的吸引力何以至此？于是，田玉堂不再像躲避土匪那样躲避共产党，他帮助共产党买来药品，牵挂共产党的安危，掩护即将临盆的女共产党员杨曙，历经艰辛，终保其平安。下编则已是新中国成立后，当了县蚊香厂厂长的田玉堂，在一片"砸烂"声中一下子变成了牛鬼蛇神，面对"挂牌子"和"戴帽子"等惩罚时，"倒也平平，无话可说"，但当有人出于不可告人的目的诬陷黄司令和严赤夫妇为"内奸"，并要他作伪证时，他却坚守底线，实话实说，因而招来一顿毒打，被革职，遣返故乡喂猪去了。

小说中的田玉堂，可谓"'十年'后文学形象画廊里十分特别的一个，其所谓的'不干不净，好吹好炫'，只是带有特定政治意识形态眼光的一种界定模糊的评价"，而且，"'内奸'本是个充满政治意识形态和党派色彩的名词，在中国现代复杂的政治斗争历史中，其所指往往随着党派立场和时势的变迁而发生戏剧性变化。《内奸》中所叙述的老干部在'历史'中被诬陷为'内奸'终而昭雪的故事和背景，与当时流行的'伤痕文学'和'反思文学'作品的题材并无多大差别"，"但作者所选取的叙述视角却是相当特别的，小说以田玉堂这个富于民间色彩的形象的眼光来看四十年来的风云变幻，使这段历史的是非曲直有了另外一种解释"。

陈思和说，"小说并不是从正面去展示和探问'十年'的悲剧及其历史成因，而是以一个胆小的普通人的悲哀和痛苦，来折射出时代的悲剧"，田玉堂作为一个小人物，他没有可歌可泣的历史壮举，也没有直面现实的英雄色彩，"但以民间化的视角来叙述政治历史的悲剧变迁，其本身就是历史反思的一种表现"："田玉堂本来并不了解共产党，后来在共产党的感化下叹服了，并甘愿冒了风险出了力气，到头来被当作'内奸'；他当年好吹好炫时倒没被当作坏人看待，而后他本着良知，老老实实时，却反而连遭痛打"，时代历史的内涵，在田玉堂这个小人物身上，得到了某种无须言说的升华。

绵延四十年的故事，营构于一个中篇小说中，时间的长度，意味着小说须向历史纵深处掘进，由此包含着丰富的历史内涵：小说分为上编和下编，可谓叙述的"断"；下编故事是上编故事的历史回响，则为叙述的"续"，"断""续"间，腾挪自如，内里却自有叙述的讲究，内容则沉重而深切。1942年的故事，无疑是小说的中枢，而其历史回响却始料未及，也因此更具历史的吊诡，更能表现出历史的复杂："不干不净"的田玉堂维护着历史的真相，表现出坚定执着的道德操守；同此形成比照，对田玉堂的"苦"有"一肚数"的田有信田主任，却唯恐"弄脏了他那身白大褂"，刻意隐瞒和回避历史事实。这样，就在1942年历史故事及其历史回响的"断""续"间，小说赫然而醒目地提出了"政治道德"问题："人不能昧了良心"，商人田玉堂"一身泥，一身脏"，却比某些"'干干净净的共产党员'要干净得多"，他对道德底线的坚守，映照出所有政治机巧和政治投机实则均为政治背叛。

小说从政治叙述走向道德追问，就地而筑道德庭审现场，将所有的历史参与者圈进其中，接受道德审判，即此，小说的政治叙述伸展开政治道德的意识向度，从道德角度衡量政治，审视历史，发出灵魂的拷问：政治怎能不讲道德，历史怎能无关常理？陆克寒的观点，很直白地道出了《内奸》的"根本"：政治中的历史，历史中的政治，以及政治和历史中的"人"。

这，其实已经触及新时期"新历史小说"的某些内核。

所谓"新历史小说"，即在其小说中所呈现出来的历史观，是一种新的历史观，这种历史观，不是官方主流意识形态所提倡的历史观，而是一种民间的历史观，强调的是民间立场，其代表作有陈忠实的《白鹿原》和余华的《活着》以及苏童的《1934年的逃亡》等，而韩建国的《内奸》，很明显已经有了"新历史"的某些"影子"。

再来说说《琴师》。和《内奸》一样，《琴师》及其作者也不怎么出名，不管是《琴师》还是赵琪，很多读者都没听说过。当然，这正好可以避免某种"光环"的干涉，就小说而小说，就文本而文本。

我记得第一次读《琴师》，是在重庆师范大学读本科的时候，无意间读到的，当时就被这篇小说给感动了，久久不能平静，虽时隔多年，但这种阅读体会，却依然历历在目。如今重读，那种纯粹的阅读体验虽然随着时间的流逝和岁月的磨砺，变得有所钝化，但依然能够感受到作者字里行间的真诚，以及某种无法言说的刺痛，带给我一种强烈的震撼，在这个阅读使人麻木的时代里，这，实属难得。因此，我愿意向读者推荐《琴师》，一篇不怎么出名但却意味深长的中篇小说，我相信，无论是纯阅读还是希望有助于创作，都能从中找到某种深层次的启示。

小说《琴师》的故事很简单，讲的是一个盲人琴师跟一个官家小姐因种种原因而不能在一起的故事。说实话，故事很老套，一点儿新意都没有，从古至今，早已演绎过不知多少回，看着似乎有点审美疲劳，但最为难能可贵的就是，作者居然能够把这么老套的一个故事，讲得温润如玉，跌宕起伏，读来让人痛彻心扉，愁肠百结，竟久久不能释然。这，就是一种本事。

　　陈师傅的善，小姐的痴，宋师傅以及众多道琴师傅无法言说的苦，陈师傅对道琴最高境界的追求，陈师傅和小姐间那道难以突破的"墙"，那份浓烈而压抑的爱，以及当时生活的艰辛和世道的艰难，都在一篇短短的中篇小说里展现得淋漓尽致，读来不忍释卷，真可谓精彩绝伦，不得不击节赞叹。

　　这其实带给我们一些有益的启示：我们有时总会感叹没有合适的故事，那为什么赵琪能够把这么一个老掉牙的故事处理得这么好？当我们面对一个陈旧的题材的时候，应该怎么做，才能够推陈出新？在题材制胜和技巧横飞的今天，返璞归真和真实感人，是否已经不合时宜，流于俗套？

　　王久辛在《"厨子"赵琪》一文中，说赵琪创作小说就像"做饭"，比如在创作《琴师》和《穷阵》时，虽然一点音乐常识和古代战争知识都没有，但他却一点儿也不着急，先构思好一个故事，然后才到图书馆去借书，一摞一摞地借，全是关于音乐和战争理论的书，接下来便一个月两个月地读，拼了命地钻研，直到把小说所涉及的知识都弄得非常熟悉，做到胸有成竹，才肯罢休。

　　这，便是一个作家该有的创作态度：认认真真准备，踏踏实实创作。我们不可能对什么题材都熟悉，总有陌生的地方，而我们总不能永不跳出自己那一亩三分地，这样的话，创作的路子就窄了，当我们遇到自己不熟悉的题材时该怎么办？赵琪的做法，或许能带给我们一些启示。

　　阅读，在任何时候，都是一条解决问题和补充知识的捷径。当然，我这里所说的阅读，并不仅仅只限于书籍，还包括看电影电视等多种方式，尤其是相关的纪录片，因其真实和详尽，也很值得我们关注。我们得想尽一切办法，去了解小说中所涉及的知识，这样，才不会在小说中出现不必要的"硬伤"，闹出一些很低级的笑话。

小说的好坏，和题材有关，但并不是完全有关。有一个好的题材，当然很好，这样或许更容易创作出一篇好小说，但假若我们就此被题材所左右，总是千方百计地去寻找题材，找不到题材就垂头丧气，陷于题材中心论，这就得不偿失了。一个好的作家，是能够驾驭多种题材的，就小说而言，题材，仅仅只是其中一个因素，而并不是全部。

再来说说题材陈旧这个话题。何谓陈旧？何谓新鲜？才子佳人算陈旧吗？底层苦难算陈旧吗？新兴科技算新鲜吗？新近故事算新鲜吗？我们不能因为题材陈旧，抑或说别人早已做过，就不做了，这样的话，小说早就面临着死亡了。同一个题材，你做你的，我做我的，你这样做，我那样做，总有不同的意味，不能因为你做了，我就不能做了。陈旧的，不是题材本身，而是你的做法。何况，再陈旧的题材，只要做得好，依然是一道"美味佳肴"。

而且，我们应该知道，无论用多么绚丽的词汇去描述文学，真情实感和有血有肉，永远都是最基本最简明和最本质的描述。赵琪的《琴师》之所以这么感人肺腑，就在于其情感的真挚，不掺假，不做作，用真诚去打动读者，用朴实去触痛心灵，用最简单的文字，去诠释人类最原始的情感：爱。爱时爱得刻骨铭心，痛时痛得彻彻底底，伤时伤得真真切切，读时读得肝肠寸断。

于文学而言，没有什么东西，抵得过一个"真"字，题材再好，如若"假"了，也是失败的；题材再陈旧，只要"真"了，便容易成功。史铁生的作品，无论其散文还是小说，都有着一种无穷的力量，虽说有其思想深刻的原因，但其实更重要的，还是在于一个"真"字，那种看破生死的真诚，理解生命的透彻，在一种低沉和凄苦中，体现出了一个真实的生命，对于灵魂的呼唤和生存的渴求。这有如一个几乎绝望的孩子，被困于连绵群山中，而那个孩子却向往着自由和幸福，迎着萧瑟的秋风，这个孩子在遥远的山顶发出了某种撕心裂肺的叫喊，形成了一种

"荒凉的祈盼"的阅读效果，可谓把文学作品中的"真"演绎到了极致，读来有种触痛灵魂的震颤。

这，便是"真"的力量。

一个阳光明媚的午后，一个偶然的机会，两篇本不"出名"的小说，一次有关文学的对话，这就是这个下午馈赠给我们的精神食粮：韩建国的《内奸》，让我们知道了历史的"真"；赵琪的《琴师》，让我们理解了真爱的"痛"，这一"真"一"痛"，让我们沉浸在文学的感动中，净化思想，触痛灵魂。

2020 年 9 月 10 日

从占据先锋到回归传统：先锋小说的走向

20世纪80年代，中国文坛兴起了一股先锋小说潮流，出现了一批先锋小说作家，他们借鉴西方现代派的某些技法，进行着小说叙事和结构等方面的变革，表现出对传统的某种背叛，形成了一种先锋的姿态。

先锋小说，是新时期现代派小说的延续，刘索拉和徐星等的现代派小说，可视为先锋小说全面出现的前奏，其作品中表现出的对传统文化观念的消解和背叛，已经具备了某种"现代意味"，在此基础上，先锋小说形成了蔚为壮观的浪潮，在80年代中后期，出现了两次高潮。1985年前后，马原和残雪等人的出现，是先锋小说的形成期，开创了先锋小说的新时代，展现了和传统文学理念决裂的意志和勇气。先锋小说的目的，是小说本身，和政治的、历史的、社会的、文化的种种期待并无关系，体现出真正的"现代"品格。

先锋小说甫一出现，就对传统文学进行了颠覆，在那个文学服务于政治的年代，小说只是讲故事的工具，故事的内容至关重要，而怎么讲却并不重要，先锋小说打破了这种平衡，让怎么讲，变得比讲什么更加重要。马原在1984年8月的《西藏文学》上发表了短篇小说《拉萨河女神》，以一种全新的叙事结构开启了先锋叙事，此后，《冈底斯的诱惑》等一系列作品，便以革新的态度引导先锋小说走上了和传统小说模式不同的道路。

从1987年一直持续到90年代初期，是先锋小说的繁盛期，这一时期的先锋小说呈现出整体繁荣，更为年轻的一批先锋小说作家浮出水面，迅速活跃起来，代表人物有余华和孙甘露等，他们的先锋小说创作延续了马原等小说叙事本体化的风格，表现出和传统文学的政治化和功利化彻底决裂的态度。新一代先锋作家在创作上呈现出多种多样的特征，从各个方面扩充着先锋小说实验的规模，从各个层面对传统文学进行着消解摧毁以及颠覆重建。

由于作家甚多，影响甚广，当时的先锋文坛很有一派"华山论剑"的势头，在金庸武侠的影响下，读者热切地为他们的偶像命名："东邪"余华，"西毒"马原，"南帝"苏童，"北丐"洪峰，"中神通"格非。先锋偶与武侠相遇，使得原本叛逆不羁的先锋作家们，更添几分江湖气。

马原的"叙事圈套"，格非的"叙事迷宫"，残雪的"黑暗冷酷"，孙甘露缥缈迷离的"诗意化"，余华的血腥残酷以及无声的、冷静的、纯粹的"死亡"，苏童温润如玉的外在下实则掩藏着骨子里的挑衅和桀骜不驯，等等，所有的这些叙事方式探索，使得先锋小说已经带有了某种"后现代"的意味，占据了文坛的"先锋"。

然而，这些所谓的"先锋"，却在90年代遭遇了无法破解的"死穴"。

1989年以来，潜藏着文学危机的种种先兆，思想和政治产生碰撞，文学环境和思想环境随着经济格局的变动，也发生了内在和外在的变化，文学浪潮迅速降温，理想消亡的时代迅速到来，一个文学的"黄金时代"一去不复返了，文学在多元化浪潮的冲击下，从"强启蒙姿态"渐渐滑向了"无名",而90年代文学,也被视作一个"断裂"的过渡阶段,在松散中呈现出多元化的审美走向,文学渐渐沉寂下来,一步步走向了某种"终结"。

于是,随着先锋文学热度的退却,先锋作家们从80年代的"趋同",来到了90年代的"存异",其集体特征渐渐弱化,而其个体特征则有了更多的延展,开启了各自不同的创作道路,纷纷收敛起"先锋"的姿态,转而回归到中国文学的某种传统中。这种回归,在东北师大一篇论及先锋小说的博士论文中,作者杜婧一进行了详细的梳理。

开启中国"先锋小说"创作风潮的马原,在20世纪80年代可说是文坛的一面旗帜,其独特的叙事形式和"叙事圈套"成为评论界争相探讨的现象。在20世纪80年代文学短暂的"黄金时代"里,马原的藏地文化背景和新鲜的叙事特征,以及对西方先进现代主义文学创作观念的吸收和借鉴,使他的小说充盈着中国文学不曾有过的新鲜感和异质感。只不过,来势汹汹的事物往往难以持久,随着时代的转折和文学的变迁,先锋派也跟着沉寂,而随着先锋文学浪潮的整体回落,马原选择了急流勇退。

马原创作状态的下滑和他离开西藏不无关联,西藏生活是其先锋小说的灵感来源,西藏时期也是其创作最旺盛的时期,回到沈阳后的两三年里,虽然依旧进行小说创作,尝试了第一部长篇《上下都很平坦》和几部中短篇,但产量和影响都日渐式微。1992年以后,马原就基本不再有新小说问世了,只是偶有散文发表,后来到了同济当教师,在课堂上提出"小说已死",而马原自己也在这种悲观的看法下中断了小说创作,成了名副其实的"前小说家"。

然而,2012年,蛰伏二十载的马原突然带着长篇小说《牛鬼蛇神》杀回了文学界,在圈内引起了不小的震动,接下来的几年里,《纠缠》《黄棠一家》等多部长篇小说问世,不由得引起读者对先锋往事的种种回想。

2017年，马原的长篇历史小说《唐·宫》出版，再一次颠覆了读者对他的认识，这部在宫廷斗争中点缀以文人墨客风雅的长篇历史小说，完全走向了通俗的路子，向读者呈现出一个别样的唐朝世界。

这部百万字的长篇巨著，迥异于马原以前的作品，几乎和"先锋"没有任何关联，而变成了某种现实主义的复归。而且，归来后的马原，有了很大的改变，他不再是那个掌控一切的叙述者了，而开始考虑读者的感受，这样，马原便在侧重现实主义的道路上，表现出来一种矛盾：现代主义的倾向和向传统复归的矛盾。

由此，我们不由得感叹：马原，曾经"先锋"中的"先锋"，也不得不在"现实"的挤压下，回归现实，回归传统。

洪峰在不断向现实和读者靠拢。随着20世纪90年代先锋文学热潮散去，洪峰无疑是转型最干脆果决的那一个，从1992年的《东八时区》开始，洪峰相继创作了《和平年代》《中年底线》《生死约会》《梭哈》等小说。这段时期洪峰的小说，呈现出两个鲜明的特点：首先，"先锋"的影子渐渐淡化，实验的语言和迷宫式的结构在小说中渐渐消弭，不断降低对小说叙事手法的探索，向读者的阅读喜好趋近；其次，洪峰开始向通俗小说创作转型，向市场和商业化靠拢，关注点紧紧锁死当下的社会现实，再也没有80年代时期"先锋"的历史感了。

小说《东八时区》里，洪峰不再用主观的视角去看待世界，而是回归传统，卢小兵寻访着自己祖辈的故事，想要弄清楚自己祖先的历史，这里的卢小兵，就是卢小兵自己而已，而不再像《瀚海》一样，不加掩饰地说小说中的"我"，即是作者洪峰自己。卢小兵对自己所收集到的半个多世纪前的故事将信将疑，难以把这些有传奇色彩和荒诞不经的故事整理成一段"信史"，也无法把握评价过去的人和事，小说让颇具传奇色彩的父辈和作者、和叙述者以及读者自由对话，从而产生一种奇特的阅读体验。《和平年代》也是如此，洪峰构建出一种对称的结构，使得顺序叙事和逆向叙事两种表达同时推进,过去历史和现在当下同时演绎,在不断探索和追问中,让历史和现实实现了对话,而这种"对话"式的叙事,正是洪峰从气势汹汹的主观技术实验中彻底走出来的最典型的标志。

1993年出版的《苦界》,可谓洪峰向通俗文学转型的代表作,小说讲述了主人公姜万新由医生被训练成特种兵,后化名林育华执行了一次又一次的暗杀任务。在小说中,洪峰天马行空地编织了一个古代武侠在当代社会上演的故事,单纯追求读者的阅读欲望,重在"畅销",和他前面的"先锋小说"形成了鲜明的对比。值得玩味的是,八年后,洪峰再度创作了长篇小说《中年底线》,在里面同样塑造了一个当代的都市英雄刘左。刘左是银行最年轻的副行长,春风得意、前途无量,小说里有阴谋,有悬疑,有黑帮倾轧,有商场厮杀等等,同样是通俗的路子。

后来洪峰在一次采访时表示,创作这些小说,确实有缓解当时经济危机的原因,而洪峰所讲的"我不想和读者的喜好拧着劲儿干",可算作这段时期洪峰小说创作状态的绝佳体现。而后,随着《革命革命啦》《梭哈》等小说的相继出版,洪峰小说创作的焦点再次发生变化,由对现代个体生命的关注,向对"形而下"的整个社会生存状态进行现实关照,从而,最终由"先锋"彻底走向了"现实"。

和同时代其他先锋小说家的际遇相比,余华显然幸运得多,他的长篇小说扛住了"消费"的浪潮,当然,这和他一贯不失先见的转变和及时地自我调整密切相关。在对创作的定位和自我的重新认知上,余华一直走在了时代的前面,他虽然坚持严肃文学创作,但我们也能感觉到,余华的很多长篇都弥漫着强烈的时代气息。余华总能得到读者的拥护,其作品印刷数量在国内向来都是非常可观的,在强大的消费市场环境下,余华虽然没有刻意去讨好读者,但依然赢得了市场的尊重。

尽管2008年《兄弟》问世,余华遭遇了许多关于内容"粗俗""露骨"的批评，以及创作期望的"失落"，然而，这部深耕多年的作品，仍然在争议声中满足了评论界积聚已久的好奇，和对其再度转身的赞许，陈思和就判定这是一部非常优秀的作品，说余华"走到了理论的前面，给我们描述了另一种传统"。

截止到目前，我们可以简单地将余华的创作划分为四个阶段：1987年以前，可看作余华的"星星"时期；1987到1990年，则是公认的"先锋"时期；1991到2003年，余华凭借三部非常有分量的长篇小说《在细雨中呼喊》《活着》和《许三观卖血记》实现了由"先锋"向"现实"的靠拢；2004年后，《兄弟》和《第七天》开启了全新的"当代"时期。

由于先锋文本读者甚少，成名后的余华及时作出了调整，从《在细雨中呼喊》开始，其作品不再艰涩难晴，而是在现实的叙述中加注适度的现代意识，用简洁的文字和饱满的情感，尽可能地引起读者最广泛的共鸣。从《活着》到《许三观卖血记》，余华充分展示了人在面对现实困境和精神困境时，局促难堪的生存状态：《活着》展现出人对一切外在事物不可把控的失去过程；《许三观卖血记》则展现出人对内在生命不可把控的失去。《许三观卖血记》中没有"死亡"概念，但从始至终许三观都在不断丧失着最宝贵的东西——血液。血液是生命的象征，是活着的基本保障，然而在应接不暇的现实问题面前，人对自己内在的掌控也被残忍地剥夺了，卖血实际上是一种更深刻和彻底的"死亡"。从《在细雨中呼喊》到《许三观卖血记》，三部作品环环相扣，其中的悲剧成分呈螺旋式上升，余华在现实题材的故事中，通过消解悲剧色彩来达到悲剧精神在深度上的提升，在某种程度上造就了他的成功。

苏童：如果用20世纪80年代最惹人注目的形式特征来衡量先锋小说的话，作为公认的先锋小说家，苏童小说的叙事其实不具备其他作家那种显著的颠覆效果。就文学风格而言，苏童始终保持着自己的一贯特色：在阴郁潮湿的江南地域文化下，自然流露出唯美感伤和诗意的文学气质，以及指向清晰明确和节奏流畅舒缓的语言品格。可以说，苏童是先锋作家中最不极端的一位，也是最具危机意识，一直在调整自己的作家。

苏童是名副其实的高产作家，从20世纪80年代至今，几乎从未中断过创作，90年代以来，依然保持着高速高产和高质量的中短篇小说创作，而且，从1991年在《钟山》发表《米》开始，其长篇小说的创作也从未停止。洪子诚先生曾这么评价苏童的作品："既注重现代叙事技巧的实验，同时也不放弃'古典'的故事，在故事讲述的流畅可读和叙事技巧的实验中寻求和谐。"

苏童是那种依靠想象飞翔的作家，他的小说充盈着不可穷尽的南方想象，那种固有的江南气质在泛黄的色调中缓缓流淌，形形色色的形象给不同的故事填充着不同的色彩。少年时的疾病，将苏童隔绝在幽闭而阴暗的房屋中，在沉郁中面对死亡笼罩的阴影，这使得苏童后来的作品，总是萦绕着生命的脆弱无常，以及突然而至的死亡和难以挣脱的宿命，在苏童不断重构的"香椿树街"和"枫杨树故乡"中，少年的形象总是深刻，这些飘荡的少年，重现了苏童多年前少年的世界，在那些难挨的患病的日子里，这样的感觉清晰而深刻。《刺青时代》里被碾断一条腿的小拐，《河岸》中卑微的东亮，有关少年的故事，总是湮没在一场漫长的青春岁月中。

苏童认为，小说是灵魂的逆光，是把灵魂的一部分贯穿到作品中，从而使其有了作者的血肉，才会有某种高度，因而，苏童的作品一直有一股坚韧的力量，这种力量是从自身生长出来的，指向其作品的灵魂所在。随着"先锋"浪潮的退却，苏童放下了80年代刻意的激进和极端，走向了现实和历史。《米》开启了底层叙事，在语言和叙述模式上趋于平实，此后，像《菩萨蛮》《河岸》和《黄雀记》等等，苏童的作品越来越"现实"。《黄雀记》是距离当下较近的一部偏近于生活题材的小说，涵盖了丰富的象征和隐喻意,其中的"现实",更像是一场带有"先锋"意味的"重返",正应了《黄雀记》这个绝妙的书名,在"螳螂捕蝉,黄雀在后"的生存现实中,谁是真正的黄雀,故事中已然找寻不到,在这个充满欲望的红尘中,一切都变得不可捉摸,在生活的博弈中,没有谁能幸免于难。

苏童的历史小说也呈现出某种"现实"的意义,在过去的历史小说中,"历史"总是凌驾于一切个体上,成为某种必须遵循和追求的最高指示,个体的价值,总是被消减在宏伟的历史背景中,苏童的作品却从根本上颠覆了个体和历史的关系,把个体的价值推到了空前的高度,而历史反而变得暧昧不清,成了一种"符号"。苏童的这类文字始于《妻妾成群》,这部创作于80年代尾声的小说,使其古典气质得到极致的绽放,成就了苏童小说的另类古典诱惑:现代小说的新历史视角。

沉默的突围者:格非。90年代后,格非的创作步伐明显减缓,在《欲望的旗帜》等长篇和《凉州词》《谜语》等若干短篇后,格非似乎淡出了文坛,直到2004年,格非才携带着长篇小说《人面桃花》归来,而在此期间,格非出现了长达十年的沉默期。究其内在原因,格非自己的解释是遭遇了一场精神危机,"从1994年到2003年,我不知道究竟该干什么"。格非所遭遇的困境,其核心是"主体身份危机",在经过了80年代先锋文学"经验的自觉"和"形式的回归"后,如何跳出模仿,进行内部突围,建构"中国经验",完成自我超越,成了横亘在格非面前最重要的命题。

在这十年的沉寂中,格非并非没有行动,他出版了《塞壬的歌声》《小说叙事研究》《卡夫卡的钟摆》等一系列"文学探讨集",内容包括格非对自己创作经验和历程的总结,以及当下一些中外作家的批评和小说文本分析,这显示了格非在不断寻找创作的新向度和突破自我的新方向。经过了"十年面壁图破壁"的格非,最终拿出了《江南三部曲》,于2015

年摘得第九届茅盾文学奖，完成了从"先锋"到"传统"的转型。

首先，值得注意的是《江南三部曲》中突出的古典文化特质。格非意识到，超越"现代"的途径并非只有"后现代"一种方式，于是，他重新审视中国传统文学，从"中国经验"的古典叙事中寻找出路："我以前觉得应该多看国外的东西，重视小说的哲学内涵，但现在觉得中国文学和中国作家要获得新生的话，只能从中国古典文学中吸取营养。"中国传统小说并不要求严谨而规范，不刻意追求真实和统一，极具自由和包容，于是，格非用其擅长的方式，在虚构的历史环境下自由想象，便有了这部古色古香，充满了史实和典故的《江南三部曲》，无论是《人面桃花》还是《春尽江南》，里面都有许多的唐诗宋词和骈文曲牌以及明清话本，使得整部小说"典雅俊秀"，呈现出一种迥异于西方小说的中国古典传统的审美特质。

格非回归传统的"古典文化"特质，在其作品的取名上便值得深究和玩味，从《江南三部曲》中的《人面桃花》到《春尽江南》，再到后来的《望春风》和《月落荒寺》，无不呈现出一种古典诗词的"意境美"。让小说既延续着西方叙事迷宫的构造，又把握着中国传统文化沉淀下来的精致典雅，这种东西方文化内涵的圆融贯通，正是格非由"先锋"回归"传统"的典型标志。

我花了许多篇幅来概述这篇博士论文的观点，无非就是想说明，综观90年代后的先锋小说，我们会发现，虽然固有的先锋元素还未完全消散，但却能十分明显地感觉到，其中有一个共同的趋势，即先锋在渐渐隐退，而传统在渐渐回归。

这，便是先锋小说的走向。

说到这里，我突然想到了陕西文学。陕西，历来是我国文学的一个重镇，这么多年来，陕西文学成绩斐然，从延安文学到"陕军东征"，从杜鹏程到柳青再到路遥和陈忠实，陕西文学历经几十年风雨，以其一直以来极具特色的"现实主义"风格,岿然立于文坛,带给了我们不一样的启示。

现代以来,中国文学历经了各种流派才发展到了今天,尤其到了新时期,更是思潮和流派并举,潮流和现象共生,从"现实"到"浪漫",从"革命"到"救亡",从"伤痕"到"红色经典",再从"寻根"到"先锋",一派繁荣。然而,不管文坛如何变化,陕西文学仿佛都能"置身事外",不论外面怎么风云激荡,都能不为所动,沉浸在某种既定的"现实"中,一步步走得坚定不移。我们可以说其顽固不化,也可以说其坚持原则,但不管怎么说,陕西文学能够取得这样的成绩,都离不开这种坚持,这种"现实"。

赵学勇教授在谈到陕西文学七十年来的成就时说,延安文学承续了"左翼"的某些内在精神,将民族化理论进一步深化,"现实"这一文学创作的关键词及其所容纳的丰富内涵,此后便在很大程度上成了陕西文学的普遍追求。"十七年"时期,文学创作的题材主要集中在"革命战争"和"农村"这两个范围,杜鹏程和柳青是这一时期陕西文学的主要代表,有着不可或缺的影响,而且,杜鹏程和柳青已经远远走出了陕西,在当代文学史上占有相当重要的位置,具有"标高"的价值和意义。

历史真实和文学形象的高度统一,对于中国革命历史的文学阐释,使得《保卫延安》成了当代革命历史题材小说的开山代表作。而且,假若"史诗"意识的自觉追求对于《保卫延安》来说仅仅是一种评价的话,那么对于当代文学,特别是对于革命历史题材的长篇小说来说,《保卫延安》却开启了一种传统:一种当代文学声势浩大及波澜壮阔的叙事传统。柳青的"农村题材但不仅局限于农村题材"的《创业史》,开创了对于中国当代文学具有普遍意义的文学范式,其价值和意义不仅在于进一步验证和丰富了"生活是文学的唯一源泉"的唯物文学史观的美学内涵,而且为当代中国文学的"现实"精神树立了某种样板。

杜鹏程的《保卫延安》和柳青的《创业史》，是"十七年"时期陕西文学极其重要的成果，以其宏阔的文学视野分别再现了解放战争和农业合作化运动的壮阔图景，以其全景史诗式的创作追求留存了波澜壮阔的时代回响，其成功的重要原因，在于杜鹏程和柳青都遵循和崇尚现实主义的创作方法。

到了新时期，陕西文学更是沿着"现实"的路子一路走了下来：路遥的小说卓然践行着"现实"的根本原则，在很大程度上实践并回应了当代文学中曾一度存在的"窄化"人民的问题，拓展了"现实"的宽阔视域；陈忠实奉行柳青"三个学校"的文学主张，从1962年到1982年漫长的二十年时间里，一直处于社会底层，为其创作一部"民族的秘史"夯实了基础；贾平凹执着于乡土农民的现实表达，一方面和他的农民根源有关，另一方面，是他对"现代"潮流下农民如何适应和改变自身命运有着深刻而痛苦的思考，某种程度上，其本身就是"现实"的一种体现。

先锋小说从"先锋"到"传统"的回归，陕西文学的"现实"路径和追求，都给了我们有益的启示：当代中国文学想要更好的发展，需要立足于整个民族甚至整个人类，以"现代"的视野，对我们赖以生存的这个瞬息万变的世界作出深刻的思考，以文学的形式和更加切近"现实"的姿态，对当代中国诸多繁复的社会问题和文化问题等，作出文学的和审美的回应。

传统，在任何时候，都不能丢弃。

2020年9月14日

从小说到电影：都是改编惹的"祸"

现当代作品中，有很多小说都被改编成了电影和电视剧，比如莫言的《红高粱》被改编成同名电影和电视剧，贾平凹的《腊月·正月》被改编成电影《乡民》，陈忠实的《白鹿原》被改编成同名电影和电视剧，刘庆邦的《神木》被改编成电影《盲井》，路遥的《平凡的世界》被改编成同名电视剧，肖江虹的《百鸟朝凤》被改编成同名电影，马识途《夜谭十记》中的《盗官记》被改编成电影《让子弹飞》，胡学文的《奔跑的月光》被改编成电影《一个勺子》，等等。而且，这些还只是影视"小户"，至于那些本就属于编剧的作家，以及金庸古龙等武侠小说作家，被改编的作品就更多了。

关于小说的改编，有很多观点觉得，有些作品改编惹祸不少，把原著改得面目全非，完全失却了原著的韵味、气质、厚重和深度，变得肤浅和直白，庸俗和表面，使得原著丢失了应有的"魂"，改编出来的东西，跟原著压根就不搭，不在一个深度和层次上。当然，这有其道理，毕竟，小说和电影是完全不同的两个事物，一个由文字组成，而一个则由声音和画面组成。小说讲深度，只需阅读即可，电影看热闹，需要票房和市场，怎么能一样呢？而且，有些细节和内涵，确实只有文字才能表达清楚，单靠声音和画面，实难演绎到位。

于是，一部小说改编的电影一出来，各种批评的声音便不绝于耳，而其中说得最多的，不外乎就是没有表达出原著本来想要表达的意思，曲解了原著。因此，对于改编自小说的电影电视作品，忠实于原著，便成了一个非常重要的评价标准，甚至很多时候，往往把其当作改编是否成功的标志。金庸的武侠小说被无数次翻拍，而至今说得最多的，依然是哪一版翻拍最接近原著，最接近原著的，就翻拍得好，而离原著最远的，便得到差评无数。

但，话说回来，真的是这样吗？所有的改编都是"祸"吗？

我看不见得，的确，有的改编"毁"了原著，让电影糟蹋了原著，但，也有的改编却"红"了原著，使得电影和原著相互成就。

现今时代，毕竟是一个影视化的时代，有了观感轻松的影视作品，还有多少人还会选择苦闷的阅读呢？于是，我们经常会看到，电影院门口门庭若市，而书店门口却门可罗雀。这是一个浅阅读时代，读者有时压根儿就不愿去阅读那些有深刻思想和厚重内涵的书籍，而愿意在一碗一碗的鸡汤里醉生梦死，在一部一部离奇荒诞的网文里废寝忘食，在这种境况下，文学没落得厉害，或许，从某个角度来说，在这个时代，文学，有时竟离不开电影的成全。让很多作家郁闷的是，现今畅销的小说，竟多数是靠电影和电视剧带动起来的，而少有几部完全是靠自身的所谓"文学"而成全的。

电影《百鸟朝凤》改编自肖江虹的同名小说，该片是第四代导演吴天明的遗作，曾三次提名国内知名电影节奖项，虽然上映后迎来高口碑低票房的局面，但因制片人方励在某直播平台用下跪哭求的极端方式，恳求全国院线经理增加排片，引起舆论一片哗然，得到了强烈的关注。

虽然《百鸟朝凤》刊载于我国著名的文学杂志《当代》上，而且，国内的一些有影响的选刊都转载了这部作品，但《百鸟朝凤》毕竟不同于《金陵十三钗》《白鹿原》《归来》等这些由原著改编早已声名显赫的影片，也不同于依附于网络文学声名鹊起的电影作品，假若没有吴天明的这部电影，相信很多读者都不会知道《百鸟朝凤》这部作品和其作者贵州青年作家肖江虹的。

由陈建斌自导自演的喜剧电影《一个勺子》于2015年上映后，获得了第51届台湾电影"金马奖"最佳新导演奖等诸多奖项，可谓名利双收，赚足了眼球，然而，其小说原著《奔跑的月光》却并无多少读者知道。虽然作者胡学文在当代文坛的名气不小，曾凭借中篇小说《从正午开始的黄昏》获第六届鲁迅文学奖，并身居河北省作家协会副主席要职，但假若不是电影《一个勺子》的话，许多读者对其依然是相当陌生的。

电影和电视剧扩展了作家作品的知名度和读者群，电影电视上热播什么，相应的作品就会畅销，这是一种十分正常的现象。2000年，根据毕飞宇小说《青衣》改编的同名电视剧长期"霸占"荧屏，许多读者认识毕飞宇就是从这部电视剧开始的。话说，著名如毕飞宇者都能从影视改编中受益，更别说一些名声本就不大的作家了，这也是许多作家做梦都想自己的作品被改编成电影和电视剧的原因，抑或是许多作家都改行当编剧的重要原因之一。类似的现象还有很多，电视剧《亮剑》的热播让我们知道了都梁，《琅琊榜》的热播让我们知道了海晏……

当然，并非所有的小说都是由电影和电视剧改编成全，也有很多是互相成全，甚至是由小说成全了电影和电视剧，可谓电影和电视剧蹭了小说的热度。

电影《让子弹飞》改编自马识途的小说《夜谭十记》中的第三篇《盗官记》。电影《让子弹飞》的热映，引发了《夜谭十记》的热销，然而，《夜谭十记》并不是一本新书，1982年即已出版，首次印量就高达

20万册。根据刘庆邦中篇小说《神木》改编的电影《盲井》获第53届柏林国际电影节"银熊奖"，第5届法国亚洲电影节最佳影片奖，以及第40届台湾电影"金马奖"最佳改编剧本奖等奖项，一片叫好声，其实，这部小说早在2002年便获得了第二届老舍文学奖，有着很好的口碑和影响。

世界电影史上的经典电影《肖申克的救赎》改编自斯蒂芬·金《四季奇谭》中所收录的同名小说，影片透过监牢这一强制剥夺自由和高度强调纪律的特殊背景，来展现个体对"自由"和"希望"的渴求，结局有《基督山伯爵》式的复仇宣泄。影片触及的是人类永久的主题和当下不可回避的困境，将自由精神高扬在天地间："胆小囚禁人的灵魂，希望才可感受自由，强者自救，圣者渡人"；"一条漫长的自由路，一次灵魂深处的洗涤，一部不朽的励志经典"。关于电影和小说，有影评说："电影的结构比原小说更精当，台词比原小说更有节奏感，更加有所推敲和深意，形象比原小说更鲜活。"

另一部经典电影《阿甘正传》改编自温斯顿·格卢姆于1986年出版的同名小说，描绘了先天智障的小镇男孩福瑞斯特·甘自强不息，最终"傻人有傻福"得到上天眷顾，在多个领域创造出奇迹的励志故事。影片上映后，摘得奥斯卡最佳影片奖和最佳导演奖等六项大奖，可谓赚得"盆满钵满"："重新肯定了旧的道德及社会主体文化，宣扬了20世纪60年代美国的主流意识形态，同时又否定了其他前卫的新文化"，"阿甘形象的塑造颠覆了正常世界中的英雄形象，和传统观念背道而驰，具有强烈的反传统特征，他的所见所闻、所言所行不仅具有高度的代表意，而且是对历史的直接图解"。

其实，一个好小说，本身就是一个好剧本，假若打磨得好，是很容易成就一部经典电影的，我们很难说这些作品究竟是小说成就了电影，还是电影成就了小说，抑或是各取所长而互相成就吧。

说到小说成全电影和电视剧，这让我想到了由历届"茅盾文学奖"获奖作品改编的电影和电视剧，在此，我作一个简单的梳理，由此看看，在中国文学最高奖的光环下，电影和电视剧所"蹭"的热度。

1982年，首届茅盾文学奖揭晓，周克芹的《许茂和他的女儿们》和古华的《芙蓉镇》等六部作品脱颖而出，最终摘得该奖项。早在1981年，周克芹的《许茂和他的女儿们》就被搬上了银幕，而且北影厂拍了一部，八一厂拍了一部，北影厂有"北影三朵花"，八一厂有斯琴高娃和王馥荔。最终，两个版本都不错，李秀明还凭借这部电影获得了"金鸡奖"和"百花奖"双料影后。2012年，为纪念改革开放30年，《许茂和他的女儿们》再次被改编成43集电视剧，主演刘佩琦等，故事从1978年一直讲到2008年，几乎涵盖了中国农村30年改革的各种事件，可谓野心不小。1986年，谢晋将这届茅盾文学奖里的另一部作品古华的《芙蓉镇》搬上了银幕，主演因此分获"百花奖"影帝和影后。1989年，台湾投拍了电视剧版《芙蓉镇》，反响也不错。

1985年，第二届茅盾文学奖由李准的《黄河东流去》和刘心武的《钟鼓楼》等三部作品获得，而1986年，鲁晓威就导演了电视剧《钟鼓楼》，该剧获第三届巴西里约热内卢国际影视节评委特别奖，成了中国电视剧在国际上赢得的第一个国际大奖；1988年，河南电视台将《黄河东流去》改编成了《赶驴记》《黄河东流去》《石头梦》《月是故乡明》等六部33集《黄河东流去》系列电视剧，这六部电视剧，在全国及中南六省的电视剧评选中，全部获奖。

1989年，第三届茅盾文学奖分量颇重，颁给了路遥的《平凡的世界》和凌力的《少年天子》等作品。结果第二年，《平凡的世界》就被改编成了电视剧，主演任治湘是那个时代的青春偶像；2015年，《平凡的世界》再次被搬上银幕，获得了包括"飞天奖"优秀电视剧奖和"金牛奖"最佳作品奖在内的多项大奖，风靡一时。2003年，《少年天子》改编成同名电视剧，请来潘虹坐镇，捧出了新人邓超，获得了第14届北京影视"春燕奖"优秀电视剧编剧奖和中国广播电视学会"优秀摄制组奖"。此外，本届获奖作品《穆斯林的葬礼》也被改编成了电影，由作者霍达亲自"操刀"，因舍不得删减，最终拍成了上下两集，由谢铁骊导演，影片通过一个穆斯林家族六十年间的兴衰沉浮，两个不同时代不同内容的悲剧故事，透露出虔诚神秘的宗教氛围和厚重苦涩的生命况味。

1995年，第四届茅盾文学奖中诞生了一部分量极重，堪称"史诗"级别的作品，即陈忠实的《白鹿原》，此外，还有刘斯奋的《白门柳》和王火的《战争和人》等3部作品。其中，《战争和人》改编成了电视剧《沧海横流》，由知名演员赵文瑄和邓瑛等联合主演，于2014年在海峡卫视上星直播。至于《白鹿原》，却因各种各样的原因，迟迟未敢开拍，至2017年才上映。

1999年，这届的茅盾文学奖分量也不轻，有阿来的《尘埃落定》和张平的《抉择》等4部作品。值得注意的是，这届的茅盾文学奖，全部都改编成了影视作品。1997年，反腐题材的《抉择》改编成了同名电视剧，由李雪健主演；2000年，《抉择》再次改编成电影《生死抉择》上映，获得中国电影"金鸡奖"和电影"华表奖"等多种奖项。2003年，由闫建钢导演的改编自阿来同名小说的电视剧《尘埃落定》，在成都电视台15频道首播，该剧获第四届中国金鹰电视节优秀作品奖。

2003年，第六届茅盾文学奖由熊召政的《张居正》和宗璞的《东藏记》等5部作品获得。其实，到了2000年后，影视剧编剧和小说家的差别已经越来越小了，很多编剧本身就是小说家，而很多小说家也兼职做着编剧，比如本届获奖作家柳建伟，本身就是一个非常优秀的编剧，其获奖作品《英雄时代》是其"时代三部曲"中的一部，另外两部分别是《北方城郭》和《突出重围》，而这三部作品都被柳建伟改编成了电视剧。由本届获奖作品《历史的天空》改编的同名电视剧，也是2004年一部非常著名的军事历史题材电视剧,由高希希导演,张丰毅和李雪健等出演,讲述了一个错综复杂和跌宕起伏的漫长故事,贯穿了从抗日战争到拨乱反正时期长达四十年的历史,该剧获得第25届"飞天奖"长篇电视剧一等奖。

2007年,第七届茅盾文学奖后,改编成电影和电视剧的作品就多了,麦家的《暗算》被柳云龙改编成电视剧并迅速走红,捧红了王宝强等演员,引发了当时的"谍战热",后来,《暗算》的第一章被改编成电影《听风者》,由梁朝伟和周迅主演,提名了香港电影"金像奖"最佳导演和编剧等多种奖项。2011年,第八届茅盾文学奖中的《推拿》改编成电影后,获第64届柏林国际电影节"银熊奖"和第51届台湾电影"金马奖"最佳影片奖等奖项。

由此,从小说到电影的改编,并不见得都是"祸",关键得看怎么"改",改编得好,就是一个双赢的局面,电影和电视剧热播,小说畅销;改编得不好,便是"赔了夫人又折兵",不仅电影和电视剧少有问津,小说更会因此而长居"冷宫"。

然而,从小说到电影,毕竟是不同表达方式间的转换,在很多方面,其实有着致命的区别,不可调和,也无法通融,文字毕竟是文字,永远不可能用声音和画面来代替。改编自严歌苓同名小说的电影《天浴》于1998年在新加坡首映,虽然取得了不错的成绩,于同年获第35届台湾电影"金马奖"最佳改编剧本奖和第48届柏林国际电影节"金熊奖"提名,但因其小说揭示的东西太过深刻和细腻,涉及种种罪恶和肮脏的欲望,以及这种邪恶的欲望在当时社会中所产生的强烈的窒息感,单凭电影的演绎实难达到小说文字的分量,故而在观看电影时,总有一种力有不逮和隔靴搔痒的意味。

陈忠实的《白鹿原》和毕飞宇的《推拿》也面临着同样的问题。《白鹿原》可谓当代长篇小说中的巅峰之作,思想厚重,气势宏伟,内涵丰富，小说非常注重原生态的生活和细节的真实，通过各种纷繁复杂的矛盾冲突，揭示出中国传统文化的命运走向，有评论甚至说"《白鹿原》几乎总括了新时期中国文学的全部思考"。然而，正是这么一部"史诗"级的作品，却迟迟没有被搬上荧幕，翻拍成电影。2007年，著名话剧导演林兆华将《白鹿原》搬上了话剧舞台，由濮存昕等主演。然而，电影版的《白鹿原》却迟迟未开拍，直到2012年，电影《白鹿原》才几经周折，由第六代导演王全安拍摄完成，在全国上线公映。但是，电影《白鹿原》上映后却差强人意，反响平平。此后，直到2017年，由刘进导演的电视剧《白鹿原》，才在全国上映。

一部《白鹿原》，竟让电影和电视剧当成一个"烫手山芋"，"丢弃"这么多年，实难理解，但其实仔细一想，却又很好理解：小说名声实在太盛，唯恐拍不出相应效果，一个不注意，甚至极有可能会让好不容易积攒起来的名声"一夜回到解放前"，因而，谁都不敢轻易触碰。

毕飞宇的《推拿》因其题材的特殊，更是电影和电视剧所难驾驭，虽然改编了不少，从电影到话剧再到电视剧，无一不有，可谓多种形式花开一朵，但无论哪一种形式，其实都算不上成功。当然，就《推拿》所展现出来的盲人的内心世界来说，声音和画面哪里比得过文字呢？这，其实也是小说和电影最根本的区别。

对此，格非曾说："电影可以跟电影比，但是千万不能跟小说比，这是不对的。如今的读者总是容易犯一个常识的错误：这个小说我没看过，可是我看过电影。其实看电影跟看小说是两回事。"紧接着，格非以石黑一雄的《长日留痕》和《别让我走》举例，说这两部小说的好看，完全在于文字中那种淡淡的反讽和其中对于感觉的极其微妙的把控，假若改编成电影，这些元素必定会损耗。格非说："文字的褶皱像衣服的褶皱一样，里面藏着很多东西，和电影完全不同。"

格非的说法，其实凸显出了作家对于小说和电影的态度问题。

旅美作家严歌苓算得上一个电影改编的"大户"了，有多部作品被改编成电影，从《天浴》到《金陵十三钗》，从《归来》到《芳华》，无一不反响强烈。严歌苓在谈到电影和小说时说："没有高潮，没有危机，没有冲突，是不可能成为电影的，而小说可以没有所有这些元素，我觉得如果小说能够有电影的这些元素，小说会更好看，如果你想通过小说告诉读者一点什么，那么未尝不可以用电影的一些技法去弥补小说的劣势，现在跟过去不一样了，不能要求现在读小说还像19世纪那样，那个时候小说是唯一的消遣，而现在不是，所以小说的创作必须求变，电影实际上有很多地方是可以帮助小说的。"

毕飞宇说："影视剧使我的读者群扩大了，一些本来不看我作品的人看了影视剧后，会回过头看我的作品，使我的作品扩大了影响，这是作家占到的一点便宜，如果有人找到我想把我的作品改编成好的影视剧，我不会拒绝"；"作品被改编后和自己所表达的思想相背离，这是两个东西，从开始你就不要考虑那是你的东西，那是编剧编出来的，如果不想变，就自己去做编剧，曹雪芹的《红楼梦》被改编成多少版本？可是他的作品还在那里"；"我会做编剧，但绝不会改编自己的作品，作品如果能够被改编，就说明作品还有很大的发挥空间，这对作品的作者来说是一件很煎熬、很痛苦的事"。

东西的说法，或许更全面："小说的读者在极速地萎缩，而影视剧的覆盖率却非常高"，"我们可以用《变形记》来掩盖不可理喻，用民俗硬接故事，但是一旦面对市场，这些都会失效"，"小说创作里丢掉的一些东西，却在一些影视剧创作里保留下来，这是特别可贵的，有一次我遇到一个著名导演，别人给他看电影提纲，他用手指量了一下，说这么长一节文字，没我需要的东西，他居然用丈量的方式来衡量一个提纲"，"悬念电影大师希区柯克说，'如果有碍于故事的发展，一切都必须作出牺牲和妥协'，希区柯克很清楚电影就是讲故事，必须把故事讲好"，"我记得马原也说过,故事也许是小说唯一的救命稻草,这些说法是不是科学准确,暂且不去做结论,但一个阅读者,是需要故事的,而讲不讲得好一个故事,往往是一个影视剧的关键","我在电影里学到了一些方法,找回了过去小说必需的元素,学到了不说空话"。

东西举了两个电影作例子,来阐释他的观点,一个是伊朗电影《樱桃的滋味》,一个是印度电影《死亡宝座》。《樱桃的滋味》由阿巴斯导演,讲了一个非常"简单"的故事:一个中年人,想死,至于想死的原因,没说,只是非常想死。于是他开着车在山上转,希望找个人来埋葬他,找了无数个人,没有人干这个事,给钱也不干。最后,在一个工厂里找到一个中年人,答应接这单生意,他因孩子生病,希望用这钱来给孩子治病,主人公当即付了订金,但当主人公离开后,那个接单的工人却追了上来,说不干了,把订金退了。就这么一个简单的故事,影片结束时,镜头对着那棵樱桃树,然后就黑屏了,黑了一分多钟,当你觉得电影完了的时候,其实还没完,一分多钟后,片尾的字幕突然升起来。东西说:"我当时坐在屏幕前,久久没动……一个生命,他可以死,但必须有尊严地死。这个电影投资非常小,比中国的某些影片投资低多了,但,其造成的冲击,岂是一般电影所能比的";"读者或作者,不就渴望这样的作品吗?我在小说里需要的东西,都被这个好电影给替代了"。

至于印度电影《死亡宝座》,讲的则是一个村庄通电后的故事。如果在中国,通电了就会有工厂,这个地方就发展起来了,我们的思维肯定往这里走,但,这个电影说通电后,有关部门送来的第一个东西,是一把电椅。从此,村庄改变了死刑的方式,由过去的枪决改成了电刑。看着那把电椅,村民们都很羡慕,觉得这是文明的工具,都想坐坐,看看是什么感觉。后来,村里出了一个小偷,小偷成了村里第一个坐上电椅的人,村民们都很羡慕他,那把电椅就像一个宝座。最后,东西说:"这个电影,讲的东西非常多。今天,我在看小说的时候,也想看到这么多东西，可是看不到。我觉得好电影对小说造成了挑战。"

在小说和电影电视剧间，还经常会出现一些不和谐的声音。2012年7月25日，《深圳商报》曾有这么一篇报道：由畅销小说《浮沉》改编而成的同名电视剧，最近在多家电视台热播，剧组在宣传推广时，尤其突出该剧是编剧鲍鲸鲸的作品，甚至由此弄出"鲍鲸鲸23岁作《浮沉》"的噱头。这种"模棱两可"的做法，引起了《浮沉》原小说作者崔曼莉的不满和质疑。此事件由崔曼莉在微博上公开后，得到了多位作家的响应，因此而引发的一场"文学"和"影视"的"掐架"，或者说"原创"和"改编"的争端也在渐渐发酵。这次事件最早源于一篇报道：《鲍鲸鲸23岁作〈浮沉〉：职场生存法则都是扯淡》。应该说，对于许多以前看过《浮沉》原小说的读者，尤其是有意对照小说和电视剧异同的读者而言，这个报道的说法是站不住脚的，不过，对于没有接触过原小说的观众而言，则容易引起误解。

报道一出，《浮沉》小说作者崔曼莉便在微博上质问："把'改编作品'说成'作品'，作家的文学原创，是否需要一个基本尊重？"此后，多位作家纷纷出来声援，更是将矛头直指"影视改编"，徐坤说："请记住，《浮沉》是优秀小说家崔曼莉原创的好不？"徐坤还以此怒斥影视改编的"无良"，由此，一场关于"文学"和"影视"的争论便在微博上蔓延开来。"文学"和"影视"间的争论，特别是将文学作品改编成影视作品是否要尊重原著的问题，历来就饱受争议。《浮沉》的热播和"典型争论"再一次将此问题置于风口浪尖，崔曼莉连续几天都在微博上"兴师问罪"，还撰文调侃那篇颇有歧义导向的报道"奇文"："绕来绕去，还是'勇气'不够，没敢把《浮沉》电视剧片头'根据崔曼莉同名小说改编'几个字删掉。"

中南财经政法大学新闻传播学院院长胡德才在接受记者采访时说：

"要讨论'文学'和'影视','原创'和'改编'间的争端能否解决,首先要意识到'原创'在当今社会是非常稀缺的,当下的文学作品缺少优秀的'原创',而影视作品中的'原创'则更少。很多影视作品改编自一些文学作品,而在宣传过程中,却主要侧重于对导演和演员等'直接展示者'的推介,而对原著作者往往是忽略的。对'原创'没有应有的宣传度和显示度,甚至很多宣传直接'抹杀掉'对原著作者的任何宣传。这种做法使得作家的'原创'得不到尊重,让很多原著作者感觉'很受伤',由此引发了'文学'和'影视'间的'口水战'。"胡德才告诉记者:"在很多由文学作品改编而成的影视作品中,由于对'原创'的主题和形象等的一些背离,使得很多'改编'其实是不成功的,背离了原创作者的'初衷',从而引发了'原创'和'改编'间的矛盾。如果想要改变这种现象,就需要多方面的努力,比如对知识产权保护等相关法律的不断完善等等,而最重要的是要培养整个社会尊重'原创'的一种文化氛围,这个过程并非一朝一夕便能成事。"

邓一光说:"'文学'和'影视'原本就不在同一个层面和轨道上,'影视'和'文学'在根本上是无法达成共识的,二者立场不同,价值观也不一样,'共识'更无从谈起。小说改编成影视作品后,影视追求的是改编作品的商业价值,而非文学价值,因此,关于小说改编成影视作品是否尊重原著这一事,本身就是'商业'和'文学'间的'谈判'。'文学'和'影视'原本就处于两个不同的价值体系,想要'谈拢'并不是一件易事,'文学'要获得尊重,应该在创作上做出更多努力,而不是陷于各种争论中。"毕飞宇的说法和邓一光有着高度的一致:"说到底,一个作家还是要靠创作本身来支撑自己。"

从东西到格非,从毕飞宇到邓一光,作家们对从小说到电影的改编,所持的态度各有不同,无法达成一致,而且也没有必要达成一致,有

"争鸣",不见得是一件坏事。我倒觉得,对于小说和电影,理应宽容,趋利避害,求同存异,或许,这才是小说和电影应有的态度。由此,从小说到电影,不管改编最终惹没惹"祸",我们都应从中借鉴有利于小说创作的东西,来改进我们的创作。这才是一个作家该有的做法。

2020年9月19日

崛起的酉阳作家群

酉阳，渝东南一个偏僻的小县城，因地处武陵山脉腹地，资源稀缺，多年来戴着国家级贫困县的帽子。这里经济落后，发展缓滞，盛产泥土和岩石，几无现代化产业；这里四省接壤，位于重庆东南方，毗邻沈从文的湘西，紧挨湖北来凤和贵州沿河；这里交通不便，远离都市，厚重纯朴，少有喧嚣。然而，正是这一方贫瘠的土地，却是一块文学的圣地，在文学上有着相当的成就，造就了重庆文学圈，甚至中国文学圈的"酉阳现象"。

我可以毫不夸张地说，假若以"县"为单位，放眼整个中国文坛，酉阳，绝对称得上一个"现象级"的存在。这里不仅作家的数量多，而且作品的成就高，影响深远，文学生态极好，作家们对待文学的态度十分诚恳，不做作，不浮躁，沉得住气，耐得住寂寞，远离文坛是非，行事极其低调，可谓很多作家的"楷模"。

在中国，有不少有名的作家群体：云南，有昭通作家群；四川，有康巴作家群，这些作家群在中国文坛已有了一定的影响和地位，形成创作团体，成绩斐然，形成了一种特殊的区域文学"现象"，成功引起了读者和评论界的注意，有不少研究成果问世。其实，和上述作家群相比，酉阳作家群不仅不差，甚至有过之而不及，然而，由于打造和宣传不够等诸多方面的因素，使得酉阳作家这个群体，至今未引起文坛和相关部门的足够重视，颇有点散兵游勇和一盘散沙的味道，而在各自的阵地上苦苦作战。

关于酉阳文学，有这样一些事件和话语值得我们注意，我先"抬出"其中的一部分，以作此文的某种"序言"：

2007年9月11日，由新浪读书频道等评选的"中国作家实力榜"新闻发布会在北京召开，共58名作家上榜，榜单几乎把中国当代的著名作家一网打尽，从莫言到余华到阿来，从北岛到苏童到贾平凹，从格非到韩少功到张承志，从毕飞宇到叶兆言到曹文轩，从刘震云到李佩甫到陈忠实，从阿城到东西到史铁生，等等，这58个名字，无一不是读者所耳熟能详，在中国当代文学史上声名显赫，影响甚广的一方"诸侯"。

这个榜单，是一份评选中国当代最具文学价值的实力派作家的排行榜，由包括谢有顺和陈晓明以及解玺璋等在内的十位文学评论家组成的评委团，以公开提名的方式推选上榜作家，再经过读者投票的方式最终评定，有极强的社会认可度，代表着某种"共识"。

值得注意的是，在这份榜单中，有两个酉阳身影：李亚伟和张万新。

一个"县"，一个穷乡僻壤的"县"，竟然有两个作家同时上榜，"战平"了中国当代文学重镇上海，这绝对算一个"奇迹"。

2012年7月5日《重庆日报》刊登了记者蒋春光的一篇关于酉阳文学的深度报道：《酉阳文学：神秘而美丽的花朵》。报道中说："文学评论家唐云有一次提到酉阳时，很郑重地说，酉阳，那是冉仲景的故乡。本市一知名作家也曾说过这样一句话，重庆的文学，若以在全国的影响论，酉阳绝对是一个名头响亮的地方。"

2007年12月，第三届重庆市文学奖评出，酉阳作家冉仲景同时获得第三届重庆市文学奖和第二届重庆市少数民族文学奖，这在重庆尚属"首例"；2011年1月，第四届重庆市巴蜀青年文学奖颁奖，九个青年作家获奖，酉阳作家陈小勇凭借其长篇小说《桶子里的张九一》获"首奖"，这在重庆市巴蜀青年文学奖历史上，亦属首次；紧接着，在下一届的重庆市巴蜀青年文学奖评奖中，酉阳作家再次"中奖"，酉阳连中两元；2015年11月，第六届重庆市文学奖和重庆市少数民族文学奖颁奖典礼在黔江濯水古镇举行，全市38个区县共有18件作品获奖，酉阳占三席；2020年9月，该年度重庆市文学创作项目资助作品公示，全市共25件作品"中奖"，酉阳占四席。

同时，在历届重庆市少数民族文学奖的评选活动中，从首届至今，几乎届届都有酉阳作家的身影；在中国作家协会少数民族文学重点作品扶持项目中，酉阳有白禹和费丽等多位作家"中奖"；在重庆市为数不多的全国少数民族文学创作"骏马奖"获得者中，酉阳占一半以上；"第三代诗歌"的代表作，曾经风靡一时的《中文系》，出自酉阳；在中国现当代文学史上响当当的"莽汉诗派"的骨干成员，多来自酉阳……

重庆市作协主席陈川说："晚清时期编纂的《国朝全蜀诗抄》是一部当时的四川诗歌总集，其中收录了巴渝60余位诗人的作品，酉阳占了12位，诗作200多首，形成了独特的'酉阳现象'。多年来，从酉阳走出了李亚伟等一批有影响力的作家和诗人，其中多人获得全国少数民族文学创作'骏马奖'和其他全国奖项。可以说，酉阳是一块创作的热土。"

重庆市作协副主席冉冉也说："酉阳的文学创作成果丰硕，一个具有实力的创作群体已经在重庆崭露头角。酉阳文学创作有两个群体，一个是在外地的酉阳人，有李亚伟和冉云飞等；另一个是在酉阳的群体，有冉仲景和杨犁民等。一个曾经是老少边穷的自治县，却有着富有活力的创作群，共同缔造了文学界的'酉阳现象'。"

冉仲景曾作过一首"调侃"酉阳文学的诗:"有些地名,是用来让人绝望的。譬如酉阳。在当代,单就文学成就而言,小县酉阳,足以遮没半个中国。"虽为"调侃",但仔细一想,"调侃"中隐藏着的却是不争的"事实"。酉阳文学,确实应该让酉阳骄傲,让我们自豪。

当年,"朦胧诗"崛起的时候,诗坛曾展开过一场激烈的论战,《在新的崛起面前》《新的美学原则在崛起》《崛起的诗群》等三篇文章横空出世,为"新"诗潮推波助澜,尤其是徐敬亚的《崛起的诗群》,对"朦胧诗"产生的社会历史根源,诗人的诗学态度,文本实验及风格特征等,作了既系统又具体的阐释,像一篇中国现代主义的宣言书,在文学界激起了一股巨浪,从而把"朦胧诗"的论争推向了一个新的阶段,使得"朦胧诗"的影响迅速扩大,并由此确立了在中国当代诗歌史上的重要地位。

今天,我想"东施效颦",模仿一下文学前辈,以一篇《崛起的酉阳作家群》,让文坛和更多的读者知道和了解这个正在崛起的偏远山区作家群:酉阳作家群。当然,我深切地自知,我是没有前辈的文学功底和学术深度的,作不出那种有学理深度和厚度的文章,只能作一些资料的整理和梳理工作,以作某种"备忘",希望后来者有朝一日能打破"藩篱",作出更多推广酉阳文学和酉阳作家的文章,让酉阳文学走出重庆,走向更加广阔的天地。

下面,我将分别从小说、散文、诗歌和文学评论等方面,来对酉阳文学作一次"拉网式"的盘点,让读者对酉阳文学有一个粗略的了解。在此,我想申明的是,既然是"崛起的酉阳作家群",意即重在"崛起",那么,那些在历史上有影响的酉阳作家,便不在本文讨论的范围。此外,既然是一篇盘点式的文章,便重在"盘点",而不在研究和点评,所列作家作品,意在"点到即止",不作深度探讨,还望读者朋友们不要抱有太高期望。最后,酉阳作家数量不少,一篇文章断不可能面面俱到,而且,限于本人的阅读量和了解程度等问题，不可避免地会遗漏掉一些作家及其作品，还望诸位不必太在意，点没点到名，在我看来，都十分优秀，断不可因此而产生某种看法和意见，实盼见谅。

先来看看小说。

小说，历来都是文学创作的重头戏，说其代表着一个地区的文学创作水平也无不可，酉阳的小说创作，有着极其鲜明的少数民族特色，而且所取得的成就不小，代表作家有张万新和陈小勇等。

说到酉阳的小说，首先得提到一个贵州作家：石定。从某个角度来说，石定可算是酉阳小说在新时期的"引路者"，有着不可忽略的"历史"作用。石定，1944年出生，原名石邦定，苗族，原籍重庆市酉阳县麻旺镇，生于贵州赫章，民革成员，1962年毕业于正安县第一中学，历任中小学教师、文化局副局长、贵州省作协副主席和省文联副主席等职，1974年开始发表作品，中国作家协会会员，著有小说集《公路从门前过》《天凉好个秋》《石定中短篇小说选》等作品，曾获1983年全国优秀短篇小说奖，第二届到第四届全国少数民族文学创作"骏马奖"，贵州省政府文学奖等奖项。王刚在论及石定的小说时说："石定以小说的形式，描摹出20世纪末黔北农村变化的历程，展示田园牧歌式的生活氛围，表现出黔北农民思想道德观念的变迁，他那雅致纯净的作品，是一幅幅打下时代印迹的水墨丹青。"

其实，说石定是酉阳作家，有点牵强，毕竟，他的主要创作成绩是在贵州完成的，是名副其实的贵州作家，只不过原籍酉阳，我这里提出来，更多关注的是其对于酉阳小说的"历史"作用。

说到酉阳小说，就不得不说张万新。张万新可谓酉阳小说最优秀的代表，其成名作《马口鱼》影响甚广，有小说列于《1977—2002中国优秀短篇小说选》，是著名文学评论家李敬泽评选的《小说极限展》的六位作者其一。张万新，1968年生于酉阳，现居重庆，高中时就开始"鼓捣"

诗歌，其经历多姿多彩，看守过台球厅，当过伐木工人，做过图书编辑，拍过纪录片：滚滚红尘一身藏，和任何人都能喝到一块，聊到一块，玩到一块，颇有点金庸古龙武侠小说中隐士高人的风范。张万新的厉害在于，其既能看到平凡生活中蕴藏的传奇故事，也能在普通人身上找到"英雄"气质，生活于他而言，就是江湖：即使没有刀光剑影，也一样可以荡气回肠。从某种程度上来说，张万新可谓天生的小说家，"一个不动声色的小说鬼才"。

张万新对外国文学深有研究，在早期就曾推荐过理查德·福特等外国作家的作品，同时善于发掘鼓励年轻的小说家，他经常挂在嘴边的话就是，"你天生就适合写小说"，没想到，这句话用在他本人身上更贴切。张万新可谓一个打通了"任督"二脉的高手，眼光毒辣，一击必中，他的小说不多，但有一项"成就"却让国内很多作家望尘莫及，即差不多每一篇小说都会被选刊选上，甚至包括其发表于某些内刊的作品。

张万新说，"如果真要比较的话，我只用我最差的作品，就可以和当代多数所谓的作家一较短长"，并说假若他认真弄上两年时间的话，抵得上多数作家弄一辈子，他当初弄小说的原因，就是觉得当代作家们的作品太差了，他找不到可读的小说，于是就自己弄几篇小说来给自己读。这话听着有些"放肆"，但张万新有其"放肆"的资本。

2016年7月，北京联合出版公司推出了张万新的小说集《马口鱼的诱惑》，结集了张万新此前发表的不多的小说，这部"2016年华语小说最值得期待的作品"，讲述了十四个精彩的故事，呈现了三十多个活灵活现的形象。小说的宣传语这么说："在川渝地区，生活着这样一些人，他们看起来就像老汉，无所事事，没有追求，穿着拖鞋，套着老头衫，摇着破蒲扇，巴适得很。他们不是在闲喝茶，就是在痛饮酒，随时都能摆起龙门阵，谈江湖，论好汉，说兄弟，从天上谈到地下，从中国跳到美国，从过去聊到现在。他们从不显山露水，但里面却充满刀光剑影，随手记录下来，就是一篇小说，就能拍一部电影。"这就是张万新的"江湖"，我们身边的"江湖"：无时无处不在，波诡云谲，险象环生。

张万新《马口鱼的诱惑》出来后，读者争相阅读，同时还得到了茅盾文学奖得主阿来等的高度评价。阿来说："张万新的小说，出手不凡，风格鲜明，让我过目难忘，他对叙述深度着迷，平中见奇，他的小说是让人信服的。"野夫说："张万新作为狂热的故事讲述者，就像高妙的魔法师，让人流连忘返，巴蜀地区那种妖魅的语言，千百年来未曾断过，几乎天生就是用来写作的，张万新得益于此，并且使其增色良多。"李亚伟说："张万新小说的简单和他做人的简单是一个确切的事实，这两个简单加在一起又让人觉得费解，甚至质疑其中必有秘密，如果真有秘密，我认为只有一个，那就是他对语言，对写下的一字一句，都有着前置的深思熟虑。"

赵志明在《马口鱼的诱惑》的编辑手记中说张万新"是个天才"，聊小说，聊外国文学，聊评论，聊电影，聊诗歌，聊美食，时常金句频出，"有时聊评论，甚至聊作家获奖的事，都会有人提到张万新，提到张万新的金句，比如说文学奖，张万新就说过，评委里面水平最差的那位往往决定最终结果，仔细想想，不无道理"，"有时聊电影，有人说，'你们晓得有个张万新的哦，他想拍个电影能把所有导演逼疯，中国电影就得有张万新这样的人才有希望'"，"他徒步过很多地方，喜欢一头钻进深山老林里，出来时须发皆张，像个野人"，以致其所有小说都"读来十分过瘾，让人欲罢不能"，不管你知不知道他，"读过他的文字后就一定会喜欢他"。这，可谓一个很高的评价了。

李沁先说，张万新的《马口鱼》"塑造了一个英雄般的舅舅形象，文末舅舅临死前的一句'马口鱼'，让英雄完全回归于生活，这种不露痕迹的完美转换让人叹服"，小说中"形象和文本不在同一个水平线，让读者更容易构筑某种现实，以旁观者的眼光去看待这件事。语言是无用的，好的小说就是要以语言为载体,却要挣脱语言的束缚,最后抛弃语言,去描述语言以外的东西",《马口鱼》就是这样,"作者说出了语言以外的东西,给读者留白了很多",当然,我们知道,"马口鱼是象征,是符号"。

胡安鲁说,"张万新的小说并不是表面上那种嘻嘻哈哈,并不浅薄,而是能够在社会认知方面带来觉醒的文字,其小说中的'社会'极其震撼和难忘","我无法理解评说张万新的文字怎么这么少",而且,"那些少量的评说张万新的文字,几乎都谈到了他的小说语言",但"张万新的语言很简单,只是平常的说话,他的小说几乎都是说出来的,这只是一项基本功,不是张万新小说的核心价值",其"小说的价值在另外的地方","见闻录是张万新小说的主要形式",其小说"初读是闹剧,再读是喜剧,往深处读才发现是悲剧","这种悲喜交集的文体,在中国小说史上,几乎没有出现过,是张万新奉献的一种奇观",然而,"见闻录只是张万新驾轻就熟的形式,他的小说的核心部分是寓言",他的小说蕴藏着"浓郁的寓言气息",虽然张万新不断强调"没有寓意",但"我不是听话的读者",在其小说中读到的正是他"试图掩盖的寓言"。

东渔的话,很有意味:"总体来说,张万新的小说呈现在表面上是一番风起云涌,叙述却平稳自如,压得住阵势。他善于给你老老实实讲故事,他的小说里常常聚集着一群有着鲜明特征的形象,使得'众生'在语言和叙述中鲜活起来。他们在命运起伏中演绎着生命的悲戚,以及精神深处的抗争。他将'传奇'扩大化,提升了形象可塑的高度。'传奇'往往和'荒诞'相依,张万新的荒诞带着调侃的四川麻辣味,不是一味地端庄,而是酸甜苦辣咸各有兼备,俨然一道生命大餐";"在张万新的小说里,你看不到刻意的政治意味,在时代气息的铺垫下,全是某种生存场景,市井气,江湖气,一切回归自然,一派生活本真的样子";"作者隐去了时间,但文本里却无不透露时代气息,这是作者为了故事合理化所做的故意取舍,特殊年代发生的特殊事儿,隐含的意味相当丰富"。

张万新的小说有着"坚硬"的质地，从语言到节奏，从结构到内涵，都简洁明了，带有一种"江湖"的"硬气"，读来虽荡气回肠，但绝不拖泥带水，若刀刻斧凿，过目不忘，有着极其鲜明的特征，无须刻意去记，便能铭记一生。一个好小说理应有一个无法复制的好故事，而好故事的标志便是能够复述并口口相传，甚至，当其脱离小说这一形式时，作为单纯的故事也是非常着迷的。这个时候，好故事就像长出了翅膀，自由自在地飞翔，想栖息在哪里，就栖息在哪里。很显然，张万新的小说，就有这样的好故事，因此，必是一流的小说。

关于创作，张万新曾说，"纵使你倾其一生，到头来只不过是这个世界多了一个明智的老者而已，既然如此，我们完全可以不去费心寻找什么出路，只需要靠近明智的精神境界即可"，这话内涵丰富，意境高深，可谓道出了文学创作的某种真谛，而且，我们看到，张万新的明智生动，早已在他的文字里显现，而后显得更加明朗透彻。

酉阳小说的另一个代表是陈小勇。

野海，本名陈小勇，1975年出生于酉阳李溪，中国作家协会会员，重庆市作家协会会员，2007年开始小说创作，在《中国作家》《民族文学》《红岩》《山西文学》等刊发表小说多篇，代表作有中短篇小说《抱一抱》《雪地》和长篇小说《桶子里的张九一》等，重庆文学院首届签约作家。

陈小勇的经历颇具传奇色彩，他出生在酉阳一个叫南腰界的小地方，家里兄弟众多，高中未毕业便辍学远走他乡。他在家种过地，到贵州沿河摆过地摊，当过好几年的石匠，还到西师学过画画，在家乡当过村长帮乡亲们调解纠纷……

陈小勇的传奇甚至"波及"到了他的文学创作道路：

因为肚子饿，陈小勇小时候经常偷东西，什么都偷，生产队地里的花生种子，镇上酒厂厨房里的回锅肉等，从不"挑剔"。在陈小勇十来岁的时候，因为好奇，他把老师家中一张有漫画的报纸偷走了，那张报纸上有一则四川省大中小学生作文大赛的通知。第二天早上，陈小勇便偷了家里的钱，把自己煮猪草时写的作文寄了出去。陈小勇说，他当时那样做，并不是想参赛，而只是出于好奇，想寄信玩儿。

几周后，陈小勇上学迟到，因担心被罚站，于是便提前哭了，但令陈小勇万万没想到的是，他不但没被罚站，校长和班主任还在校门口等他，笑着为他揩眼泪，不一会儿又被安排到教室的第一排就座，还有一个看上去就是城里来的大胡子对着他不停地照相。陈小勇不明所以，坐在那儿一动不敢动。放学以后，区长带着几个人去了陈小勇家，告诉他说，他的文章得了省里的大奖，县城里的高音喇叭都广播了，这不但是他们家的喜事，也是区里的喜事和县里的喜事。

为了让这种表象得到持续，陈小勇觉得自己应该看一些"有文化"的书了，为此，陈小勇放弃了其他爱好，不知不觉地迷上了看书。在后来的生活中，陈小勇用尽了各种方法找书，如饥似渴般看遍了他能找到的各类文学书籍。

看得多了，陈小勇便自己开始学着写起小说来，他把自己在乡里当村长时的见闻，整理加工后，写成了一部长篇小说，放在天涯网上连载，没想到一下子便"红"了起来，得到了读者的青睐，后经推荐，在陕西的《延安文学》杂志上全文发了出来，并于次年获得第四届重庆市巴蜀青年文学奖首奖，后被推荐至中国作家协会，作为"21世纪文学之星"丛书由作家出版社出版，这便是长篇小说《桶子里的张九一》。

陈小勇的这部长篇小说，展现了一个真实的乡村，一个被时间毁损的乡村，得到了著名作家张守仁的高度肯定，他评价说："小说以广阔的乡村叙事，精湛细腻的描写，生动传神的人物刻画，描绘了社会变革中我国西南部农村的真实图景。他有坚实的生活基础，其第一部作品就达到了这样的水平，有了这样的气象，难能可贵。"

至此，陈小勇一举成名，从一个默默无闻的乡村青年，变成了重庆市的知名作家。虽说陈小勇声名在外，但他却并没有因此而改变其身上那股谦虚朴实的本色，仍然像一个勤劳的农民一样，在文学这块土地上辛勤的耕耘。

陈小勇的思想极其深刻，关于文学，他有一个漂亮的"石匠"喻："我曾当过多年石匠，在武陵山腹地，使用原始工具，这是现实生活中最现实的一种，但我从不敢放弃想象。一个正常的生命进程，至少由现实生活和想象世界共同推进，文学创作更是如此。想象世界高大和丰富于现实生活，使现实充满希望，使读者着迷不返。现实生活自古有规矩，想象世界从来无尺度。好的文学总是用最形象化的叙述策略进行陈述和解释，使现实生活和想象世界互相看见对方，并试图理解对方看似俗常的存在。文学具有批判精神，不迷信，不盲从，不把不好的东西输送给对方，所以总是让想象世界永远不满足现实生活，让现实生活顽固地想改造想象世界，朝着另一个世界前行。"

陈小勇说："另一个世界具有一种亘古而强大的引力，如果有幸抵达，即是抵达高贵和纯净。真正高贵而纯净的生命进程，还有一个重要的组成部分，即我现在所说的另一个世界。我不知道这个世界该怎么命名，但我知道这个世界是万物的真相，是万象的本质，也许是宗教，也许是乌托邦，也许只是一个信仰，但一定是涅槃，是名和利的寂灭，是白茫茫一片干净，是现实生活和想象世界的最终归宿。在时间的维度上，现实生活和想象世界都是朝向这一目标的过程，文学是帮助完成或者解读这一进程的有效方式。当然，石匠的方式也是有效的，借用张二棍的诗说：'石匠，无非是把一尊佛从石头中解救出来，给他磕头；也无非是把一个人囚进石头里，也给他磕头。'此时，石匠和作家干的是同一件事。无论用铁锤钢錾还是文字，不管敲打的是键盘还是石头，'救'和'囚'才是调解通达和把握，获得真相和不死的灵魂才是目标。干这事，我更喜欢文学的方式，当石匠那么多年，我做的一直是把死去的和想着死的人们体面地囚在石头中,从没干成过'救佛'的事,所以,我不当石匠已有很多年。"

陈小勇最让我佩服的是他对待创作的态度,这种态度让很多中国作家汗颜:不急躁,不功利,一步一个脚印地稳步前进,认真到一丝不苟甚至刻板的状态。自从陈小勇的长篇问世后,至今已有接近九年的光景,但我却没在中国的任何一家文学期刊上,看见过陈小勇的只言片语,这于一个正在成长的青年作家来说,是极不正常的:难不成陈小勇才刚开始就已经江郎才尽?

其实不然,陈小勇一直在沉淀,在不断地阅读,古今中外,兼收并蓄,阅读多了,见识就广了,作品的高度也就自然而然地上去了:陈小勇正在用自己的行动,诠释着一个真正的作家应该具备的创作态度。

陈小勇对待小说的态度是虔诚的,甚至可以说是悲壮的,像一个勇士一般,坚毅而执着。这些年来,陈小勇亲自毁掉了二十几万字的小说,有时是觉得写得不好,有时是写出来以后,却发现已经有作家写了相同的小说,不得已而毁掉。在陈小勇的电脑里,有这么一篇日志,记录着其小说创作的过程:

该小说起意于2009年。冬,开始写。2010年3月停,原因是架构不能支撑。3月底,删去8万多字文本,4月开始重写,至8月,有12万余字,问题还是结构无法支撑内容,全部删去。再停。2012年春节,改结构,至2013年2月,只写了3万余字,感觉乱,再删。同年底,决定重写。2014年3月初,改为板块结构,中旬起。从起意到现在,已近4年,删删改改。愿这次能写完。2014年3月12日。

我不知道有多少作家具备陈小勇这样的勇气,但我曾不止一次地说过一个预言:假以时日,陈小勇必定能成大器。于陈小勇而言,要么他就这样默默无闻地"死"去,要么他就轰轰烈烈地"重生",而一旦他"重生",那必将会成为一个了不起的作家。

值得庆幸的是，陈小勇终于带着他的作品回来了，"消失"十年后，陈小勇相继在《红岩》《山西文学》《中国作家》《民族文学》等刊频频亮相，推出了一系列小说，成了重庆文学院的首届签约作家。著名评论家刘大先在评价其小说时说："篇幅短小却暗藏玄机……小说赋予了民间伦理含而不露的尊严，也让那些看上去简单淳朴的人有了深度。"

归来后的陈小勇依然故我，不沾沾自喜，不扬扬得意，极其低调，在得知我想做点有关他的文字时，说："大风起兮，凛冬将至，草木收头，深藏土中。请暂时莫作有关我的任何文字。再说，那个张九一是真的没弄好。去年底，我完成了一个小长篇，代表了我这些年对文学的新认识，你得空时帮我看看。"那一刻，我竟有一种莫名的欣喜和期待。

除了张万新和陈小勇，酉阳小说值得我们关注的还有以下作家。

石新民，1964年生，毕业于中央民族大学，后留校工作，先后任校报编辑和新闻系教师，曾在中央电视台国际频道《中国文化报道》任兼职记者和编导，著有长篇小说《教授横飞》等三部，其小说多关注高校知识分子的生存状况，得到著名作家阎连科和李洱等的高度评价，阎连科说，"一个类似范进中举的故事，但比范进中举更滑稽和荒诞"，李洱说，"向我们展示了一副全新的小说面孔"，现居北京，任中央民族大学新闻传播学院教师。

姚明祥，1961年生，重庆市作家协会会员，在《民族文学》《红岩》《重庆日报》等报刊发表作品多篇，著有小说集《神树》等，其中《神树》获重庆市首届少数民族文学奖，现供职于酉阳县自来水公司。

舒应福，1959年生，1978年开始文学创作，重庆市作家协会会员，著有长篇小说《山茶花》《乡村的世界》，影视剧本《碧血苍山》《西部风流》，以及散文小说集《春梦》《回望故园》等8本书，300余万字，获重庆市首届少数民族文学奖。

邹明星，1971年参加工作，自号"武陵渔樵"，在乡镇任广播员8

年，在各级报刊发表作品，著有《武陵短章》《渔樵侃》等文学作品集，主编《酉阳土家摆手舞》《酉阳土司》《酉阳民俗》等书，曾任《酉阳报》副总编和县委研究室主任等职。

倪月友，1973年生，当过乡村教师和机关职员，在《延河》《安徽文学》《重庆文学》《贡嘎山》等刊发表小说多篇，代表作有《枣花飘香》《蝴蝶飞》《白色鹤舞》等，其长篇小说《谁家的孩子》获2020年度重庆市重点作品项目扶持，现居酉阳。

呈见，原名陈健，1974年生，酉阳县作家协会会员，小说散见于《红岩》《酉水》等刊，代表作有中篇小说《孤独森林》等，作品获第十一届"中融"全国青年原创文学大赛三等奖和四川第三届"金熊猫"网络文学奖提名奖等奖项。

白禹，1982年生，毕业于宁夏大学新闻系，重庆市作家协会会员，小说散见于《四川文学》《短篇小说》《朔方》《辽河》等刊，其小说集《深院》获中国作家协会2016年度少数民族文学重点作品扶持项目。

此外，《酉阳报》记者吴大全和任明友等，偶有小说问世，主攻诗歌的冉冉和主攻文学评论的路曲等也会偶尔"客串"一下小说，冉冉著有中短篇小说集《冬天的胡琴》，路曲著有中篇小说《迷茫的远行》，其长篇小说《县治》获2011年度"长江杯"网络小说大赛冠军，他们和酉阳的小说家们一起，共同推动着酉阳小说的繁荣。

再来说说散文。

酉阳散文的成就，绝不亚于酉阳小说，可谓佳作频出，作家梯度趋于合理，在整个重庆甚至全国都有一定的影响。酉阳散文的代表作家有冉云飞和杨犁民等。

沈国凡，祖籍江苏，1950年出生于酉阳，高中毕业后当过四年知青，参加攀枝花钢铁基地建设23年，任该集团公司文联副主席，中国作家协会会员，江苏省常州市作家协会副主席，1963年开始发表作品，有小说和报告文学等200余万字，著有土匪系列长篇小说《中国第一匪》等四部。创作主要集中在报告文学方面，曾参加著名的长江漂流探险采访，九死一生，著有长篇报告文学《中国西部热土上的移民城》《共和国大审判：审判林彪江青反革命集团亲历记》《共和国大审判：特别法庭内外纪实》《我所亲历的胡风案》等，产生强烈反响，获"中国脊梁"优秀报告文学奖和第二届"紫金山文学奖"等奖项。2020年7月，首届江苏报告文学奖在南京颁奖，沈国凡凭借报告文学《走近真实的雷锋》获"2004—2019优秀作品奖"，同时，由于在报告文学上所取得的卓越成就，沈国凡还获得了"2004—2019江苏报告文学荣誉奖"，代表着江苏报告文学的最高水平。

  沈国凡和石定一样，算不得"全个"酉阳作家，但毕竟是酉阳走出去的，列于此，作一种资料备存。说到此，就不得不提冉云飞了，冉云飞也是一个"特殊"的存在，但他的"特殊"不在于算不算酉阳作家，而在于其作品算不算"散文"。冉云飞的作品很"杂"，什么都有，社会时评，教育批判，学术评传等等，无不涉及，而且，其作品兼有杂文和评论的某些特征，算不得单纯的"散文"，假若硬要评判，往窄了说，不算，往宽了说，算，但我愿意将其归于散文一类，意在贪图便宜：文学作品中，那些搞不清楚文体的，都可归于"散文"，谁让散文的涵盖面最广呢？

  冉云飞，1965年生于重庆酉阳，长居成都，1987年毕业于四川大学中文系，著名青年学者和作家，绰号"冉匪"，自称"一个码子的乡下蛮子"，散文集《手抄本的流亡》获第六届全国少数民族文学创作"骏马奖"，除此，另有全国及省级奖项多种，作品列于高中语文阅读教材，有"民间教育家"的称号，著有《庄子我说》《沉疴：中国教育的危机与批判》《手抄本的流亡》《通往比傻帝国》《陷阱里的先锋：博尔赫斯》《尖锐的秋天：里尔克》《像唐诗一样生活》《庄子使我上瘾的几个理由》《吴虞和他生活的民国时代》等，现供职于《四川文学》杂志社。

20世纪90年代，四川曾有"川军四杰"的说法：学问流沙河，写戏魏明伦，做诗张新泉，文章冉云飞。川中文坛宿儒流沙河对冉云飞赞赏有加，说其"广猎深搜，旁通侧悟，完成了作家向学者的腾跳，飞起来了"，由此可见冉云飞的水平及其在文坛的地位。

冉云飞的文章有着极其鲜明的特点，充满智慧和幽默，同时兼具厚重和深刻。《庄子我说》中，对庄子的解读见解深刻，可谓一个现代知识分子和古代知识分子灵魂的偶遇，由此可以窥见至今影响我们文化及现实生活的诸多层面；《尖锐的秋天：里尔克》中，对著名天才诗人里尔克一生的行止和诗歌硕果加以概括，对《杜依诺哀歌》和《献给奥尔甫斯的十四行诗》等诗歌内容进行阐释，介绍了里尔克和中国诗歌的关系，对研究和了解里尔克其人、其文、其思想都颇有价值；《像唐诗一样生活》中，用异乎寻常的语调乱弹文化，告诉我们不必厚古薄今，可谓解读唐诗的一个新范本；《重读诸葛亮》中，以一个个生动有趣的故事再现了这位三国时期蜀国丞相非同一般的政治生涯，选材极具特点，评点精辟流畅，思想鲜明活跃，语调轻松幽默，用今天的观念评说历史，可谓耳目一新。

冉云飞散文的特点，尤其体现在其知识分子的责任和良知上："冉云飞读书涉猎极广，对于中国的诸多问题，常以大量收藏的旧书资料作其研究的素材，使得诸多被历史尘埃渐渐淡忘的文字化腐朽为神奇，在其文章中变得鲜活起来"，"冉氏不断著文，对于这些问题穷追猛打，特别是从那些散落中的年谱日记和书信等材料中发掘出历史的新面目，对现实以凌厉的批判"，"读其博文，真有所谓奇书共欣赏的感叹，而土匪的满纸洒脱和锐气也变得酣畅淋漓"。

有学者在论及冉云飞时说，"冉云飞的历史散文便是以一个'清洁工'的身份对那些'高头讲章里藏污纳垢的东西'所作的清扫"，"不仅贯穿了自己的血气，而且也浸染着张岱不甘亡国而表现出来的对过往思想和文化的抗争"；"当今时代，精神失语已成了一个无法回避的严峻现实，近年来有关'失语症'等的讨论正是在全球化浪潮冲击下对此的正面回应"，"针对当今社会日益盛行的种种时尚和弊端"，冉云飞"从一个知识分子的立场，投掷出许多投枪般的杂文"，"抨击着当今社会中的种种不良现象"，"表现出一个知识分子应有的批判精神"，"对当今中国现实，虽有学者进行种种剖析论述，但多有隔靴搔痒的意思"，而冉云飞对时尚的批判，则针针见血，可谓酣畅淋漓，应当是其此类散文的显著特色。

冉云飞的散文引起了读者和社会各界的强烈关注，《中国西部》等杂志分别以《冉云飞：知识分子是有责任的》和《冉云飞：自由本不是他人给的》等文加以报道，凸显了冉云飞对"自由"的追求和对社会的"责任"。著名学者谢泳说："冉云飞的博客我天天读，有思想、有史料、有文采，他的文章和著作是我们这个时代最需要的精神财富。"

记者朱晓剑在《冉云飞：故园将芜》中说："在工业文明和城镇化过程中，故乡虽然'沦陷'，实则并没有消逝，只是以另外的形态存在着，倘若我们忽略掉了对其内涵的关注，可能在意的只是故乡的表象，这和故乡的内涵也就遥远了。千百年来，故乡的演变史，或许更能说明其不断在'沦陷—重生—沦陷'中进行，改变的只是人类对故乡的看法而已。故园将芜，岁月不再，唯留下如许喟叹。当我们不再纠结于小故乡的消逝，在意的是文明的进程，这，便是'寂寞'的圆满。"

冉云飞自有其文学的"故乡"，在那个"故乡"里，冉云飞是"寂寞"的，他坚守着知识分子的良知和责任，在黑暗中跋涉，披荆斩棘，伤痕累累；冉云飞是"圆满"的，"黑夜"给了他"黑色的眼睛"，他却用来找到了"光明"。

杨犁民，1976年生，中国作家协会会员，重庆市作家协会会员，鲁迅文学院学员，自16岁在省级刊物发表作品以来，在《人民文学》《民族文学》《中国作家》《散文》《散文诗》等刊发表作品多篇，有作品列于《新中国文学典藏》等多种选本，著有散文集《露水硕大》和诗集《花朵轰鸣》等多部，参加过第六届全国散文诗香港诗会，第三届《人民文学》新浪潮大理诗会，散文集《露水硕大》获第十一届全国少数民族文学创作"骏马奖"，散文《血脉的上游》获第六届重庆市文学奖，诗集《花朵轰鸣》获第六届重庆市少数民族文学奖，散文《冬天的最后一棵萝卜和白菜》获第八届全球华文文学奖，散文《大地上没有一棵草是多余的》获第九届全国散文"天马奖"，作品多次获全国文学作品重点项目扶持，现居重庆酉阳，供职于酉阳县文联。

  杨犁民的散文以"村庄"为观照对象，追寻关于"生命"的理解和意蕴，充满隐喻和象征，他常常以村庄里最容易被忽略的细微事物作为其描绘对象，赋予其"生命"和意蕴深厚的哲理内涵，用睿智而独特的眼光来打量村庄里的花草树木，以此来展现他丰富而独特的乡村，从而对"村庄"形成一种充满诗意的守望姿态。生存的艰辛，生命的卑微，以及崇高的敬意，在杨犁民的散文中交错缠绕，形成一种独特的散文风格：热烈而真挚，冷漠而压抑。同时，杨犁民散文的语言诗意唯美，意蕴深厚，在重视氛围营造的同时，隐藏着哲理意味，呈现出一个完全属于他自己的散文境界。杨犁民的散文，是可以用来"品"的，读杨犁民的散文，更像是在品茗，舍不得一口气读完，得仔细"品"，才能品出一种美好来，在这种美好中，杨犁民构建出了一个复杂而充满诗意的"村庄"，让我们在充满阳光和青草的味道中，完成了一次对乡村的诗意守望。

  杨犁民的散文，得到了读者和文学界的多方好评，《十月》原副主编张守仁说："读杨犁民的散文，我不禁想起了住在北京昌平郊区的苇岸。杨犁民和苇岸一样，都爱恋和迷醉于大地上的生物，以及春夏秋冬和一年四季的节气，都谦卑自律，敬畏自然，善待万物。"文学评论家卓今说:"杨犁民其实更像一个诗人,他的散文像是一本排错版了的诗。他就是那个种草养露水的人。他心中最大的一粒露水是挂在空中的那轮明月,当然还有纯洁的珍珠般的动物眼睛。他的文字质地密实,情感浓烈。"著名作家彭学明说:"杨犁民以故乡酉阳高坪村为背景,描绘村庄的高处和低处,整体和局部,回味故乡的一滴露水,其诗一样唯美的语言,既有意象,又有意境。"诗人冉仲景说:"杨犁民的'高坪村',就如同福克纳的约克纳帕塔法县,乔伊斯的都柏林,鲁迅的绍兴水乡一样,是作家寂寞而又勤劳地观察世界的起点,也是他所有散文文本的核心和价值的源泉。同时,这个村庄也如同史铁生的'地坛'和苇岸的'大地'一样,是一个集中了如此多的心理文化和哲学命题的地方。"

杨犁民是现今酉阳散文的代表,蜗居在渝东南一隅,在散文这块园地里默默耕耘,不喧嚣,不争宠,于沉静中探求散文的至高境界,"寻找精神的支点和灵魂的栖居地,直面理想生活和现实世界的巨大裂隙和深刻矛盾,并于其中发现'生命'个体存在的可能途径"。

杨柳,1971年生,重庆市作家协会会员,在《民族文学》《山花》《红岩》《重庆日报》《重庆晚报》等报刊发表散文多篇,著有散文集《花窗》,作品曾获重庆市少数民族文学奖等奖项。

总的说来,杨柳的散文可分为以下两个维度:描绘那片灵魂深处的故土,以及那片故土上久远而沧桑的人事。从某种程度上来说,杨柳散文的这两个维度其实并没有明晰的界线,而是浸透融合在一起的,形成一种你中有我和我中有你的态势。

杨柳很喜欢在散文中表现那片曾经生活过的土地,以及由此延伸出去的那些古旧而琐碎的岁月。当然,杨柳的意图显然不在这些故土和岁月本身,而是想借此突显出作者对于故乡的那份深沉的爱和对于往昔岁月的那份难以忘却的眷念。杨柳的这份爱和眷念是通过故土上的古旧事物和人世沧桑来表现的,这使得杨柳的散文有着一种质朴而厚重的沉郁美。杨柳总是喜欢挑选那些最能代表故土的事物，来呈现出故土的本来面目，以此来完成自己一次次的精神返乡。

　　武陵山区特有的火铺，缠绵着山民的一生；邓疤荣那两间歪歪斜斜的木板房供销社，成全了热闹的乡场；乡场上唯一的饭店，老黑而破旧；杨家村地主家堂屋里的村小，花窗雕工精致；寨子里被吊脚楼所簇拥的粮仓，被全寨乡亲所守望；还有那浓荫掩映的寨子池流水……所有的这一切，都成了杨柳精神上的故乡，和往昔岁月的代名词。

　　杨柳一直在寻找，寻找那片具有真正意蕴的故土，但杨柳最终找到的，却是一片破碎了的故土：子孙们次第长大，陆续去了远方，空留下和火铺纠缠一生的老人，小心地看护着火塘里的火；许多年以后，人们四处离散，各得其所，而当年乡场上的供销社，早已成了遥远的旧时光，自有其无尽沧桑；多年后我重回故乡，在一排贴着白色瓷砖的水泥洋房中间，看到了当年的饭店，几十年过去，饭店更黑了，也更老了，几乎是摇摇欲坠……

　　在杨柳的散文中，魂牵梦萦的故土是破碎的和无言的，这种破碎和无言，来源于历史的鞭打和岁月的磨砺，无法回避，更无法逃脱：赵庄的赵古人，满腹诗书，常在院子里且行且唱，可时世不予，无人能和其交流，他提前辟了一片墓园，立了墓碑，碑上空无一字。活于世间，却日日在墓园盘桓，最后在一场大雪中死于墓园，数日无人知晓，"这是一种声音的死寂，一种声音的极致，当声音敞亮高亢的时候，我们却归于沉寂"；幸福村里的"反革命分子"吴雁起，身体和灵魂屡屡被时代所伤，出于自保，最后干脆装聋作哑，"咣当"一声关闭了耳朵，从此便"深陷在广阔的深邃的寂静里"，听"月光落地的声音"，听"遥远的药香"，在后半夜"铺开纸笺，重修《吴氏药谱》"，当时代回归如常，当年的那些"坏蛋"老的老，死的死，吴雁起却仍然不肯恢复和这个世界必要的联系："在幸福村，也就是从前的吴家院子，你时常能看见垂暮的吴雁起，沉默，寂静，暗黑，立在老树下，短篱边，水井旁，像一个稻草人，满眼都是活蹦乱跳的人间，嘴里却说不出一句话。"故土即家园，故土的破碎和无言，带来的是家园的疼痛，鉴于此，我们可说杨柳散文的"沉郁美"来源于破碎的故土和疼痛的家园。

杨柳说："我自小生活在武陵山区一个土家村寨里，这个村寨偏远、封闭，一方面村民所受的教育相当有限，另一方面本民族文化影响深厚，因此永远那么纯朴忠厚，再加上时代的桎梏，这个村寨的人和事，无不具有悲剧色彩，即便是一个不擅长讲述者，把这里的人和事老老实实原原本本地讲出来，也完全是一部传奇"；"根深才能叶茂，散文要触及世间深切的疲累和疼痛，才能有真切的悲喜"；"我喜欢于坚的散文，很宽广、厚实，极尽了跟一件事相关的所有元素，安静而沉着，直击到事物的灵魂"。或许，这可以看着是杨柳散文的某种源头。

任桑甲在论及杨柳的散文时说："杨柳的散文既非安静，也非激越，每一篇都是短的故事，又是长的一生。杨柳不动声色的叙述，把乡间过往的岁月人事重现，如桂花摇落'繁密如雨，满地寂静'。这既是一种记录，也是作者对乡村生活的映照和理解。杨柳在文字内外，自始至终和这个世道和解不争。杨柳也是活在世间的'寂寞的高手'。散文如果有声音，杨柳的散文是无声的，是寂寞，是寂寞繁华皆有意，整本《花窗》，都是杨柳所熟知的故园家乡，都是对世道的真实叙述，杨柳用谦卑的倔强，庄严温润的文字，把我带到延续数千年的乡村光阴里，单薄而真诚，悠悠地夜以继日。庞然的历史中，我们会被忘记，但疼痛并非无足轻重。"

这便是杨柳，沉静，寂寞，悲苦，疼痛，用文字真实地记录着土家村寨所有的一切，来告慰那片贫瘠而厚实的土地。

何春花，1985年生，乡村小学教师，重庆市作家协会会员，鲁迅文学院第十三届少数民族作家班学员，重庆市首届青年作家班学员，第八届全国"青创会"重庆代表团成员,在《民族文学》《红岩》《延河》《芳草》《雨花》等刊发表散文多篇,有散文获第七届重庆市少数民族文学奖等奖项。

　　何春花是酉阳散文的"后浪",但这股"后浪",着实不容小觑,近年来散文创作呈"喷薄"态势,全国各地"开花",散发出清新的"芬芳"。何春花说:"我长期生活工作在小山村里,村里留守儿童和候鸟似的农民工很多。我不知道对物质无止境的追求,是不是推进文明进程的动力,但我知道,这是造成农民工背井离乡的主要原因。我眼前的乡村,有各种无助,我全看在眼里,他们的故事,他们的心事触动了我,我并不因看得太多而麻木,这里的每一个故事都有不同的细部让我心紧。那些触动自己的,让自己心紧的,就是我的散文。一篇好的散文首先该是真诚,真诚在文字中流动,在成文前打动了我,成文后才能打动你,而打动我们的,正是这些类似于我所在的村庄的人和事,他们贴着大地生长,和我们的心长期保持着难解的纠纷。我不喜欢讲述苦难故事,我希望的是远离苦难,但苦难总是存在,而我们在苦难中却从没忘记过前进。"

　　因此,何春花的散文总是聚焦于贫苦的乡村,聚焦于当下新的"乡村问题"和乡村留守儿童等"特殊群落",不遗余力地表现"乡村"的苦难和艰难,有思想、有厚度,其散文"针尖般刺到生活的底部去,又轻灵地跳脱出来,让读者在感受到疼痛的同时,不至于太过伤感,但刺在心尖上的痛感,却显得弥漫而持久",同时,"语言节制,所描述的生活极具质感,真实而厚重",有着难得的"直面生活的勇气"。

　　此外,杨长江和彭鑫等的散文也值得我们关注。

　　杨长江,原籍酉阳,现在北京做出版和文化策划,闲时作散文,有系列散文《故土:搁浅的碎片》和《酉水辞典》等,对酉阳的民俗和方言作了详细的描绘和刻画,行文幽默,读来甚是有趣,可谓把酉阳民俗描摹得栩栩如生,冉仲景在那首"调侃"酉阳文学的诗中就曾提到杨长江和他的"民俗"散文。

瞿扬，1965年生于酉阳，主要从事文化和教育工作，曾先后在酉阳县和黔江地区两级新华书店工作，曾担任印刷厂厂长和重庆《少年先锋报》总编辑等职，现居成都，有散文刊于《经济日报》《四川日报》《华西都市报》《重庆日报》等数十家报刊，著有散文集《乌江之子》和教育文集《公民·校长·父亲》等。

鸿儿，原名刘红娅，1974年生，中国散文家协会会员，贵州省作家协会会员，鲁迅文学院第二届少数民族作家班学员，贵州省散文学会副会长，在各级各类报刊发表作品六百余篇，著有散文集《鸿影》，诗集《花开有约》《一三·一四》等，曾在酉阳从事高中语文教育工作十余年，现居贵阳。

冉丽冰，曾任酉阳县文联主席，在《酉阳报》等报刊发表作品若干，著有散文集《山谷里的牛铃声》，其中，《故乡的露天电影》获《四川日报》"原上草"副刊优秀作品奖，现居酉阳。

姚丽琴，1983年生于酉阳车田，在《散文家》《酉水》《武陵都市报》等报刊发表散文多篇，有作品获全国及各省市散文征文奖等，酉阳县作家协会会员，现居重庆秀山，供职于秀山县凤起中学。

彭鑫，1986年出生于江西宜黄，近年来开始散文创作，有作品见于《特区文学》《散文诗》《春城晚报》《华西都市报》等报刊，系中国散文学会会员，酉阳县作家协会会员，酉阳县青年作家协会会长，现供职于酉阳一中，其散文诗意唯美，意图将缤纷诗意和至美风景融进文字，为读者打造一座心灵的桃花源。

何强，85后，酉阳县作家协会会员，在《酉水》《酉阳报》等报刊发表作品多篇，著有散文集《一路乡愁》，现居酉阳，供职于酉阳县政法委。

杨小霜，1993年生，酉阳县作家协会会员，江津区作家协会会员，在《重庆晚报》《西南商报》《重庆日报农村版》等报刊发表散文多篇，其散文多表现乡土和乡愁，多次获全国各类征文奖，现居重庆江津。

再来说说诗歌。

重庆，是诗歌的重镇，酉阳，可谓重镇中的重镇。酉阳诗歌名家辈出，佳作频现，从某个角度来说，可谓代表了酉阳文学的某种高度。

冉庄，1938年生，毕业于四川大学，1956年开始发表作品，中国作家协会会员，文学创作一级，历任重庆市作家协会副主席，重庆新诗学会副会长，重庆市巴渝文化研究院院长等职，著有诗集《沿着三峡走》《山河恋》《冉庄诗选》及六卷本《冉庄文集》等18部作品，曾获四川省文学奖，重庆市文学奖，重庆市社科研究成果奖等奖项，其中《冉庄诗选》获第六届全国少数民族文学创作"骏马奖"。冉庄算得上酉阳诗歌的前辈，曾被《重庆文学史》称为重庆少数民族文学的缔造者其一，是酉阳中华人民共和国成立以来的前辈作家，自有其"历史"作用和地位。

李亚伟是酉阳文学的一面"旗帜"。

李亚伟，1963年出生于酉阳，毕业于南充师范学院中文系，在酉阳有过短暂的工作经历，1984年和胡冬及万夏等创立了"莽汉"诗歌流派，20岁时凭借其成名作《中文系》声名鹊起，在当代文学史上影响甚广，是"第三代诗歌运动"的发起者和代表之一，诗作编列于《后朦胧诗全集》。主要作品有《中文系》《醉酒的诗》《空虚的诗》《寂寞的诗》《野马与尘埃》《河西走廊抒情》等长诗和组诗，著有诗集《豪猪的诗篇》《红色岁月》《李亚伟诗选》等，曾获第四届作家奖，第二届明天诗歌奖，第二届天问诗歌奖，第四届华语文学传媒大奖，第一届鲁迅文化奖，第一届屈原诗歌奖金奖等各种奖项。

李亚伟的诗歌因其"表现出卓越的语言才能和反文化意义"，可谓中国后现代诗歌的重要代表。李少君说："就像金斯堡于'垮掉的一代'一样，真正能体现第三代诗歌运动的流浪和冒险以及叛逆精神和实践的，无疑是'莽汉'诗派,尤其是李亚伟本人,无论从哪个角度来看,李亚伟都可称'源头',直接启迪了'后口语'的伊沙和'下半身'的沈浩波等。"张万新说:"在当代,李亚伟也许是最注重历史和地理的,纵深的历史感使他能够轻视当代同行,轻视单一观点,他愿意从不同的角度叙事,不透露文学抱负,仅仅简单地重复刻画走投无路的感觉就能加强诗歌的复杂,用巧妙的评论在诗句中轻轻带过就嘲讽了当代同行的功利。"世宾说:"当下的诗歌有很多不同的发展方向,李亚伟肯定是其中一个极,他呈现了一个丰富而真实的状态。"

2005年,第四届华语文学传媒大奖给予李亚伟的授奖词说:"李亚伟的诗歌有一种粗野而狂放的气质,既是语言和想象的传奇,也是个人身体对一个时代的隐忍抗议;他对生活的异想天开和执迷不返,成就了他诗歌中勇敢而不屈不挠的品质;他在历史和现实及远方和当下的缝隙里,谛听一个奔走的心灵所发出的细微声音,并以旁观者的身份,将这个声音放大;他的诗作曾影响一代人的创作,也曾启发后来者该如何正视自己的渺小和脆弱。"

对此,黄金明说:"李亚伟得奖是实至名归的,他拿中国任何一个奖都不过分,这些年来,在主流话语里,对他的诗评价一直不太公正,发掘李亚伟,就是对主流文学话语起到了一个纠正的作用,维护了诗歌的尊严。他的风格粗粝而尖锐。十几年前,我在读李亚伟的诗的时候,就感觉到他的诗对中文系传统教育是一种颠覆,体现了一种异端美学,总感觉到一种意外的美。"

鉴于李亚伟的名声太大,研究者很多,早已"脱离"了酉阳,走向了全国,我在这里便不再多费唇舌,浪费口水了。

冉冉,1964年生,中国作家协会会员,中国少数民族作家学会理事,重庆市作家协会副主席,重庆市作家协会创研部主任,《重庆文学》执行主编,重庆市知识分子联谊会常务理事,1985年毕业于长江师范学院中文系，先后在涪陵师院图书馆，涪陵文联《乌江》文学杂志，重庆《红岩》文学杂志社工作，现居重庆，供职于重庆市作家协会，长期从事文学创作和文学组织工作。

冉冉1985年开始文学创作，在《人民文学》《民族文学》《红岩》《诗刊》《星星诗刊》等刊发表作品多篇，2000年聘任重庆文学院合同制作家，2003年参加鲁迅文学院首届中青年作家高级研讨班，著有诗集《暗处的梨花》《从秋天到冬天》《朱雀听》等多部，获第七届全国少数民族文学创作"骏马奖"，首届艾青诗歌奖，首届"边疆文学·昊龙年度文学奖"，第三届西部文学奖，2005年度滇池文学奖，重庆市文学奖，重庆市少数民族文学奖，台湾薛林青年诗歌奖，2019《民族文学》年度奖等奖项。

冉冉的诗歌得到了国内诸多诗歌研究者的关注，评论家易光在《朝向自身的世界——冉冉诗歌创作论》中说："冉冉并不长于作思想的深度掘进，但这并不排除冉冉面对生活现实和检视旧年底片的时候作浓重的理智沉思，冉冉相当多的日子是在沉思中度过，诗歌是其沉思的物化形态"；"冉冉在'朦胧诗'和'第三代'的裂隙间默默前行"，"既远离北岛们崇高的社会使命意识和顾城们近似幽闭的朦胧，又拒绝'非非'和'莽汉'们对常规审美经验的挑战姿态，拥有一份优雅和纯净"；"从事物中发现那些相和谐、相统一的精神层面，又止于发现，而不作《致橡树》式的提取和抽象，只在相当物质化的层面，于'沉思的把握'中，去表现事物的那些丰富的精神内容"；"在经由沉思把握事物的过程中，视觉听觉触觉等这样一些感觉器官被高度地纯净化，形如天籁"，"这成了冉冉诗歌典雅化、纯净化无须赘述的一个源头，一个途径"；"同时，冉冉的价值，还体现在其创作姿态所传达出的文化立场上"，"冉冉穿行于80年代喧嚣和浮躁的文化和文学潮流中，早于陈染林白们的个体化创作，是'朝向自身'的，这时的冉冉，不为潮流所裹挟，表现出对一种文化和立场的坚持，90年代以来，面对世纪末的落寞和新世纪的举止失措，冉冉依然表达出一种镇定和清醒，这是一种文化的自觉，也是一种精神的坚守，尤其难能可贵"。

有研究者说，冉冉的诗歌"侧重于'听说'过程"，属于"一种压抑状态下的痛苦宣泄"，魏巍对此深表赞同，他在论及冉冉时说，冉冉的诗歌有一种"黑暗意识"，"或许再也没有谁比冉冉更加关注黑暗了"，其诗作中的诸多关于黑夜以及黑夜的背景，使得"冉冉诗歌中的黑夜不再只是一种单纯的时间概念，而是一种来自童年的无意识的创伤"，这种创伤需要治疗，需要倾诉，因此，冉冉便以其诗作来对抗这种"黑暗"，从而形成了其诗歌中的"黑暗意识"。

西南大学中国新诗研究所所长熊辉说："冉冉是中国当代少数民族诗歌创作群体中的代表，其诗歌以早年的乡村生活体验和少数民族文化传统为精神内核，浅易的语言和跳跃的意象背后包裹着对土地和生活的挚爱，具有跨越民族文化的特征，到了中年后，随着生存环境的变化和生活体验的深刻，其诗歌创作呈现出非常明显的'中年化'特征：折射出的生活具有十分浓厚的'面具'色彩，体会到对现实世故的排斥和游离，但却依然对生活充满希望；中年时期的冉冉延续了以诗歌创造并塑造完美的自我形象这种自我创作风格，尤其在面对纷繁复杂的社会现实时，诗歌创作道路更成其自我拯救的朝圣路途；用看似简单平实的语言表达丰富的存在，其意象和思维的跳跃，足以显示出其诗歌建构的方式和思想的深刻。"

冉冉曾说："诗的质地对应于生命的质地。"这成了其诗歌创作的一种追求和特征，质朴而深刻，传递出两个维度的意思：一则表明必须拥有严谨而认真的生活姿态，真诚而质朴的生活质地，才会创作出优秀的诗歌；二则表明只要能创作出厚重而有质地的诗歌，相信也会在尘世中拥有有质地的生命。不管从哪个角度来说，诗歌都已溶解到冉冉的生命中，成了其表达自我和展示社会的重要载体。

冉仲景，1966年生，中国作家协会会员，中国少数民族作家学会会员，重庆市作家协会会员，在《人民文学》《民族文学》《诗刊》《星星诗刊》等刊发表诗歌若干，代表作有《摆手舞曲》《武陵组曲》《芭茅满山满岭》等，著有《从朗诵到吹奏》《献给毛妹的99首：致命情诗》《米》等诗集四部，曾获第一届和第二届重庆市少数民族文学奖，第三届重庆市文学奖，台湾薛林诗歌奖等奖项，现居酉阳，供职于酉阳县文联，任酉阳县作家协会主席。

如果说李亚伟代表了整个"酉阳籍"诗歌高度的话，那么冉仲景则代表了现今"酉阳"诗歌的高度。冉仲景从南充师范学院中文系毕业后，揣着文学梦想，来到了川西藏族地区，在康定师范学校任教十年，后回到故乡酉阳，至今未离开。冉仲景诗歌最突出的特点是其民族特色和地域文化，不管是在四川康定，还是在重庆酉阳，冉仲景都用其深沉的爱，来讴歌和赞美脚下这片土地。冉仲景的诗歌自由地穿行在多民族文化的广阔世界，去感知雪域高原的圣洁和神秘，回到故乡后，又以无尽的真诚去探索土家族的文化精髓，诗歌中充盈着丰富的民族元素，特别是土家摆手舞中所蕴藏着的原始生命意识，给其诗歌带来了新鲜的血液。

康巴十年，冉仲景带着我们穿梭在雪域高原，《康巴》《朝圣者》《简单的草原》《献给阿央嘉玛的十四行诗》等，表达了对"雪山""草地""河谷""寺庙"等康巴高原特有的崇拜和深切的爱，或多或少带有藏族文化气息，迥异脱俗；回到酉阳，冉仲景用从来不曾停息的灵魂，思索和打磨着本民族特有的意象，《土家舞曲》《献给雍尼布所尼的诗》《马桑组曲》《预言》等，表达出对家乡故土那份浓烈的感恩和由衷的热爱："燕子是我飞翔的灵柩，百合，是我含羞的墓冢，我必将死在家乡。"

冉仲景有着复杂的地域民族文化背景，小时候酉阳的土家文化熏陶，读书时南充的汉族文化影响，工作后康巴的藏族文化感染，这三种文化和地域的不断撞击，使得冉仲景的思想和灵魂更加自由，因此，冉仲景诗歌中的"地域"和"民族"特征便显得非常明显，但他不是空洞地白描，而是添上颜色，加上血肉，灌注思想，于是，一个个生动饱满的形象便走进他的诗歌，被他用文字记录下来，《乡村遗嘱》《芭茅满山满岭》《农妇墓前》等作品，便是这方面的代表："孩子，你得准备一副钢牙，日子好硬"；"问锈蚀的锄头，谁曾经，翻松了板结的生活和土地"。

在当代少数民族诗歌创作中，冉仲景的诗歌是一个特有的异数，他一直将"地域"和"民族"当作其诗歌创作的背景，将本民族历史文化和现实生活有机结合起来，注重原生态文化的开掘和凝练，侧重于对现实生活的体验和思考，并将散乱的汉语言文字按照土家族的话语方式重新编码，构建起别具一格的诗歌语言，从而拓宽了诗歌的审美资源，丰富了诗歌的内涵，提升了少数民族诗歌的审美功能和感知特质。他总是沉浸在诗歌想象的牢笼中，将民族生活诗意化，将民族文化现实化，将现实生活生命化，永无止境地去破解一种生活和生命的秘籍，从中加强诗歌和生存境况的紧密关系，折射出少数民族长期生存在武陵山区所隐含的坚韧精神和生存理想。

冉仲景通过虚构和想象等时空策略传达出土家族群的审美感知，并熟练地运用丰富的土家语言来表达少数民族群落在全球化语境下繁复的思想和生命体验，捕捉即将消失了的地方知识和民族文化，强化了"地域"和"民族"的表达和重铸，使得诗歌充满丰润的质感。在多元文化语境下，族群文化渐成时代的表征，在市场经济洪流中，冉仲景并没有跟着时代潮流，使诗歌庸俗化，而是保持着某种纯洁，隐居武陵山区，坚守本民族的文化传统，凭借原生态的文化元素，构建理想的精神家园，去弹奏本民族最优美的诗篇。

冉仲景的所有诗歌，都深深扎根于他所生活和居住的地方，表现出对少数民族特质的不离不弃。在当代，由于少数民族文学创作长期处于非主流文学地位，面对着汹涌澎湃的新时代主流文学潮流，一些少数民族作家开始摒弃自己少数民族的文化身份，放弃自己最熟悉的创作题材和表现对象，跟着主流文学前进，既丢失了本民族的文学特色，又跟不上主流文学的前进步伐，弄得"四不像"，步履蹒跚，进退维谷，甚至不伦不类，从这个角度来说，冉仲景便着实显得难能可贵。

冉仲景的诗歌得到了诸多读者和文学名流的一致欢迎和好评：几年前，我曾有幸参加了重庆市首届青年作家班的培训，听来自全国各地的文学名家讲课，我清楚地记得，著名文学评论家施战军和作家叶梅都曾在课堂上对冉仲景的诗歌赞不绝口，说其诗歌代表和引领了某种创作潮流，是一种独特的存在，值得去认真阅读和研究；我到云南昆明去参加一个文学会议，中途作自我介绍的时候，我说我来自重庆一个偏僻的小县城——酉阳，估计在座的都没怎么听说过，这时，一个云南作家站起来说，酉阳，你们那儿是不是有个诗人叫冉仲景？

这，便是冉仲景，一个坚守在酉阳山区，却声名远播的诗人。

中国作家协会副主席、著名作家何建明说："冉仲景的诗，体现出作者对生命价值的凝重思考，字里行间，理想和现实的落差，传统和现代的错位，时间和空间的背离，都跃然纸上，让我深深体验到一种刻骨铭心的爱的艰辛和生的美好。"《诗刊》副主编商震说："冉仲景的诗，形象生动，鲜活饱满，不是简单的表现，而是某种刻骨和面对罂粟的誓死不归；其诗表现手法多样，有传统的，也有现代的，更有许多民族元素，'赋比兴'运用自如；冉仲景能把属于他个体的生命体验，和他借鉴来的其他生命体验整合在一起，使其诗歌厚实而多姿多彩；冉仲景是个才子，其诗歌涉及许多自然和社会知识，可称'才子书'。"

文学评论家施战军说："冉仲景是一个非常重要的诗人。现在的很多诗都是那种没事找事的诗，那种平板的描绘，找到一种小灵感，然后就把聪明使劲儿往外显示，诗和生命的那种相融关系我们找不到太多，那种真情的诗，在真情下又有他自己的慧黠，这样的诗歌很少见，而冉仲景的诗就是这样，不光有真情，还有智慧的成分，他对生命有大理解，在纠结的时候十分纠结，在放开的时候十分放开，在想象的时候能够想象到最细微的部分，而在描绘欲望本身的时候又描绘得那么烈焰飞腾，所以，我觉得这是一个很了不起的素质非常全面的诗人。"

杨犁民说："冉仲景是一个经营（而不是玩弄）语言的大师，他的对仗，他的节奏，他的韵律，他的意象，无一不是经过精雕细琢，这使得他的任何一首诗看起来都华美而高贵。"《民族文学》主编石一宁说："冉仲景的诗，是很出色的现代诗，诗的形式和语言都极富现代感，情感真挚而热烈，想象繁富而奔放，灵感奇特，妙语警句如泉流奔涌，有着极致的想象和对语言卓越的运用。"

2014年，由作家出版社出版的诗集《米》，可谓冉仲景回归故乡酉阳后的重要收获。诗集《米》中，冉仲景一改前期的"技术流"，返璞归真，变得深沉而质朴，有一种"万流归宗"的意味。张羽华在论及《米》时说，"冉仲景从川西北以'朗诵'和'吹奏'的回归姿态，回到了家乡，实现了其诗'生活化'的裂变，他用武陵山区的地域风景和民俗生活共同演奏了《米》这部看似单薄实则厚实的诗集，承载了在高度物质化时代纯净的灵魂和纯正的生活态度"；"关注着武陵山区的生存状态，注重生命的表达，生动地展现了土家族的民族文化和现实生活"，"探寻族群秘密，以及在族群的生存过程中体现出的现代民族精神，寻找乡村景象的深层意蕴"，表达了冉仲景"对于故土及故土生命的歌颂和赞美，从宽到窄，从面到点"，完成了"心灵和土地的默契"，以及"自我灵魂的归属"，而且，"作者并没有把视野局限在家乡冉家坳这块土地上，而是把'家'当作行走的方向和灵魂归属的终点，去不断探寻广阔的现实生活和隐秘的生命世界"，"使'米'这个带有'信仰'的意象，充满强烈的现实意义，透露出深刻的哲理思索"，"直抵精神和灵魂"："白昼，头顶烈日；黑夜，缝补衣衫。她劳作在海拔很高的山坡上，却没有高过脚踝的梦想"；"棺材漆黑，这是她头一回，伸直了腰"。

毋庸讳言，冉仲景在全球化视域下，回归到了生命的原点，从现实生活和民族文化中去捕捉诗歌创作的素材，充满了深厚的民族传统文化意识，其诗作于"生命疼痛中"展现出顽强的"现代民族精神"。

对于酉阳文学而言，冉仲景还有着除了文学而外的"非文学"现实作用，这些年来，他一直担任酉阳作家协会主席一职，在他周围，团结和聚集了一大批酉阳作家，冉仲景帮助和扶持着这些酉阳作家，共同进步，砥砺前行，为发展和繁荣酉阳文学做出了不可磨灭的贡献。可以毫不夸张地说，现今大多数的酉阳作家，都或多或少地得到过冉仲景的帮扶，受到过冉仲景的影响。

任影子，原名任明友，1976年生，重庆市作家协会会员，酉阳县作家协会副主席，1993年南下打工，1995年年底尝试文学创作，在《星星诗刊》《诗选刊》《读者》《青年文摘》《小小说选刊》《羊城晚报》等报刊发表作品多篇，曾先后供职于广东《惠州文学》和广西《南方文学》等报刊，2001年和朋友创办中国第一份面向打工群体的大型民间诗报《打工诗人》，在中国诗坛引起强烈反响，系"打工诗人"的重要代表和发起者之一，现居酉阳，任《酉阳报》记者。

任明友是一个极易被我们忽略的诗人，然而他的成绩和贡献，却有着"史"的高度，堪担"史"的重任，当我们说到"打工文学史"时，任明友是一个怎么都绕不过去的存在。

青年学者邱婧在论及"少数民族打工诗歌"时说："20世纪80年代，少数民族汉语诗歌创作同主流汉语诗歌一样，发生了巨大的转型，在少数民族诗歌作品中，对本民族传统文化的歌唱渐渐增多，而少数民族诗人和知识分子对'原乡'的歌颂和升华，以及重构本民族精神家园的诗歌实践尤其值得关注"；"在这样的知识背景下"，"具有少数民族身份的打工者走向城市",直接导致了"少数民族打工诗歌"这一新兴文学现象的兴起;"'少数民族打工诗歌'是内置于新时期打工诗歌发展进程中的文学现象,其发生同样起始于中国社会转型期的背景,略晚于主流打工文学","少数民族打工诗歌较一般意义上的打工诗歌而言,具有族裔身份离散和杂语及民族传统消逝等多元化的话语特征"。

新时期少数民族诗歌创作具有多元化的特征和趋向,除了20世纪80年代开始的对本民族传统文化的歌唱外,还出现了更多的题材和内容,而"少数民族打工诗歌"就是其中的典型代表。一位打工者既可以关注自己的族裔身份和故乡生活,也可以描摹城市生存的底层经验,比如任明友的《寻找》:"现在,我必须去寻找,生活在南方的日子,不断有朋友问起,关于我们土家族赶尸的传说,而这个传说,早已遗失在少年时代,一些和漂泊密切相亲的野草,以及荒诞不经的梦,哀痛成今天唯一可见的祭品……"

有论者说:"此诗不仅证明了作者的族裔身份,更呈现出了少数民族诗人在原乡想象和工业文明间的挣扎和阵痛","在这首诗中,诗人的族裔身份更加明晰了,在'返乡'的过程中,他再一次重新寻找丢失的文化传统,把'南方—家乡'的模式解构并重新拼接,诗歌末尾的'我'被'来历不明的驱赶'喻示着一个无家可归的流浪者所感知到的身份焦虑,和诗歌开头'我'在南方生活时,被询问自己民族文化传统的焦虑感相呼应","毕兹卡是土家族的自称,作者将故乡酉阳的摆手舞也融入寻找逝去文化传统的进程中去,'沉睡的历史'和'丧失原韵'都指向失落的族群传统秩序","诗人在迷茫地寻找,并且得到了'遗失在少年时代'的失望的答案","这样的诗歌创作对于少数民族诗人的身份而言,是非常开放的,既牵涉到了民族传统,又连带着都市的生产经验"。

任明友还有一首诗《窗》,是系列组诗《从异乡返回故乡》中的一首:"一场大旱让故乡打了个趔趄,残破不堪的祖屋,为此,碎掉了最后一扇窗,没有窗的日子,白天没有一丝生气,那夜,却十分地轻薄,我决定南下寻找一扇窗,一扇充满激情的,充满灵性的,淌着血液的窗,十余年过去,我终于找到了这扇窗,当我把窗安装在祖屋后,我的脸却被这扇窗,给捂住了,我的眼,也被这扇窗给遮住了。"

在这首诗中,"'窗'的意象显然颇具象征意味,故乡的祖屋破败不堪,喻示着原乡传统文化的消逝,而同时,'我'南下去寻找,家园的离散由此展开。诗中注明了一个年代的界限,即'十余年',当'我'似乎寻找到丢失的物件,试图返回原乡的时候,才发现,再也回不到当时的故乡了。这首诗不仅仅表述了工业文明和古老的民族传统无法衔接,还彰显了少数族裔诗歌生产的特质";"在'丢失'和'寻找'中,诗歌充满了城市和乡村,以及全球化语境下'民族'的丧失和族裔本位等密切相关的主题";"当梁小斌们将'钥匙''画片'一类碎片化的语言有意识地混杂于'中国'的宏大叙事中时,任明友这样的少数民族打工诗人则在经历着关于双重边缘化生存经验的自我指认和原乡迷失的心理旋涡";于是,诗歌便来到一种打工文学特有的意涵中:"'打工—离乡—城市—原乡'这样的文学结构被建构出来,延展至故乡的'山川''田野''村庄',以及心中的'庭院'"。

总体而言,"第一代少数民族打工诗人通常和其他汉族打工诗人一样,以先驱者的姿态建构'离开—重返'乡村的话语模式,这一时期打工诗歌中的族裔意识是'朦胧'的,并未系统化和明晰化,尽管在诗歌中可以窥视到蛛丝马迹,诗人们却并没有主动或者有意识地去呈现族裔意识在打工文学中所体现出来的异质和特殊"。

论者的观点可谓深刻,道出了第一代少数民族打工诗人及其诗歌的特点,而任明友作为其中的代表以及先驱者和组织者,自有其不容忽视的"历史"作用。

弗贝贝,原名费丽,70后,曾在新疆务工多年,在《诗刊》《星星诗刊》《椰城》《酉水》等刊发表作品多篇，著有诗集《尉犁》，作品曾获中国作家协会 2018 年度少数民族文学重点作品扶持和重庆市 2019 年度重点文学作品扶持等项目资助，现居酉阳，酉阳作家协会会员。

和何春花一样，费丽也算是酉阳文学的"后浪"，最近这一两年来佳作不断，尤其是取材于在新疆务工的组诗《尉犁》，曾引起不错的反响，后结集出版，屡获扶持，得到了诗坛的肯定。

冉仲景说："读了弗贝贝的组诗《尉犁》，不由赞叹：美不胜收。《黄水沟牧场》《在卡拉水渠上》《34 团的胡杨林》等诗篇，无一不有禅意，无一不有作者生命的印痕。诗歌关注民工，《在克拉玛依》里的二菩萨，《技术员小李》中的技术员小李，《我们》中的云南黑皮肤寡妇，以及《归》中没有名字的遇难民工……当轻描成为方法，一定有不宜呈现的隐痛；当淡写成为策略，必然有不宜渲染的苦难。不要轻易打开弗贝贝的诗：词语背后，隐藏着泪水和风暴。"

新晋"骏马奖"得主张远伦说："从 20 世纪 90 年代开始，川渝地区农民工去新疆种地修路，至今尚未断绝，他们中有一部分回来了，有一部分定居天山脚下，还有一部分埋骨异地。在我的视野里，一直没有见过哪首诗歌涉及这一独特的时代现象，但是，意外来了，现在真有表现川渝民工新疆生活的诗了，而且是真正的农民工自己的诗。重庆酉阳黑水镇农民弗贝贝，在返回重庆期间，创作了不少新疆题材的诗歌，这些诗具有浓郁的边地特色和深度的务工体验，避免了打工诗歌太实和陷于琐碎，抑或太堆砌词语的流弊，境界高远，自带摄像头，目光聚焦而散点，诗歌大气而凝聚，既是扫描，也是掘进，已经显现出了一定的把控功底。"

崔荣德，1968 年生，乡村小学教师，中国少数民族作家学会会员，中国诗歌学会会员，重庆市作家协会会员，在《星星诗刊》《南方文学》《鸭绿江》《酉水》等杂志发表作品多篇，著有诗集《逆光行走》《梦回唐朝》等四部，获首届蔡文姬文学奖和第三届华语红色诗歌年度奖等奖项，现居酉阳。

1987年，崔荣德到酉阳县小河乡中学担任教师，2020年，崔荣德依然在酉阳县后坪乡聚宝村小担任教师，在漫长的30多年中，除开中途短暂的一年到广东某高校的图书馆供职外，崔荣德一生都奉献给了乡村教育事业，两任妻子一任离家出走，一任高位截瘫，均未动摇其坚守乡村的信念，曾获评重庆市及全国"最美乡村教师"等称号，其事迹被《光明日报》《重庆日报》《酉阳报》等报道。

崔荣德利用业余时间坚持诗歌创作，"用诗意的执着和命运抗争"，取得了不错的成绩，其诗歌得到了《光明日报》李宏伟等的关注。李宏伟说："崔荣德一直生活在偏远的贫困地区，他能坚持自己的信念，从底层视角给乡村纯净气息，用诗来抒发正能量，正是这种当代文学可贵的东西，支撑了中华民族坚硬的脊梁。"杨青云在《崔荣德论》中说："崔荣德把一种新乡土审美的血浓于水洒在了'中国乡土'的土地上"，是"'新乡土诗派'的代表"，"呈现出乡土中国的苦难和艰辛，以纯粹象征体的方式，用时间意识使乡土呈现出更加深远和广阔的乡土本质，是一部真正的民族精神史，展示了民族生命存在最原始的诗化形态"；"他脚踏实地，把乡土的那一份真挚，以及文明进程所左右的绚丽景致，用很自然多变的手法将家乡和祖国联系在一起，把深厚和天真揉成了至纯和辛酸，从而呈现出了中国农民农村和学校的一部生命救赎的宗教史"。

酉阳诗歌极其繁荣，同样少不了以下这些"中坚"的贡献。

二毛，原名牟真理，20世纪60年代生于酉阳，九三学社中央文化委员，原"莽汉派"代表之一，后弃文从商，先后在重庆和北京等地创立文化餐饮品牌"天下盐"等，美食创意师，《中国经营报》《南都周刊》《新周刊》等美食专栏作家，中央电视台大型纪录片《舌尖上的中国》美食顾问，著有《碗里江山》《味的道》等著作。野夫说："读他的诗文和菜谱，多能如服春药一般的盎然。在历史的堂奥中，在盘飧薄酒的一脉余香中，辨寻历史新的解读门径。"

蔡利华，原"莽汉派"代表之一，高级工程师，中国诗歌学会会员，重庆市作家协会会员，在《星星诗刊》《作家》《诗林》《诗歌月刊》等刊发表作品若干，著有诗集《重金属的梦魇》和散文集《回首蓦见》等，现居酉阳，自由职业者。

袁宏，1966年生，中国少数民族作家学会会员，重庆市作家协会会员，鲁迅文学院第31届少数民族作家班学员，在《星星诗刊》《民族文学》《重庆文学》《酉水》等刊发表作品多篇，著有诗集《擦肩而过的风》，作品曾获酉阳文学奖和第二届中外诗歌邀请赛二等奖等奖项，现居酉阳，任酉阳县作家协会理事长。

廖淮光，1982年生，中国少数民族作家学会会员，四川省作家协会会员，鲁迅文学院第15届少数民族作家班学员，在《民族文学》《诗刊》《星星诗刊》《北京文学》等刊发表作品多篇，现居四川。

冉乔峰，1992年生，广东青工作家协会会员，酉阳作家协会会员，在《诗刊》《诗歌月刊》《山东文学》《草堂》等刊发表作品多篇，著有诗集《漂泊志》，网络上著名的"打工诗社"创办者，系第三代"打工诗人"的代表，现任职于广东某电子公司。

杨清海，1964年生，重庆市作家协会会员，作品散见《山东文学》《重庆文学》《酉水》等刊，著有诗集《面对武陵山》等，现居酉阳。倪金才，1976年生，在《星星诗刊》《诗潮》《扬子江诗刊》《诗选刊》《中国诗歌》《福建文学》等刊发表诗歌300多首，现居酉阳，供职于酉阳县龚滩中学。崔梦小雪，原名崔永强，重庆市作家协会会员，律师，著有诗集《中国农民》等四部，现居广东东莞。刀片，原名何艳芳，酉阳县作家协会会员，有诗歌散见各类报刊，现居酉阳。

孙亚西，曾任《酉阳报》记者，20世纪80年代活跃于诗坛，著有诗集《遥远的钟声》《怒吼》等，现居重庆黔江。王世清，酉阳作家协会会员，作品散见于《星星诗刊》《诗歌月刊》等刊，现居酉阳。袁志新，重庆新诗学会会员，酉阳作家协会会员，有诗歌发表于网络平台和诗刊。郑若君，80后，酉阳作家协会会员，诗歌散见于《酉阳报》《酉水》等报刊。毕业于长江师范学院的杨正顺，酉阳致公小学校长田密，酉阳一中教师田军等，也偶有诗歌发表。

另外，酉阳诗歌的"客串"现象也值得注意，20世纪80年代，酉阳作家冉云飞先后作出《倾听一首藏族民歌》和《血泊中奔跑的诗歌》等一系列优秀诗作；酉阳小说家张万新更是一个诗歌高手，有《杂草集》《金刚集》《小声集》等多首系列诗歌问世；杨犁民著有诗集《花朵轰鸣》，并凭借其摘得重庆市少数民族文学奖，弄得我很难说清其散文和诗歌究竟哪个更好；评论家路曲系中国诗歌学会会员，有诗歌列于首届中国高校诗歌联展，著有诗集两部，任贵州省诗歌学会副会长；小说家陈小勇，闲时作诗，诗作见于《酉水》等刊。

顺带说一下，酉阳杨琼英和成都工业学院酉阳籍作家石敦良等的旧体诗词曲赋，也很有特点，算得上酉阳诗歌里面的一朵"奇葩"。

最后，来说说文学评论。

酉阳文学可贵的地方在于，其任何一种文体都有代表，发展极其均衡，这在"县"一级单位里，实属罕见。于一个"县"来说，文学评论这种体裁，有点儿可望而不可即，毕竟，文学评论的创作，需要较高的学理和文学素养，一般作者根本驾驭不了，因此，搞文学评论创作的，一般都集中在中等以上城市和全国的高等院校里。

这，便更加显得酉阳文学的难能可贵。

说到酉阳的文学评论创作，我最先想到的，便是重庆的著名评论家易光先生。易光，原名冉易光，1947年生于重庆酉阳，1981年毕业于涪陵师范学院，后留校任教，历任教研室主任和《涪陵师范学院学报》主编等职，中国作家协会会员，原重庆市作家协会文学评论委员会副主任，重庆市现当代文学学会理事，主要研究中国当代文学及区域文化和文学。

冉易光1980年开始发表作品，80年代主要从事散文和小说的创作，代表作有《麒麟》和《乌江故事》等，80年代末倡导"乌江文学"和"乌江作家群"，90年代转向文学评论，发表论文50余篇，主持"重庆文学史"的研究，著有文学评论集《固守与叛离》和《阳光的垄断》，获重庆市文学奖和重庆市首届社科优秀成果三等奖等奖项。

冉易光的文学评论，主要集中在"重庆文学"的研究上，在《当代文坛》《西南民族大学学报》《民族文学》《红岩》等刊发表《陈川小说创作论》《冉冉诗歌创作论》《余德庄长篇小说创作论》《第代着冬创作论》《阿多创作论》《论冬婴的诗歌创作》等有关重庆作家的评论文章多篇，同时，从1998年起，在其主编的《涪陵师范学院学报》开辟《重庆文学史》专栏，全面开展对"重庆文学"的研究，为"重庆文学"的推广和发展作出了卓越的贡献。

路曲，1965年生，文学硕士，硕士研究生导师，中国少数民族作家学会会员，重庆市作家协会会员，现居铜仁，供职于铜仁学院文学院，主要从事少数民族文化和文学研究，曾获铜仁市第二届社科优秀成果奖等奖项，兼任贵州省新诗学会副会长，贵州省纪实文学学会副会长等职。

路曲命运坎坷，曾在酉阳乡下工作多年，后于四十岁"高龄"考取研究生，师从著名诗歌评论家蒋登科教授，2008年毕业于西南大学中国新诗研究所，其研究多关注西南地区少数民族文学，尤其是土家族文学，在《民族文学》《山花》《铜仁学院学报》等刊发表《当代重庆少数民族文学简论》《当代土家族诗人作品中的民族风俗元素》《地域语境下的黔东少数民族文学》《百年新诗背景下的土家族新诗创作》等论文多篇，著有《土家族新诗创作评论》《土家族作家孙因评论》《地域的光芒》《让灵魂回到故乡》等学术著作十余部，主持"地域语境下黔东少数民族文学研究"等项目多项，对西南地区少数民族文学，尤其是重庆和贵州等地的少数民族文学，予以高度关注。

路曲在从事少数民族文学研究的同时，兼事文学创作，在《贵州作家》《星星诗刊》《散文诗世界》等刊发表作品多篇，著有诗集《家在武陵》等两部，长篇小说《县治》和中短篇小说集《读研那些事》，以及长篇散文《爹的向家岭》等，其中《乌江放歌》获贵州省首届网络文学奖散文一等奖，长篇散文《爹》获山东省第三届网络文学奖散文一等奖，诗歌《乡恋》《黄河谣》获"芳草文学奖"和宁夏第二届"黄河金岸诗歌奖"二等奖，以及全国各级各类征文奖等奖项。

魏巍，1982年生，陕西师范大学文学博士，四川大学博士后，现供职于西南大学中国新诗研究所，硕士生导师，主要从事中国现当代文学和少数民族文学研究，同时兼事诗歌创作，在《文学评论》《中国现代文学研究丛刊》《鲁迅研究月刊》《星星诗刊》等刊发表《沈从文"湘西世界"再认识》《回到鲁迅本身重新理解鲁迅》《吉小吉诗论》《冉冉论》等论文多篇，主持教育部青年基金项目"少数民族视野下的沈从文和老舍比较研究"等课题，作品曾获首届土家族文学奖和第七届重庆市少数民族文学奖等奖项。

魏巍的文学评论有着鲜明的少数民族特色，多关注少数民族诗歌研究，"在文学制度和族裔认同等宏大语境和绵密架构中，进行中国当代少数民族诗歌创作的全景观照，呈现出古典诗学传统的当代转型，执着开掘诗学观念的传承和创新，以责任和担当，诠释了诗歌和学术的价值，凸显出诗学和文化的意蕴"。

涂鸿，1965年生，湖南大学文学博士，硕士研究生导师，现居成都，供职于西南民族大学，中国当代文学研究会理事，中国当代少数民族文学研究会常务理事，四川省郭沫若学会理事，主要从事中国当代少数民族文学、地域文化和中国当代文学、巴蜀文化和巴蜀当代文学研究，任四川省重点项目《四川文学史·当代卷》主编,其科研成果获四川省政府、四川省文联、中国当代文学研究会等各类社科奖十余项。

涂鸿的研究多关注地域文学和少数民族文学,尤其是西南地区少数民族文学,在《民族文学研究》《当代文坛》《天府新论》《西南民族大学学报》等刊发表《论中国西部民族散文的意识流表现方式》《当代西南地区少数民族诗歌语言中的现代意象》《论重庆当代民族文学创作的言说方式》《何小竹诗作的现代意识透视》等论文多篇,主持"中国当代西部地域文学"等课题。2014年6月,其著作《文化嬗变中的中国当代少数民族文学》由中国社会科学出版社出版,该著作选择了一些很有特色的少数民族作家,对他们的创作进行审视和研究,拓展了中国当代少数民族文学研究的新视阈。

尹锡南,1966年生,四川大学文学博士,北京大学博士后,英国伦敦政治经济学院访问学者,现任教育部人文社会科学重点研究基地四川大学南亚研究所教授,比较文学方向博士生导师,主要研究比较文学和印度古典梵语文学理论,在《思想战线》《东方丛刊》《外国文学研究》《中央民族大学学报》等刊发表论文多篇,著有《世界文明视野中的泰戈尔》《英国文学中的印度》《印度的中国形象》《华梵汇流:印度文学与中印文学关系》等,主持完成国家社科基金一般项目"印度文论史"和西部项目"近代以来印度中国观的演变研究"等多项,曾获四川省哲学社会科学优秀成果奖等奖项,是目前国内做印度后殖民文学和文化以及东方比较文学方面最厉害的几个中年学者其一。

张羽华,1977年生,南京大学文学博士,西南大学博士后,北京大学社会学系访问学者,现供职于长江师范学院文学院,主要从事民俗文化和乡村戏剧以及中国现当代多民族文学的研究,主持国家项目"西南民族地区乡村戏剧调查研究",教育部项目"族群互动和乌江流域乡村戏剧研究",重庆市项目"全球化视域下武陵山区当代文学研究",贵州省文联委托项目"张国华小说研究"等多项,在《民族文学》《中国现代文学研究丛刊》《扬子江评论》《中央民族大学学报》等刊发表文学评论七十余篇,获"中国当代文学研究会"和"中国当代少数民族文学研究会"第十二届中国当代少数民族文学研究优秀成果奖,2016年度重庆市现当代文学研究成果三等奖,涪陵区第九届哲学社会科学优秀成果三等奖等奖项。

张羽华对西南地区少数民族文学,尤其是重庆文学多有关注,不仅有论及总体地域文学的《多维文化视阈下武陵山区当代民族文学研究》和《现代视野下乌江流域少数民族青年作家创作的审美意蕴》等论文,也有论及单个作家作品的《乡村:在疼痛中发展》《执着于传统乡土诗学的慧眼》《当代文学视域中的乡村文化透视》等论文,涉及的少数民族作家有重庆的冉仲景和冬婴,贵州的王鹏翔和王华,以及湖北的野夫和李传锋等。对于重庆少数民族文学,张羽华从理论的高度指出,本土的生态文化和语言文化等,和少数民族作家的创作紧密关联,并在文学源流上表现出新的特质,少数民族作家们不追求文学的现世功利,不趋向媚俗,始终坚持地域文化的文学审美和文学趣味,用现代审美的眼光来关注现实社会,有着鲜明的主题思想和创作特征。

李伟,1982年生,毕业于长江师范学院,任学报编辑,主要从事少数民族文化和文学的研究,在《贵州社会科学》《当代文坛》《重庆社会科学》《中南民族大学学报》等刊发表《土家族村落家族文化的伦理精神》《乌江流域少数民族的生态伦理观》《渝东南山歌的民间美学思想》《乌江流域的非物质文化遗产及其保护原则》等论文多篇,现居重庆。

李文甫,1982年生,四川大学文学博士,现居涪陵,供职于长江师范学院,主要从事戏剧影视文学方面的研究,在《当代文坛》《电影文学》《当代电视》《新闻文化建设》等刊发表《国家形象宣传片:全球化时代的文化寓言》《"百花电影"的身体复现》《认同的境域:国家形象宣传片的生成逻辑》《何处是归程：读峻冰的乡土诗歌》等论文多篇。

酉阳一中青年教师彭鑫，在坚持散文创作的同时，兼事文学评论创作，多关注重庆本土散文和诗歌，有《空的味道：冉冉诗歌美感特质》《泪凝成字：冉仲景叙事长诗〈米〉研究》《冷峻的诗意：杨犁民散文美感特质研究》《幽默的至味：李钢幽默散文研究》《古典的慰藉：杨柳散文美感特质研究》《乡村痛史：吴佳骏〈雀舌黄杨〉的双重文学担当》等多篇评论文章见诸报刊，正撰《阅读李钢》《一个散文家的108颗佛珠》等著作。

此外，酉阳县委党史研究室主任黎洪的文史研究也很有特色，自2007年调任县档案局以来，黎洪主持编著了《二酉英华》《酉阳直隶总志》《冉崇文诗文拾遗》《桃源诗话》等15本书籍，为酉阳的历史和文学研究作出了极其重要的贡献。

结语：

酉阳文学能有今天的成绩，和酉阳这块厚实的土地分不开。酉阳，古《禹贡》记载，梁荆二州接壤地，秦属黔中郡，三国属蜀汉，晋分属武陵郡及涪陵郡，唐以后，当地氏族所据，称酉阳寨，南宋冉氏土官地，元朝酉阳州治，后升酉阳宣慰司，明朝酉阳宣抚司治，清置酉阳直隶州，雍正十三年，"改土归流"，民国二年（1913年），酉阳废州设县，属川东道，民国二十四年（1935年），属第八行政督察区，中华人民共和国成立后，设酉阳县。

酉阳是一个少数民族聚居地，有着丰富多彩的民族文化，可谓一座千年矿藏，里面藏有数不清的民间传说，唱不完的山歌调子，以及意蕴丰厚的方言俚语和民风民俗；酉阳地理位置偏僻，经济落后，四省接壤，多种文化融汇碰撞，在悠久的历史中，形成了一种深厚的文化底蕴，只要稍加注意，便是一种文学的滋养。

民族文化是一个少数民族作家创作的源泉，酉阳有着丰厚的文学土壤，繁衍并延续着这块土地上生生不息的文学成长；文学态度是一个作家达到某种高度的保证，酉阳地处偏远，文学生态良好，作家们一团和睦，对待文学的态度真诚而务实，不虚假、不浮躁，行事低调，远离诱惑，能耐得住寂寞，成得了气候。

李亚伟在谈及故乡酉阳对他文学创作的影响时说："我的家乡很普通，和全国很多县乡差别不大，家乡又很偏远，也许就是其偏远的原因，对外地和异域有着较强的好奇心理，而这一点在当时交通非常落后的背景下，最适合通过阅读文学作品来实现'远游'的愿望。酉阳在清朝有着小区域内很重要的考棚，民国时期有省立中学，同时由于和湖南湖北贵州三省交界，几种非常浓郁的地域文化在此交融，所以酉阳还具备一种复合型的传统地域文化，既有传统文脉又有多元风俗，产生几个出色的作家，不足为奇。"

冉仲景说："在我的家乡，山是神异的，水是灵秀的，人是穷苦的，歌是哀伤的，舞是节制的……"而这一切，直接导致了冉仲景的诗歌创作无限得益于地域和民族文化。陈小勇也说："酉阳山水美好，生活却闭塞贫困，有时间就想东想西，我见识过很多村民，讲故事一套一套的，很精彩……这不就是原生态文学嘛，如果这成了一种普遍的生活方式，一种十分常见的传统，那么，文学的花朵肯定就会遍地开放。"

酉阳，可谓一块天生的文学沃土。

有西方学者说："没有文化的市场经济，其实质就是没有教堂的市场经济。"文学，是一个地方政治经济发展的软实力，酉阳要发展，重新认识酉阳文化和文学现状，是一个很重要的方向，有利于增强自信，发挥自己的地域文化优势，从而更好地发展酉阳。目前，随着酉阳作家的努力，已经有大量的"酉阳元素"扩散到了全市和全国，我认为，我们应抓住机遇，借鉴外省市的先进经验，出丛书，召开作品研讨会，把名家请进来，让酉阳文学走出去，积极推广酉阳文学，让酉阳文学成为酉阳的一张名片；文化搭台，经济唱戏，重视本土文学，多提供发展的平台，加强酉阳文学的建设，让酉阳和酉阳文学的明天变得更加美好。

这样，酉阳作家群才会真正地"崛起"。

2020 年 10 月 6 日

后记

2019年年底，诗人冉仲景给我发来一条微信，约我为家乡的杂志《酉水》弄个"专栏"，未设具体要求，从作品赏析到作家评论，从田野调查到随感杂谈，都行。我无法拒绝。冉仲景是我的老师，真正上过课的那种老师，是我高中时的课任老师，教育行政管理部门认可，有档可查，作不得假，而且，在文学创作上，多有帮助，实打实的那种帮助，同样作不得假。因此，对于他的"请求"，我一直觉得是"关照"，既给我提供了一个作品展示的平台，又给我争取到了一点儿稿费，以解我当"高龄学生"的窘迫。于是，我满口答应。不仅得答应，而且还得认真对待，不能瞎忽悠，骗钱。

什么是家乡？

家乡，是一个人的"根"，一个人的"魂"，一个人再怎么走，都走不出家乡的"范围"。酉阳，是我的家乡，我的故乡，那里，有我的"魂"。《酉水》是家乡的杂志，虽说是一本县级内刊，但，在我心中，已经远远超过了很多名刊，有着任何刊物都无取代的地位，这，不仅仅因为其办刊质量,更因为其暗示着我的来源。

小刊大美,唯我《酉水》。《酉水》杂志办得很精致,很美,选稿质量很高,里面名家辈出,完全不像一本内刊,甚至可以说,其办刊质量,早已超过了一部分省市级刊物。这高水平源于编辑团队的眼光和胆识。因此,我很荣幸被《酉水》看中。我这个系列的文章,措辞都比较尖锐,属于"挑刺"和"找茬"型的,《酉水》不畏"惹事",敢于刊发,可见其胆量和气魄。在此,感谢《酉水》,让我这个系列的文章得以和读者见面。

鉴于以上两点原因,我原本将此书取名为《酉水说文》:其一,酉水是我的家乡;其二,是《酉水》刊登了这些文章,在此以示感谢。后来在出版时,编辑认为没什么"亮点",于是,便改为现名。

刚接到任务时,我完全不知道该说些什么,有种被"强迫"的意味,一片茫然,到得中途,找到了感觉,变得一发不可收拾,这就像被逼上梁山,待到真上梁山后,却不想下来。于是,一篇接着一篇,才有了现今呈现在读者面前的二十余篇,本想继续,但一琢磨,不能继续了,再继续的话,就有点"霸占"的意思,显得厚颜无耻了。赶紧就此打住。

这里,我想说明的是,这些文章本是为《酉水》所作的"专栏",而《酉水》是一本县级内刊,有其预设的读者群,其读者虽然可以辐射到整个重庆市,甚至市外,但更多的却是县内的普通读者,所以,我在写作的时候,其实是带有一定的知识普及目的,有些用语,甚至文章的内容,便有了某种知识介绍的意思,显得不是那么专业,让各位行家见笑了。此外,文章中的少部分内容来源于网络和同人的研究成果,由于不是规范的论文操作,故而没有逐条注释,特在此说明,并致谢,如有冒犯,还望见谅。

感谢酉阳,感谢《酉水》,感谢冉仲景。

郭大章

2020 年 10 月 19 日

于陕西师大长安校区